エミール・ゾラ断章

加賀山 孝子

エミール・ゾラ断章　目次

Ⅰ　作家研究

Ⅱ 作品研究

Ⅰ　作家研究

青春のゾラ

——その『書簡集』を中心に——

ゾラの『書簡集』はすでに三度に亙って刊行されているが、[註1]一九七八年に従来のものよりも量的、質的に充実した『書簡集』の刊行が開始された。今回の『書簡集』の編纂は一九七一年頃より具体的に計画され、フランス、カナダ両国の大学におけるゾラの研究陣を総動員し、ゾラ直系の子孫や図書館の協力、いくつかの公的機関の助成金を得て発足したものである。全十巻が予定されているが未だ二巻を数えるのみで、二年に一巻ずつの発行ならば、さらに十余年を待たなければ完成をみないことになる（註・実際に完成をみたのは当初の予定より遅れて、一九九五年である）。この『書簡集』には最終的に四千通を越える書簡の収録が予測され、正確かつ詳細な解説も付されていて、後世の記念碑となる大事業であることは疑いない。いうまでもなく、今回の『書簡集』には多数の未発表、新発見の書簡が収録され、これらによって、従来のゾラの伝記や評価に訂正や補足を加えることになる。

　さて、こうした機会に本章では最新の『書簡集』を中心にして、若い日のゾラの生きざまを辿り、後に『ルーゴン・マッカール叢書』を大成する未来の作家の青年像を、可能な限り明らかにしてみたい。

(一)　青春前期

一八五八年 ― パリ移住

一八五八年六月十四日付セザンヌに宛てたものが、『書簡集』に収録されている最初であり、しかもこの年に一通しか残されていない手紙である。ゾラ一家は同年二月初旬、エクスからパリに引っ越し、ゾラはこの直後からエクスに残した親友たち、とりわけセザンヌとバイユに便りをしていたのであろうが、それらは現存していない。『セザンヌの手紙』[註2]をみると、四月九日、五月三日付でゾラに宛てた返信があるので、この六月十四日付セザンヌへの書信が最初のものでないことは明らかである。「今日、僕は簡単な散文で君に手紙を書くにとどめる」[註3]とあることから、前便が韻文で書かれた ことは容易に想像がつく。

父フランソワ・ゾラの死後、一家はエクスでの生活に困窮し、その打開策としてパリに出た。エミールもパリのサン・ルイ高等中学校第二級へ転入学する。しかし、新しい学校での生活は田舎ものの彼にとって、決して楽しいものではなく、パリの学力水準はエクスと比較すれば高く、エクスで首席を争っていた学業成績もパリでは六十人中二十位に落ちている。後に、ゾラ自身その感想を「パリでは高校生がすでに小紳士である」[註4]と述べている。南仏の明るい太陽のもと、大自然を自由にかけめぐり、のびのびと育ったゾラは、とりすました人々の多い都会の雰囲気にすぐにはとけ込めなかったにちがいない。こうした疎外感は過去の思い出を必要以上に美化し、旧友たちとの文通と詩作が当時のゾラにとって無上の歓びとなり、逃避行ともなったのであろうか。「パリは広く、レクリエーション、建物があり、チャーミングな女がたくさんいる。エクスは狭く、単調で、しみったれていて、女たちはいるが……それにもかかわらず、僕はパリよりもエクスが好きだ」[註5]とセザンヌに書き送っている。また、「わが友ポールへ」「わが友へ」と題する詩が残されていて、題名が示すようにエクスの旧友に捧げ、過ぎし日々への郷愁、友情、夢想がうたわれている。ほかに韻文の戯曲も書いているが、原稿は紛失している。

母エミリィは息子の傷心、落胆をみてとり、苦しい家計からこの年の夏期休暇にエミールをエクスにやり、友人たちと二か月を過ごさせる。彼はこの旅行で父の建設したゾラ運河を再び見て、詩想を得、翌年「ゾラ運河」という詩を発表することになる。

一八五九年――バカロレア前後

つぎに、ゾラのバカロレア（大学入学資格試験）について少し述べよう。彼は一八五九年八月、第一次試験期をパリにおいて科学部門で受験し、筆記試験には合格したが、口頭試問で失敗、同年十一月、第二次試験期をマルセイユにおいて文学部門で受験し、筆記試験のみで不合格になっている。二度目の失敗直後、パリに戻り、学業を断念することになるが、こうした二度の受験失敗にまつわる心境の変化を『書簡集』所収、新出の三通の手紙にみることができる。その三通とはバカロレア受験前半年のもの（一八五九年三月初旬、三月九日、六月）であり、とくに三月九日バイユ宛てと六月マルグリイ宛ての二通には重要な記述がなされている。「僕は勉強が好きだ。しかし僕なりの方法でだ。僕は望むものを、望むときにしかやらない」[註6]と書いているが、バカロレアを五か月前に控えた受験生の言葉としては、疑義をはさむ余地がありそうに思われる。時代が異なるとはいえ、受験とは好きなものを好きなときにやるものではなく、当事者はもっと切羽つまった心境に追い込まれるものなのではないだろうか。マルグリイにはより具体的な書き方をして「僕はとてつもない怠けものになってしまった。代数は頭痛をもたらし、幾何は、無邪気な三角形を見るだけで身震いするような恐怖を起こさせる ―(中略)― 僕はバカロレアに受からないだろう」[註7]と。これらを受験生の不安や焦燥をカモフラージュするためのポーズと解するのはあまりにも考えすぎであって、むしろバカロレアへの彼の無気力と諦観を率直に表現しているように見なすのが妥当ではないか。

遡って同年一月二十三日付バイユに宛て、バカロレアの必要性を説き、ここには強い出世主義の意欲が満ちていて、六月におけるような弱気はみられない。僅か四か月の間にどうしてこんなにも豹変してしまったのか。まず考えられるのは、パリの高校へ転校してきて以来、新しい学校や生活にすぐには馴染めず、勉学にも身が入らないまま受験期が迫り、挫折感が増大するばかりで、ついにやる気を失ってしまったのではないかということ。

こうしたコンプレックスを癒してくれる恰好の薬に詩がある。少年の頃よりゾラは詩への傾倒をみせており、学友たちに自分の詩を朗読して聞かせている。一八五九年二月十七日付「プロヴァンス」誌に「ゾラ運河」と題する詩が初めて掲載されている。この詩は前述のように、エクスを訪れた際、大自然の雄大な美の中に、幼い時に亡くした父の面影をみて詠んだもので、ここではゾラ運河を建設した父の栄光を讃えている。このように公的に発表の機会を得たことは、ゾラにとって画期的な出来事といわなければならない。がしかし、その詩がようやく活字になった時期とバカロレアに備えての勉強に意気消沈してゆく時期が重なり合うのは不思議である。新しい環境への不適合がもたらす精神的渇望は、文学とりわけ詩への傾倒を強めさせ、その面でのささやかな成功が受験勉強の無味乾燥さをことさらに認識させたのかもしれない。
一八五九年につくられた詩のうち、同年中に発表されたのは次の三篇である。
「ゾラ運河」——一八五九年二月十七日、「プロヴァンス」誌
「ユージェニー皇后に」——一八五九年六月二十三日、「プロヴァンス」誌
「私のいたずら好きな妖精」——一八五九年八月四日、「プロヴァンス」誌
このほかに、後に発表される詩には「私の望むもの」、「幻」、「ニナ」、「彼女から遠ざからねば」、「ロドルフォ」がある。
すでに述べてきたように、ゾラのバカロレア受験前の心構えにはやや軟弱な点がみられ、母や祖父の手前、受験を拒むことはできず、無気力な状態で受験したのではないかという推論が成り立つ。今回新しく収録された手紙はゾラのバカロレア受験前の心境を知る上で貴重な資料であるばかりではなく、彼の詩の発表の時期を考え合わせると、当時の彼の心理状態を推測できるような気がする。また、第一次試験期に科学部門で挑戦しておきながら、第二次試験に文学部門に変更している点も、その精神的動揺を物語っているのかもしれない。
実際に、彼はこのような内面的問題と母の期待との間で苦しまねばならない。母は夫亡き後、息子の教育には幾多の犠牲を払い、心労を重ね、息子が将来有名校を経て、社会的に立派な地位につくことを願っている。バカロレアは輝かしい未来への「貴重な護符」[註8]であり、それを失ったことはゾラ親

子にとっては大きな失望であったには違いないが、少なくともエミール自身には受験に全力投球した後の無念さのみとはいい切れない不透明な部分があったように思われる。この不透明な部分は後に作家となるいわば一種の宿命をも孕んでいたのではないだろうか。また、仮にゾラがバカロレアに受かっていたとしたら、今日みる作家ゾラは永久に存在していなかったかもしれない。

二度のバカロレア失敗後、家計の貧窮と翌年から給費を貰えないという事情から、ゾラは再度の受験を断念せざるを得ない。一八五九年十二月三日バイユ宛て書簡で「僕は一週間前からパリにいる。なぜだか分からないが、僕はひじょうな憂鬱にとりつかれている—(中略)—僕は将来のことを悩んでいる。二十歳になり、職もない。おまけに万一僕が生活費を稼がなければならないのなら、能力が無いと思う。僕はこれまで夢をみていた。流砂の上を歩いていたし、まだ今も歩いている。僕はそこに沈んでしまうかもしれない」[註9]とバカロレア失敗後の心境を語っている。

この年の創作には、詩のほかにコントがある。「愛の妖精」と題し、後に『ニノンに与えるコント』(一八六四年)に収録される美しい恋の物語を描いた小品を一八五九年十二月二十九日号と一八六〇年一月二十六日号の二回に亙って「プロヴァンス」誌に発表している。また「一ダースのマッチ箱」「魂のない肉体」「プロヴァンスの女工たち」を執筆しながらも、原稿は紛失してしまっている。「プロヴァンスの女工たち」に関しては、一八五九年十二月二十九日、バイユに宛てて、「満足にはほど遠い」[註10]と漏らしている。

一八六〇年―ドック庁、その後

ゾラは将来の方針や生活のめどもつかないまま、創作には意欲を燃やして、一八六〇年を迎えるが、まずパンを稼ぐ決心をし、セザンヌに宛てて同年一月五日付手紙の中で、[註11] フランスや外国で生産されたり、製造された材料、製品、商品を税関のもとで受け取る仕事をするドック・ナポレオン庁への就職を告げている。実際に勤め始めたのは四月であり、入庁時の月給は六十フランという低賃金であったといわれている。

この仕事は詩人ゾラにとって、決して愉快なものではなかった。早くも四月十日付セザンヌに宛てて「僕の新しい生活はかなり単調である。九時に事務所へゆき、四時まで届出を記入し、手紙を書き写し、などなど……[註12]」とあり、四月二十六日付にも「僕に関して、生活は相変わらず単調である。何を書いているか分からずに文字を書きながら机の上にかがみこみ、茫然として、目を覚ましていながら眠っているとき、突然新鮮な思い出が僕のエスプリの中を通りすぎる……[註13]」、さらに同じくセザンヌに宛てた五月六日付の手紙に「もし母がいなかったら、はるか前に自分の考えを実行に移すよう努めていただろうに。どうあろうと、僕は事務所が悪臭を放っていると思うし、こうした汚らわしい厩舎から間もなく立ち退くであろう。僕を引き止めるもの、それはここから出ると再び家族の重荷になるということだ[註14]」と結んで、物質面と精神面の相克に苦しんでいる。しかし、この後六月に入ると記述は苦境を直截に訴えるのを避けて、暗示的あるいは抽象的な表現に変わる。

たとえば、バイユ宛六月二日付書簡で「君は僕が内心苦しんでいるのを知らない。君は僕が決心しようとしていることを知らない」[註15]と、六月二十四日付では「僕は道具のようなこうした消極的な役割、すなわち社会がわれわれに課する粗暴な仕事に堪えることができない」[註16]と述べている。これ以降、わざとらしくドック庁での仕事には一切触れず、友情、詩想、読書などについて長い手紙をしたためている。現実の不平、不満を現している間は、まだ決心が定まらないからであって、寡黙になったのは取るべき行為を決定したからであろう。

一八六〇年七月、セザンヌに宛てて「僕はドック庁を辞めた。良かったか悪かったか、相対的な問題であり、そして人による。僕は一つのことしか答えることができない。僕はもうドック庁にいることができなかったので、出たまでだ」[註17]と結論を出している。このように、四月に就職し、僅か三か月後の六月に辞職するまでの内的葛藤が友人たちへの手紙の中にまざまざと展開されている。ゾラはドック庁での苦々しい体験から、現実社会の厳しさに少なからず目覚めたとはいえ、弱冠二十歳のロマンチストの前途には、まだまだ多難な人生が待ち受けていた。

職を辞めた直後の書簡は詩、芸術、読書に関する内容のものが多い。これは苦しい拘束から逃れたという一種の解放感と、現状や将来にあえて触れたくないという気持ちの反映であろう。この年の夏（一八六〇年）もエクスへの旅を友人たちに何度も告げながら、十月二日になって、バイユとセザンヌに宛てて遠廻しに旅が不可能であることをほのめかしている。「バイユの提案は僕への彼の友情の証しだ。僕は彼に感謝している。けれども僕はそれを受け取ることはできないだろう」[註18]この文面からおそらくバイユが旅費等の援助を申し出たものと思われ、ゾラはそれを断り、「僕の旅行が実現しないとはまだ何も言っていない。今月十五日まで期待しよう。その日が過ぎたらもう僕のことを当てにしないでくれ[註19]」と書いている。そして、十月二十四日付書簡の冒頭に「僕の旅に涙が、もうこのことは話さないでおこう。すべては絶望的だ。すべてはますます悪くなる。僕は君たちに握手をするために二度も二百四十里の道程を行った。今度は君たちが僕のところに来る番だ[註20]」と書いて旅行計画を完全に断念している。

一八六〇年の書簡はおおむね長文で綴られ、詩、文学、人生一般に関する思索を述べたものが多い。その中には抽象論の展開が何頁も埋め尽くしている場合もあるが、読書や人との出遇いを語る具体的なものもある。読書に関しては、以前から親しみ、当時なお読みつづけていたミュッセ、ユゴー、ラ・マルチーヌに加えて、ロンサール、モリエール、ラブレー、ダンテ、ミュスカルデル、ベルナルダン・ド・サンピエール、サンド、シェニエ、シェイクスピアなどの作品についての読後感を細かく述べている。またアパルトマンの隣人であったパジェという詩人と知り合い、互に詩の朗読をしていた様子や、後にゾラが『制作』(一八八六年)の中でモデルの一人(ジュスタンシェンヌ)にする画家シャティアンとの交際の模様も語っている。

ゾラは一八六〇年五月に「パオロ」と題する七百行の詩を作り、原稿を尊敬するユゴーに「ご迷惑をおかけすること、そしてお送りする詩が長いことをおわびしなければなりません[註21]」という手紙を添えて送っているが、ユゴーから返信があったのか、あるいは無視されてしまったのかは不明である。

セザンヌには詩の目的を「僕は『パオロ』の中に二重の目的をもっていた。プラトニックな愛を高揚させ、それを肉体的な愛よりも心をひくものにすること、つぎにこの疑惑の世紀に、純粋な愛は誠実さとなり、恋人に神や不滅の魂への信仰を与えることができるのを示すことである」[註22]と記し、さらに続けて「僕がミュッセを真似ているとおそらくいわれるであろう。それに僕は答えよう。この詩人は僕の気に入った詩人であり、毎日彼の作品の何頁かを読んでいて、意図なしにその形式や思考のあるものを取り入れたとしても、驚くにあたらない」[註23]と自らミュッセの影響を肯定している。

「パオロ」に次いで、九月三日付でコント「一陣の風」を書き終わっている。バイユへの書信に「今、僕はとても忙しい。『一陣の風』と題する簡素で優美なスタイルの中篇小説を書き終える。エクスに行った時、君に読ませよう。そして君の意見を述べてくれ。五篇か六篇同じようなものを創作し、『五月のコント』という一般的なタイトルのもとに一緒に出版するつもりだ」[註24]と記しているが、この案は実現しなかったばかりか、『一陣の風』は一九六八年版『ゾラ全集』第九巻に収録されるまで、未発表の作品である。主人公ステファンには往年の作者自身の姿が投影されていて、ことさら興味をそそる。

その若い詩人は当時のゾラと同じように屋根裏部屋に住み、ラシーヌ、ユゴー、シェイクスピア、ダンテ、ラブレー、セルヴァンテスなどの書物、原稿用紙、ペン、鉛筆に埋もれて暮らしている。「パイプが消えた時、ステファンは古代の神性のように、雲から少しずつ出た。煙草を吸うことは文学的洗浄であった。料理上手な女は仕事に入る前に身体を洗う、もっと正確にいえば手を洗わなければならない。彼は書く前に準備をし、煙草を吸って汚れた考えを追い払った。彼はペンを取り、劇の詩句を書き、脚韻を探した」[註25]などと若さゆえのペダンチックな表現もみられる。さて、恋を夢みて、何かが起こることを期待するステファンはピンク色の紙に詩句を書き、サインをし、同じものを三枚作って、窓から放つと、一陣の風が立ち、ピンクの紙片を運んでゆく。それらの紙片を拾った三人の女たちが、それぞれに詩人の興味をひこうとする、ステファンは三人のうち十六歳の花売り娘ニニイに恋心を覚え、二人は清らかに愛し合う。

ゾラにはニニイのモデルとなったプラトニックな恋人がいたようである。一八六〇年六月十三日付セザンヌに宛てた手紙に「僕の家の側にいる若い娘、花売り娘は一日に二回、朝は六時半に、夜は八時に窓の下を通る。彼女は愛らしいブロンドの髪をし、とても可愛らしく、とても愛嬌があり、手は小さく、足も小さく、最高に気立ての良い娘さん。彼女が通り過ぎる時、僕はきまって窓のところにいる。彼女がやって来て、見上げると、僕たちは眼差しを、微笑をさえも交わす、それだけだ」[註26]と書いている。この手紙が六月十三日付で、作品の執筆が九月三日付で、両者が近接していること、共にブロンドの可愛いい花売り娘であることから、手紙の少女がニニイのモデルであろうとしながらも、これはあくまで外見的な問題であって、コントの大部分はゾラのフィクションであろう。

ほかに、同年十月二日バイユ、セザンヌに宛てて、「隠遁せる悪魔」という作品を近く送る旨を述べているが、これは韻文で書かれたふざけたコントである。

一八六一年―彷徨の時代

一八六〇年から六一年にかけて、後に詳しく述べるように経済的には困窮していた時代ではあるが、若いゾラは必ずしも失望していた訳ではなく、文学の道を志し、自由を満喫していたと思われる。この時期、母との同居をやめて、独居を構えたものの、ボヘミアンのような生活を送っていて、ゾラの生涯のうちでも最も不明な点や曖昧な点が多い時代である。

一八六一年二月にヌーヴ・サン・テチエンヌ・デュ・モン二十四番地に引っ越したことは二月五日付セザンヌ宛て書簡に述べられている。その場所はベルナルダン・ド・サン・ピエールがその作品の大半を書いたといわれる屋根裏部屋である「この新しい小部屋は本当に傑作だ。確かに小さい。が太陽で明るく、とりわけ極端に独創的な廻り階段によって登る。窓が二つあり、一つは南に、一つは北にある。一言でいえば、水平線に大都会全体をほとんど見渡せる展望台である[註27]」と描かれているが、書簡集の註[註28]によると、この描写は事実とは異なる。そこは、実際には、火の気のない風の吹き抜けるみすぼらしい屋根の下の鳥籠のような場所であったらしい。しかし、この誇張はエクスに住む豊かな友への見栄であったのか、それとも生まれて初めて一人住まいをし、夢想的な青年にはわが城が甘美な御殿に思われたのかもしれない。

ゾラは僅か二か月でスフロ通り十一番地に移っている。この頃、ベルトという名の商売女と同棲をしているが、一人住まいと女との相関関係は判然としない。当時の体験は『クロードの告白』(一八六五年)として小説化されるので、後にあらためて触れることにする。

一八六一年二月五日付セザンヌに宛てて「僕は厳しい訓練、現実の恋の訓練を終える―（中略）―君がこちらに来た時、長い話がある。こんなことは手紙では語れない」[註29]と、二月十日付バイユに宛てて「僕は物知りらしく商売女について君に話すことができる。時々、僕たちには不幸な女を愛し、彼女をどぶから引き揚げ、幸福にしようとするばかげた考えが浮かぶ」[註30]などと述べており、抽象的な書き方ではあるが、これまでのように夢の恋ではなく、現実の女を経験したことが明らかである。

一八六一年四月から九月頃まで、セザンヌがパリに滞在した。この事実はゾラの生活にも少なからず変化をもたらすのであるが、もともと、ポールの父は裕福な銀行家であって、息子がゾラと交際するのを好んではいない。セザンヌ家のゾラに対する反感や敵意はゾラとバイユの手紙の交換にみられるので、その成りゆきは省略する。セザンヌがパリに来た時、二人が再会する場面をゾラはバイユに宛てた手紙の中に熱っぽく語っている「『僕はポールに会った！』と叫ぶ。ポールに会ったのだ。それが君にも分かるだろう、君には。この三つの単語のメロディが。彼は今朝、日曜日にやって来て、階段で何度も僕を呼んだ。僕はうとうとしていたが、喜びで震えながら戸を開け、僕たちは激しく抱き合った」[註31]しかし、個性の強い二人の間は「僕はセザンヌにめったに逢わない。ああ！　それはもうエクスの時のようではない。僕たちは十八歳で、自由で、将来の心配もなかった。生活の厳しさ、異なる仕事が今や僕たちを引き離してしまう」[註32]と不平を漏らしているかと思えば、「僕たちは一日六時間を一緒に過ごす。僕たちの会合の場所は彼の小さな部屋である。そこで彼は僕の肖像画を描く」[註33]とバイユに書いており、今日なお残されているセザンヌ作のゾラの肖像画は、当時エクスに帰りたがるセザンヌを引き留めるために、自らモデルになりセザンヌに描かせたものである。

一八六一年の詩作には「疑惑」という題で書き始められ、後に「宗教」という題で完成されたモンテーニュの影響を受けたといわれる作品がある。また同年三月から四月にかけて、「アエリエンヌ」という詩を書いているが、これは「ロドルフォ」（一八五九年）と「パオロ」（一八六〇年）と共に「愛の喜劇」を構成し、ポール・アレクシスによって『エミール・ゾラ未刊の詩』として一八八二年に出版されている。詩の題名である「アエリエンヌ」はバイユに宛てた手紙に再三出てくる女性名であり、ゾラの初恋の女性、あるいは淡い恋心からつくり上げられた理想の女ではないかと思われる。

「確かに、僕が懐かしむのはエクスでもないし、アエリエンヌでもない」[註34]「もし君がアエリエンヌに会ったら、僕から彼女に微笑してやっておくれ」[註35]「突然、僕はアエリエンヌに似た女の子に会った」[註36]「僕が愛していて、おそらく今でも愛しているのはSではない。それは夢にしかみない理想の存在、アエリエンヌだ」[註37]と記されている。アルマン・ラヌウは『今日は、ゾラさん』の中で、ローズ色の帽子を被った少女をゾラの初恋の相手として物語風に語っているが、彼自身もその少女がノートルダム寄宿学校時代の旧友フィリップ・ソラリの妹ルイーズであるとも、そうでないとも断定せずに、「小説家の神話に生きている」[註38]存在ではないかと結ぶ。ともかく、ゾラの思春期の恋については、確実な証拠もなく、夢想的な少年の幻想や暗示のみを頼りに事実を認定することはできないであろう。

他に、エクスの友ルイ・マルグリイにより作曲された詩「雲」が十月十七日付「日曜新聞」誌に掲載されているが、一八六一年は生活苦が響いたのか創作の面でさしたる成果はみられない。

一八六〇年、六一年当時の生活一般に少し触れておこう。ゾラは自分の将来のことをどのように考えていたのだろうか。「未来について、僕は分からないけれど、もし最終的に文学の道をとるならば、僕のモットーに従ってゆきたい。すなわち、全てか、無かだ[註39]」とその決意を表したり、また「君が時々評するほど僕は無茶ではない。生活しなければならないこと、生活するためには食べなければならないこと、食べるためには金が必要なことをよく知っている——(中略)——文学、詩は最初のうちは何ももたらさないし、しばしば何年も何ももたらさないものである[註40]」と生活と文学の相克を直視している。

他方、生活はますます苦しくなるばかりで、一八六一年二月二十日付バイユに宛てて、「僕は二十歳になり、まだ母の重荷になっている。彼女は自分がやっと生活できるだけなのに。僕は食べるために仕事を探さざるを得ない。その仕事はまだみつからない[註41]」と訴え、「何度も、そして先便でもそうだが、君は自分の財布を僕の意のままにしたいようだね。あわれな財布、おそらくね！　ささやかな楽しみをやっと満たすに足る高校生の財布なのに！　——(中略)——もし君に金があり、しかしあり余ることはないだろうが、分け与えるという方法で、ご両親を搾ることなく、分け与えられるのなら、僕は貸付金として受け取るよ[註42]」とバイユの援助も受けかねない様子である。しかも、六月になっても事態は改善されず、六月十日付バイユに宛てて「もし僕に母がいなかったら、兵隊になるのになあ。(これを悲しみの中での生まれながらの子供っぽい考えだと思わないでくれ。これは単に一年前から僕の思考や行為に起こった結論である。僕は家族にこのことを話せないので、仕事を探しつづけている)　僕は君にしばしば繰り返したが、生きるためと、文学を可能にするための仕事をだ[註43]」

同じ頃、すなわち六月九日付アレクサンドル・ラボ宛の書簡は今回新発見のものであり、四十四号乙番号[註44]が付されて、とりわけ重要な意味があるように思われる。ラボは参事院、破毀院の弁護士をしていて、フランソワ・ゾラとは友人であったことから、その葬儀では追悼演説をしており、その後、ゾラ運河会社の訴訟を応援したり、何かとゾラ一家の面倒をみてきた人物である。例えば、彼はエミールをパリのサン・ルイ高等中学に給費生として入学させたり、ドック庁へも紹介した。このようにラボには数々の親切や助力を受けながら、ゾラはその好意にまたもや甘えなければならないのである。この手紙では、窮状を訴えて、母が夫フランソワの功績による報酬を得るために、内務大臣と謁見できるようにとの推薦状を依頼している。さらに、自分自身の仕事にも言及し「相変わらず私の嗜好は文学へと私を引きずってゆきました。私はより仕合わせな地位を夢みる時、それは作家である自分です。今日、こうした美しい夢想に、しばらくの間別れを告げなければなりませんでした。ただ、ペンでパンを稼ぎ、母を扶養できますならば、それは大層うれしくお受けしたい仕事でございます[註45]」と文筆で生計を立てることを切に希望している。同便で、アンベールとシュヴァロンという人物の住所を尋ね、推薦状を依頼している。シュヴァロンについては、不明であるが、アンベールは将軍かつジャーナリスト、作家としても当時の新聞に多数の記事を書いていた人物である。ラボはこの依頼に好意的な返事をしたらしく、その効果がバイユに宛てた手紙の中に早くも現れている「おそらく僕は十五日頃（七月）仕事につけるであろう[註46]」と、「さらに確かなこと、それは君がここに来る頃、僕が仕事についていることだ。僕は財界の人物と知り合いであり、その仕事関係の文章に手を入れるのだ[註47]」と述べている。註[48]によると、この仕事とはラボの一八六一年八月二十五日発行、ミレス事件に関する書物であろうとされている。ゾラにとって、事務所の退屈な仕事と比較すれば、多少は文筆にかかわる仕事で資を得られたことは満足であったであろうが、所詮、一時的なものでしかなく、生活を安定させるには十分ではない。

アルマン・ラヌウは『今日は、ゾラさん』の中で当時のゾラの貧乏生活を次のように述べている。「彼が言っていないこと、それは胃袋と同じく、ストーヴが空っぽだということである。彼は雀に罠を仕掛けて、焼く。これまでに尻の白い鳥を決して殺すことができなかったのに。彼は目に涙をためて、雀の首をねじる」註[49]

一八六一年の書簡は七月十八日付が最後になっていて、翌六二年一月二十日まで約六か月もの断絶期間がある。その理由として、九月にはセザンヌがエクスに帰省し、十二月にはバイユが理工科大学に進学するためにパリに来たりするなど、友人たちとの直接の交渉があり、書簡が交わされなかったのかもしれないし、あるいは単純に書簡そのものが紛失しているとも考えられる。

翌一八六二年、ゾラは出版社アシェットに入社し、待望の仕事を得て、いよいよ未来の作家活動の基盤を築いてゆくことになる。

本章で扱った時期、すなわちゾラのパリ移住、バカロレア失敗、ドック庁での経験、カルチェラタン彷徨の時代は、不安と混乱、夢と期待が交錯していたが、彼を裏側から支えていたのは、詩作とエクスの友人たちとの文通であったように思われる。これらの書簡には若さゆえの見栄や突っ張りがみられるとしても、ゾラは友人たちに精魂を傾けて語りかけ、そのことによって、自分自身の生きる道を探し求めていた。これは内心の記録であり、たとえ事実と異なっていても責めるにはあたらない。当時の詩や手紙にみられる直情的な表現や言葉から、後の自然主義作家ゾラを誰が想像し得たであろうか。やはり、青春とは未知数であり、無限の可能性を秘めたものだと思わざるを得ない。

註1　第一回目、一九〇七—一九〇八、ユジェーヌ・ファスケル、三四七通収録、第二回目、一九二八—一九二九、フランソワ・ベルヌァール、六一四通収録、第三回目、一九六六—一九七〇、ゾラ全集、セルクル・ド・リーヴル・プレシュウ、一〇〇一通収録

註2　セザンヌの手紙、ジョン・リウォルド編、池上忠治訳、美術公論社、昭和五十七年六月二十一日初版発行

註3　Correspondance de Emile Zola, Tome I. 1858-1867.　Les Presses de l'Université de Montréal, Editions du Centre National de la Recherche Scientifique 1978. p.96 以後 Correspondance と略す

註4　Emile Zola, Œuvres Complètes 14, Cercle du Livre Précieux 1970, p.254.

註5　Correspondance p.96　註6　Ibid p.110　註7　Ibid p.112　註8　Ibid p.105

註9　Ibid p.113　註10　Ibid p.117　註11　Ibid p.126　註12　Ibid p. 144

註13　Ibid p.151　註14　Ibid p.160　註15　Ibid p.171　註16　Ibid p.186

註17　Ibid p.213　註18　Ibid p.243　註19　Ibid p.244　註20　Ibid p.245

註21　Ibid p.236　註22　Ibid p.194　註23　Ibid p.194　註24　Ibid p.232

註25　Emile Zola, Œuvres Complètes 9, p.872　註26　Correspondance p.176　註27　Ibid p.258

註28　Ibid p.260　註29　Ibid p.259　註30　Ibid p.263　註31　Ibid p.284-285

註32　Ibid p.293　註33　Ibid p.299　註34　Ibid p.113　註35　Ibid p. 117

註36　Ibid p.187　註37　Ibid p.228

註38　Bonjour Monsieur Zola, par Armand Lanoux, Bernard Grasset 1978 p.34　註39　Correspondance p.232

註40　Ibid p.253　註41　Ibid p.270　註42　Ibid p.270　註43　Ibid p.293

註44　Ibid p.289-291　註45　Ibid p.290　註46　Ibid p.302　註47　Ibid p309

註48　Ibid p.311　註49　Bonjour Monsieur Zola, par Armand Lanoux, Bernard Grasset 1978 p.51

(二) 青春後期

一八六二年―アシェット書店へ就職

一八六一年末、ゾラは貧困のどん底にあって、熱心に職を求めていたところ、やっと手掛かりを得たのである。医学アカデミー会員であり、父の友人でもあったブウデがアシェット書店へ紹介の労をとってくれることになる。しかし、実際の入店は翌年三月一日であり、その間、ゾラはブウデのために新年の名刺を配るアルバイトをしている。使い走りの書生として、六一枚の名刺をパリに住む名士たちに届け、その中には後に多大の係わり合いをもつテーヌやゴーチェがいたといわれる。

一月二十日付でセザンヌに宛てて、アシェット書店への就職を告げている。[註1] アシェット書店は店長ルイ・アシェットの創立した出版社であって、当時新進の出版社として各方面へ多彩な活動をしていた。ゾラは配達係として入りながら、間もなく宣伝係長の地位についた。ドック庁の時のように消極的なものではなく、その積極的な態度により、入店後早くも二か月にしてその頭角を現している。五月二十日付で社長アシェットに宛てて「出版社と若い作家との間にあるようにみえる反目にいつも私は驚きました。貴殿の同僚たちは駆け出しの作家たちにとって、正真正銘の案山子です。噂によると彼らの門戸は無名のあらゆる原稿には冷酷に閉ざされ、たとえ作品が彼らのところまで到達しても、辛うじてページがめくられ、そして引き出しの底に投げ込まれるのです[註2]」と述べて、ジャーナリズムの裏側を初めて直視したゾラは、過去いや当時もまだそうであった彼自身の境遇から押して、真に迫ってこう書いたのだろうか。さらに「みんな私のところにいらっしゃい。私があなたがたのものを読んであげます。私はあなたがたを良心的に判断します。あなたがたに才能があるのを見つけたら、その未来を祝福します」[註3]という広告を若い作家たちに提案するよう店長に進言している。これは店長への直訴であって、青年らしい血気と正義感が溢れている。後にゾラは著作権法の制定をめぐって、論壇を賑わすことになるが[註4]、この頃から作家と出版社との相関関係に目をつけていたといえよう。

精神面でも定職に就いたことは、彼に大きな変化をもたらし、九月十八日付バイユ、セザンヌ宛て[註5]、九月二十九日付セザンヌ宛て[註6]の両便は明るい文面で綴られている。「バイユが発ってから、僕は凡そ三十ページの中篇小説を三篇書いた。十五篇書いてどこかで出版する積もりだ。僕は楽しい日々を送っている。笑いそしてもう退屈しない。この良いニュースをバイユに伝えてくれ、彼が帰ってくる時、僕の過去の傷はすっかり癒やされていると彼に言ってくれ。──なぜなれば、率直に言って、過去は絶望と大きな係わりがある。今では僕は完全にその外にいる」[註7]と語っている。

アシェット書店の俸給は当時百フランといわれ、父の借金も背負っていて、物質面は決して楽ではなかったが、定収入を得たことは精神面にも少なからず安堵を与えたのであろう。過去への見解にしても、つい二、三年前までのように少年時代やプロヴァンス地方に憧憬を抱くのではなく、そうした過去から脱皮しようとする一種の訣別の意中がみられる。

ここでいう三篇の中篇小説とは「血」、「舞踏手帳」、「泥棒とろば」であり、後にこれらの作品は

『ニノンへのコント』（一八八四年）の中に収録されるが、それに先立って、それぞれ新聞に発表されている。この頃よりゾラは自作をジャーナリズムに売り込むことを始めており、その事実を知るのに一八六二年九月二十三日付、アルフォンス・ド・カロンヌに宛てた書簡が残されている。[註8]

一八六三年 ―ジャーナリズムへデビュー―

前年の不発にもかかわらず、ゾラは二月六日付書簡でまたもやアルフォンス・ド・カロンヌにアタックしている。「ルヴュ・デュ・モワ」誌が時々軽喜劇を掲載しているのに目をつけ、彼の詩劇「ペレット」を送っている。[註9] 六月五日付ジュール・クラルティ宛てで、「駆け出しものへのご好意でもって、私の作品を読まずじまいということにならないようにお願いします。原稿はとても薄いので、貴殿に私を知っていただくのに十五分とかかりません。私にとっては文学的生死の問題であり、二十歳の詩人が判断を待ちかねていることをお考えになって下さいませ[註10]」という手紙を添えて「サンプリス」と「血」を送り、「ユニヴェール・イリュストレ」誌への掲載を依頼している。

アシェット書店は既に新刊、再版書に関する会報を小売書店や読者を対象に発行していたが、ゾラの入店後、内容を新たにし、書籍の単なる紹介にとどまらず、作品の解説をも付するようになった。この仕事に携わったゾラは、アシェット書店の新刊書を一読し、解説を書かなければならなかった。こうした会報は新聞社や雑誌社へ送られ、紙上で新刊紹介欄となるのである。その最初の書評ヴィクトール・シェルブュリエ著「コスティア公爵[註11]」は一月三十一日付「ルヴュ・コンタンポラン」誌、ドレ挿画「ドン・キホーテ」[註12]は十二月二十日付「ジュルナル・ポピュレール」紙に掲載された。そのためゾラは各種ジャーナリストたちとの接触が増え、本の売り込みのメカニズムを覚えると共に、その間多くの人々と知己になったのである。

一八六四年―『ニノンへのコント』

ジャーナリストたちと密な関係にあり、ゾラは創作とその出版を忘れておらず、「ジュルナル・ポピュレール・ド・リル」紙の編集長ジェリイ・ルグランに宛てて、再三自作のコントを紙上に掲載してくれるように依頼している。とりわけ「泥棒とろば」については『ニノンへのコント』に収録される前に印刷されていれば、写し直しの手間が省けるなど、かなり身勝手な注文までつけている。『ニノンへのコント』には一八五九年より六四年の間に書かれた八篇のコントが収められ、この単行本は十一月下旬ラクロワ書店より発行された。かねてよりの宿願が達せられての処女出版であり、ゾラはジャーナリズムの輪を最大限に利用して本を贈呈し、宣伝や記事の依頼をした。これらの紹介や広告の文面はゾラ自身が記し、本に添えて送られており、新聞や雑誌によって、全文を掲載したものや、一部しか掲載しなかったものもある。十一月以降の手紙は『ニノンへのコント』に関する掲載依頼、御礼等の内容がほとんどをしめている。このことからもゾラが宣伝活動にいかに細心の注意を払い、情熱さえも傾けていたかを、改めて思い知らされるのである。

四月二十一日付でアントニイ・ヴァラブレーグに手紙を書いているが、これはヴァラブレーグとの長期に及ぶ文学的交流の端緒であって、事務的な書簡の中にあって、彼に宛てた手紙は人間味にあふれ、その上ゾラその人を知るのにも大いに役立つ。ヴァラブレーグは詩人、芸術批評家であり、後にゾラの小説『制作』で、画家ガニエールのモデルにもなったといわれる人物である。ヴァラブレーグの「アシェット書店で退屈はしないか」との質問にゾラは四月二十一日付手紙でつぎのように答えている。「質問はデリケートだ。本当を言うと、私は返事に困る。どこまで不平を言う権利があるか自分でもよく分からない。偉大な思慮分別とは詳細なことに無関心になり、自分の好きなことを考えて生きてゆくことだろう。私はこうした思慮分別をもとうとしている。私は度々とプロヴァンス地方へ、度々と海の向こうへ、なお一層度々と星の向こうへ行く。私がめったに事務所にいないでいられるのはそのためだ。これではあなたの最初の質問に答えていないね。もし私が書店にいるという意識をいつももっていると、恐らく退屈するだろう[註13]」と。ゾラは当時、アシェット書店の仕事に本気で取り組んではいるが、やはり現代風に言えば、宮仕えの悲哀を感じ、処世術も身につけ始めていたのだろう。「そして、おそらく私は自分のための仕事に戻れるだろう。しかも、コントにこれ以上係わらなければ、二年前から書き始めている小説を終えられるだろう[註14]」と結んでいる。この小説とは翌年発表される『クロードの告白』のことである。

さらに、ゾラはヴァラブレーグに宛てた八月十四日付書簡で「スクリーン論[註15]」を展開している。この論は五つの項目から成るゾラ固有の初期芸術観である。しかし、三か月後の十一月四日付ヴァラブレーグに宛てた書簡でゾラは「スクリーン論」を「多少なりパラドクサルな夢想」ときめつけ、「スクリーン論を火の中に投げこもう。そして真に現実的に生きよう」[註16]と自己の「スクリーン論」に早くも否定的な立場をとっている。

アシェット書店創立者、店長ルイ・アシェットが一八六四年七月三十日死亡した。かつて、ゾラが店長に詩の原稿を見せたところ、「この詩集は悪くない、けれども売れないだろう。君には才能がある。散文を書きなさい」[註17]と言われ、奮起し、詩を捨て、散文に転じたのである。その人を失ったことは、ゾラにとって大きな痛手であり、衝撃でもあったと思われるが、「私はここで人間関係のサークルを拡げるために、まだ何年か書店にいようと思っている」[註18]とルグランに書いている。アシェット書店の方は、店長の服喪のため、同店の広告掲載を八月十五日まで中止している。[註19]

一八六五年―『クロードの告白』

『ニノンへのコント』は処女出版としては売れゆきも悪くなく、ゾラは自信を得て、ジャーナリズムへの進出をより拡張し、確実なものへとしていった。一八六五年中の新聞、雑誌への寄稿は四十一記事である。こうした執筆活動は当然のことながら、金銭の賦与があり、当時ゾラはアシェット書店より二百フランの俸給を貰っていたが、サイド・ワークによる収入について、二月六日付ヴァラブレーグ宛ての書簡の中で語っている「私はプチ・ジュールナル紙から一記事につき二十フラン、サリュ・ピュブリック紙からは五十～六十フラン支払われる。従って、私は月に凡そ二百フランをペンでこしらえていることになる」[註20]また同便でジャーナリズムに関する所感をつぎのように述べている「同様に、私はジャーナリズムをとても力強い梃子とみなすので、おびただしい数の読者の面前に、一定の日に顔を出すのは全くいやではない。この考えがあなたに私のプチ・ジュールナル紙入りを説明するものだ。私はこうした紙片が文学においてどの位の水準のものかを知っている。が、しかし、それが編集者たちにひじょうに素早い人気をもたらすことも知っている」[註21]。このように「ジャーナリズムを梃子」とみなしたのは、ゾラの終生変わらないジャーナリズム観ではないだろうか。ジャーナリズムの偉大さを認めていたので、ジャーナリズムに追従しすぎると悪口を言われながら、ゾラはジャーナリズムに敬意を払い常に意識していたし、彼の小説が発表される毎に、ジャーナリズムと何らかの係わりがあったことも否定できない。

アシェット書店に勤めていることのもう一つの利点は、当時の有名、無名の人々と知り合ったことであり、その中にゴンクール兄弟がいる。一八六五年一月十六日、ゴンクール兄弟はシャルパンチエ書店より『ジェルミニイ・ラセルトウ』を出版したところ、ゾラは早速この小説の特異性、斬新性に目をつけ、二月三日付ゴンクール兄弟に宛てて、記事を書きたいので本を送ってくれるよう依頼している。この手紙により、ゾラとゴンクール兄弟との長い文学的交際が始まるのである。『ジェルミニイ・ラセルトウ』を評したゾラの記事は二月二十四日付「サリュ・ピュブリック」紙に掲載されたが、その一部をつぎに引用してみよう。「メスを手にして、私は新生児を解剖する。そして、その中に未知の被創造物、異常な有機体を見出した時、大きな喜びに捕らわれるのを感じる。その瞬間から、私は彼に対して珍しい病気に直面した医者の好奇心をもつ。その時、私はどんな嫌悪の前でも後ずさりしない。熱狂して、健康なあるいは不健康な作品の上に身をかがめる。するとモラルを越えて、羞恥心や純粋さを越えて、私は作品全体を照らす偉大な閃光、すなわち作品を生み出す人間天性の閃光を結局は見つけるのである」[註22]以上は紹介欄導入部にあたるが、生理的用語を使って作品を分析し、「私にとって、作品は偉大である」と結論づけている。『ジェルミニイ・ラセルトゥ』は同名の女中を主人公にして、下層階級を取り上げ、その醜さ、汚さを描いて話題になったが、この作品を読んだことは、ゾラに計り知れない共感と多大の影響を与えた。十年後の一八七五年にも「ゴンクール兄弟」に関する記事を書いているが、そこでもゾラは『ジェルミニイ・ラセルトゥ』を「私の気に入った作品だ」と告白している。[註23]

この年最後の画期的出来事に『クロードの告白』の出版がある。この小説は一八六一年当時の作者自身の生活を描いた自伝的作品である。一八六二〜三年頃に書き始められたものの、一度は「引き出しの奥に眠ったままになり」、一八六五年初め頃、再び手を加えられ、完成されたものである。しかも、『クロードの告白』は最初の長篇小説であったばかりか、数々の話題を巻き起こした書物であったことを特筆しなければならない。

まず、本の印刷に関して、印刷所は印刷を拒絶している。ゾラは十一月十四日付シャルル・ドウランへ宛てた書簡の追伸に「貴殿は印刷所が印刷を拒んだことをご存知ないでしょう。私は作品が不道徳とは思いません。作品が高く清らかなもので、稀に潔白なものだと印刷所へやっと証明しました」[註24]と述べている。

この印刷所の思惑は的中し、ゾラは『クロードの告白』出版の件で、検事総長へ書類送検され、自宅、アシェット書店へも取り調べの手が伸びた。テーマが純真な青年と娼婦の不純な関係を扱っているので、良俗に反するとの疑いがかけられたが、結局、作品は不道徳ではないとの結論を得た。しかし、この顛末はアシェット書店辞職の誘因にもなったのである。

作品の内容に少し触れてみると、主人公クロードはかつてのゾラ自身と同じく詩人であって、ある偶然から彼は娼婦ローランスの腕の中に身を投げるが、やがてローランスを憐み、愛するようになる。クロードは貧困の中にあってぼろ衣をまとったローランスへの愛に溺れ、彼女を泥沼から救おうとして、ますます悲惨さへのめり込んでゆく。しかし、ローランスはジャックと関係し、クロードはジャックの恋人だったマリの最期をみとり、ローランスとも別れて、プロヴァンス地方へ帰ってゆく。最終的には、神への信仰を讃え、失われた青春への悔恨、教訓を示唆している。

作者がセザンヌとバイユに捧げたその序文の中で「クロードの自白には、嗚咽の最高の教訓と堕落と救済の高い清らかなモラルを含んでいる」[註25]と述べ、さらに三月六日付ルイ・ユルバックに宛てた手紙にも「私は道徳的作品を書いたと信じていたし、今でもなお信じている」[註26]と書いている。十九世紀後半において、芸術作品の評価にはまだ伝統的価値観が通説であった。既にテーヌを読み、ゴンクール兄弟の洗礼を受けたゾラが独自の道徳観や価値観をもったとしても不思議ではないし、むしろ当然の帰結であったといわなければならない。

この作品は夢と現実が交錯し、ロマン主義的傾向が強い。ゾラはフィリップ・ドウリャックの『クロードの告白』評に答えて、「私の心の奥には、昔の詩の酵素があり、払い捨てられないので、むしろ利用した方が賢明だと、貴殿同様に信じております[註27]」と漏らしている。また、ヴァラブレーグに宛てて、「いくつかの部分で弱いし、まだ子供っぽさがある。時々飛躍が欠如しているし、観察者が姿を消し、詩人が姿を見せる。詩人はミルクを飲みすぎ、砂糖を食べすぎている。作品は男らしくなく、泣き、反抗する子供の叫びである[註28]」と自己批判めいた弁明もしている。

確かに、小説としての技術的構成面からも幼稚であるが、ジョルジュ・ベルが「プレス」紙で「この書物はエミール・ゾラ氏が未来の作家であることを示している[註29]」と予告しているように、ゾラが長篇小説を書ける資質をもっていることを世に問うことになった作品である点、重要といえよう。

『クロードの告白』出版にまつわるエピソードがもう一つある。これは当時の新聞に掲載された手紙が、今回『書簡集』に新たに収められたもので、そのディテールを知るのに面白い。ことの起こりは、十二月三十日付「ナン・ジョーンヌ」紙にバルベイ・ドルヴィリイが『クロードの告白』に関する書評を載せたところ、酷評はさることながら、出版社名を違えて[註30]、「アシェット小版」としたことである。ゾラは十二月三十一日付、社長グレゴリイ・ガネスコ宛ての書簡でその訂正を要求したばかりか、筆者バルベイ・ドルヴィリイへ報復しようとしている[註31]。ゾラが前年五月「サリュ・ピュブリック」紙にて、バルベイ・ドルヴィリイの小説『結婚した聖職者』をこきおろしており、そのしっぺ返しを受けたものと素早く察知し、猛然と防御に立ち向かったのである。また、バルベイ・ドルヴィリイの『クロードの告白』評は印刷活字のいたずらを入れて、嘲笑的に扱っていたため、ゾラもその挑戦を受けて、わざとイタリック体や大文字を混ぜて、手紙を書いている。その一部を引用してみよう。

La prose de votre rédacteur m'a rappelé un certain article que j'ai donné en mai dernier au *Satut public*. Il s'agissait d'un roman nommé, JE CROIS. *Un prêtre marié*, une œuvre de catholique hystérique, qui sentait *diablement* la chair fraîche. JE MALTRAITAI cette œuvre – sans parler de Cambronne, il est vrai.[註32]

いうまでもなく、この手紙は同書体のまま全文が一八六六年一月六日付「ナン・ジョーンヌ」紙に掲載されたのである。怒ったゾラは一八六六年一月十三日、十八日付で「エヴェヌマン」紙社長イポリット・ヴィルメッサンに宛てて、グレゴリイ・ガネスコに対する非難の抗議文を送っている。これらの書簡は「エヴェヌマン」紙一八六六年一月十六日、二十一日付紙上で公開されている。[註33]

一八六六年—アシェット書店を辞職その後

ゾラにとって、アシェット書店の地位はもともと文学に専心するために、生活の手段として選んだ仮のものであって早晩去る運命にあった。ゾラに好意的であった店長ルイ・アシェット亡き後、因襲的な職場の雰囲気は彼にとって居心地の良いものではなかったところ、前述の『クロードの告白』出版による官憲の捜査は辞職を彼に決心させることになった。ゾラはジャーナリズムで既に名を成し、新しい修羅場での活躍、ペンにその生命を賭けて、就職四年にして、一八六六年一月三十一日をもって、アシェット書店を退いた。

一八六六年の新聞、雑誌への執筆記事は一七八本にものぼり、それらは書評、文学肖像、美術批評など広範囲に及んでいる。六月十四日付、七月二十六日付、ヌマ・コスタ宛ての両便は当時の模様をよく物語っている。「私は二月一日からもうアシェット書店にはいない。エヴェヌマン紙へ入ったのだ。私は紙上で定期的に新刊紹介をしており、月五百フラン支払われる。その上にサリュ・ピュブリック紙に週間通信文を送るので、百フランが加わる」[註34]とある。同便では生活にも触れて、「私はもうエコール・ド・メディシーヌ通りには住んでいない、今、ヴォジラール通り十番地、オデオン側に妻と一緒に住んでいる。われわれはそこにアパルトマンをもっていて、食堂、寝室、サロン、台所、友人用の部屋、テラスがある。それは真に宮殿であり、あなたが帰ってくれれば、あなたに広く門戸を開放する」[註35]と未来の妻メレとの同棲を語っている。しかし当時の不動産簿[註36]によれば、このアパルトマンはメレ嬢が借りているので、ゾラは母の住所とメレ嬢の住所を往来していたのであろう。

仕事の面でも好調の波に乗って、多忙を極めていたらしい。「要するに、私は歩んできた道程に満足している。けれども私はやきもきしている。私はより一層速く歩みたいのだ。私のような厳しい職業では、いかに突然の倦怠に陥りやすいか、あなたは分からないだろう。私はほとんど一日に一本の記事がある。私はあらゆる現代のばかげた者たちの作品を読むか、少なくともざっと目を通す必要がある。私はほんの少し、本の上で仕事をしながらしか休めない」[註37]。

こうした多忙にあって、ゾラは新聞小説を書いていたのである。「エヴェヌマン」紙に九月一日より二十六日まで『死せる女の願い』を連載しているが、この小説はボヘミヤン生活を描いた通俗小説であって、不評のため二部以降は書かれずじまいであった。彼の計算によれば、『クロードの告白』は千五百部刷られ、一冊につき三十サンチームの印税である。新聞に連載すれば一行が十五～二十サンチームになり、その後で単行本として出版すればよいのだ。これは誰しも考えつく簡単な算術である。

一八六六年十一月、絶頂期にあったゾラにまたもや不運が訪れた。それは「エヴェヌマン」紙の廃刊である。ゾラはホームグラウンドを失い、ジプシーの身となり、他紙への執筆依頼に躍起とならねばならなかった。ヴィルメッサンを通して「フィガロ」紙へ食い込もうとするが、思わしい結果を得ていない。急激に仕事の量が減ったゾラはヴァラブレーグに宛てて「ジャーナリズムは私にひどく冷たい。仕事はうまくゆかず、私は僅かな成果のために多く骨を折っている」[註38]とつい何か月前の全盛期とは打って変わって、意気消沈してしまっている。

他方ジャーナリズムから閉め出された大きな原因は、近年美術界に巻き起こした一連の旋風の煽りを受けたことも疑い得ない[註39]。

一八六七年 ―『テレーズ・ラカン』

前年秋よりの新聞への執筆不調はなお続いており、生活の方も苦しくなってきた様子が一月の手紙に見られるが、その反面小説を書くことにも意欲を燃やしている。

ゾラは二篇の全く異なった傾向の創作を手がけようとしていた。その一篇は二月十九日付ヴァラブレーグに宛てて「マルセイユで発行されている新聞、メッサジェ・ド・プロヴァンスで、私が大きな仕事に取り掛かろうとしているのをあなたは知るべきだ。三月一日より、長篇小説、最近の刑事訴訟に基づいたマルセイユの神秘を発表する」[註40]と述べている。これは第一部（三月二日～五月十四日）第二部（五月二十三日～八月二十九日）第三部（九月十九日～翌年二月一日）と三期間に亙って連載され、後に単行本『マルセイユの神秘』として発行されたものである。この現代的歴史小説と呼ばれた『マルセイユの神秘』も金を稼ぐために書かれた通俗小説であるが、それのみで終わらせないのがゾラらしいところである。作品の連載に先立って、二月十七日付レオポルド・アルノウに宛てた書簡を認め、その文面を連載初日の新聞に掲載してくれるよう依頼している。すなわち小説の序文ともなるべき部分である。ここには、後に自然主義文学理論の粒子ともなる重要な部分が含まれているので引用しておこう。「私としては、前もって、登場人物がこれこれの人間の肖像ではないと宣言しておく。すなわち、これらの登場人物はタイプであって、個人個人ではない。同様に、事実に関しても、実際の事実に、それが恐らくそうならなかったであろう帰結を私は与えた」[註41]。他方、ゾラはこの小説を仲間のマリウスと共に芝居にして、十月初旬マルセイユで上演しているが、成功しなかった。

つぎに、もう一篇の小説『テレーズ・ラカン』に移ろう。二月十二日付でアルセーヌ・ウーサイへ宛てた書簡に、近く発表する『テレーズ・ラカン』（新聞小説では「恋愛結婚」であり、初版本で改題された。後述あり）について、「私はフィガロ紙で、ある日、手短に語った物語、『恋愛結婚』をテーマにしようと思う。この構想で傑作が書けると確信する。私はこの作品を書いてみたい。心と肉体でこの作品を書き、生き生きとした悲痛な作品をつくり上げたいのだ」[註42]と述べている。「フィガロ紙で、ある日、手短に語った物語」とは一八六六年十二月二十四日付同紙に「恋愛結婚」という題で短篇を載せており、そのテーマを再び取り上げて、小説にしようとしているのである。五月二十九日付でヴァラブレーグに宛てて「私はルヴュ・デュ・ディズヌーヴィエーム・シェークル誌に発表する心理的、生理的小説に満足している。この小説はもうほとんど全部書かれているが、間違いなく私の最良の作品となるだろう。私はここに心と肉体を投じたと思う。肉体を少し多く投じすぎたので、検事殿を動揺させる心配さえしている。実際に、数か月の投獄も恐れていない」[註43]と書いている。『クロードの告白』の場合を念頭においていたのであろうが、『テレーズ・ラカン』に関しては、投獄はおろか、書類送検もなかった。しかし、文壇では例の「腐敗せる文学」などの非難をあび、かなり熾烈な論戦が操り拡げられたことは知られているが、ゾラ自身としては、そうした非難や罵倒を自作の宣伝に逆に転用したのである。

ゾラの度重なる催促にもかかわらず、作品の新聞連載は遅れに遅れ、その間「ルヴュ・デュ・ディズヌーヴィエーム・シェークル」誌は六月に廃刊になったので、「アルチスト」誌が八月より十月まで「恋愛結婚」を連載した。

連載に先立ち、ゾラは「アルチスト」誌のコリニイに宛てて「私はウサイ氏に、彼を尻込みさせる全て、文章のみならずページ全体でも、彼が適当と判断すれば削除する権限を与えた。私はこんな寛大なことはないと思っている。ただ、私は一行たりとも付け加えないよう彼に頼んだ。作品の中に、そぐわない言葉を挿入されたくないということには、私はおそらくおかしなほど頑固である[註44]」と述べているのは、ゾラ自身、作品の描写が露骨かつ凄惨であると認め、読者に与える反響を考慮の上での寛容さと解釈してもよいのだろう。しかし、実際には「恋愛結婚」はほとんど原文のまま新聞に連載されたのである。

単行本として発刊するにあたり、「恋愛結婚」が「テレーズ・ラカン」と改題された理由はラクロワ宛ての書簡で明らかにされている。「題に関して、私によれば題は簡単な方が良い。アルチスト誌では恋愛結婚という題であるが、私はそれを変えて、ヒロインの名のテレーズ・ラカンにしようと思う。珍妙な題の時代は終わり、大衆はもう看板を信用しなくなっていると思う[註45]」と言っているが、小説の題に関する当時の風潮を伝えており、リアリズム最盛期にはリアルな題が好まれるのか。

ラクロワ宛ての同便でゾラは小説の概略をつぎのように紹介している。「若い夫婦、カミーユとテレーズはローランを彼らの家庭へ引き入れる。ローランはテレーズの情夫になり、二人は情熱にかられて、結婚し、合法的結合の喜びを味わうために、カミーユを溺死させる。小説は殺人において完成される結合の研究である。二人の恋人は恐怖、憎悪、狂気に陥り、そして彼らは互いに共犯から免れようと考える。大詰で、彼らは自殺する。作品は甚だドラマチックであり、甚だ悲痛であり、私は凄い成功を当て込んでいる[註46]」

翌一八六八年『テレーズ・ラカン』の再版に際して付された序文は、自然主義文学宣言となり、ゾラの文壇への華々しいファンファーレになったことはあまりにも有名である。

本章で扱ったのは、ゾラがアシェット書店に勤め、ジャーナリズムに進出し、自己の創作に没入してゆく時期であり、多感な文学青年がジャーナリズムを足がかりに、世にその実力を問う時期でもある。

書簡文も青春前期のように個人的所感を述べたものは数少なく、ビジネスライクな通信文や主義、主張の明確なものが大半をしめている。十九世紀後半、目覚ましい発展を遂げたジャーナリズムの波を見事に泳ぎ回り、やがて『ルーゴン・マッカール叢書』という大陸を築き上げる直前の時期にあたる。ジャーナリズムの渦中にあって、ゾラはある時は慇懃無礼に、またある時は強引に振る舞って、その駆け引きの巧妙さは、本人が意識していたかどうかは分からないが、今日その跡を辿れば驚嘆に値する。宣伝方法をみても、自作を贈呈するにあたって、自筆の宣伝文を添え、記事にしてくれるよう依頼し、時として、編集長へ公開状の形式で手紙を書く。こうした生きざまの原動力となったのは、豊かな想像力と粘り強い実行力であろう。この時期、ゾラは闘うことを覚えた。「私の地位は私に闘いを課した。私にとって闘争的な仕事とは偉大な方法であり、私が忠告できる唯一の方法である」[註47]とヴァラブレーグに告げている。

『書簡集第一巻』には計二百十通が収録され、それらの書簡から、年代的にも内容的にも、青春前期と後期が峻別される。前期の書簡からは内向的な人間像が、後期の書簡からは外向的に移行する人間像が窺われる。両時期は対照的ではあるが、同時に一人の人間、若い日の作家が歩んだ軌跡なのである。これこそ青春のゾラの生の「記録」であるといえよう。

註1 Correspondance de Emile Zola, Tome I. 1858-1867. Les Presses de l'Université de Montréal, Editions du Centre National de la Recherche Scientifique 1978 p.316 以後 Correspondance と略す
註2 Ibid p.318 註3 Ibid p.318
註4 Emile Zola, Œuvres Complètes Tome XIV Cercle du Livre Précieux 1967-1970 註5 Correspondance p.321
註6 Ibid p.323 註7 Ibid p.324 註8 Ibid p.323 註9 Ibid p.330
註10 Ibid p.331 註11 Œuvres Complètes Tome X p.295-6 註12 Ibid p. 296-308
註13 Correspondance p.359 註14 Ibid p.360 註15 Ibid p.375-380 註16 Ibid p.385
註17 Œuvres Complètes Tome I p.57 註18 Correspondance p.380 註19 Ibid p.372
註20 Ibid p.405 註21 Ibid p.405 註22 Œuvres Complètes Tome X p.62
註23 Ibid Tome XI p.169 註24 Correspondance p.417 註25 Œuvres Complètes Tome I Confession de Claude p.11
註26 Correspondance p.446 註27 Ibid p.425 註28 Ibid p.434 註29 Ibid p.425
註30 『クロードの告白』の出版社は Librairie Internationale (Lacroix et Verbœkhoven)
註31 Œuvres Complètes Tome X p.47-54 註32 Correspondance p.430 註33 Ibid p.437-440
註34 Ibid p.453 註35 Ibid p.454 註36 Ibid p.455 註37 Ibid p.454
註38 Ibid p.463
註39 『若きジャーナリスト・エミール・ゾラ』尾崎和郎著、誠文堂新光社 一九八二年四月一日初版発行「マネ事件」p.121-160
註40 Correspondance p.473 註41 Ibid p.476 註42 Ibid p.471 註43 Ibid p.500
註44 Ibid p.525 註45 Ibid p.523 註46 Ibid p.523 註47 Ibid p.486

参考文献

– Correspondance de Emile Zola, Tome I. 1858-1867. Les Presses de l'Université de Montréal, Editions du Centre National de la Recherche Scientifique 1978.
– Emile Zola,Œuvres Complètes Tomes 1,9,10,11, 14 et 15, Cercle du Livre Précieux 1967-1970
– Bonjour Monsieur Zola, par Armand Lanoux, Bernard Grasset 1978
– Vie de Zola, par Bertrand de Jouvenel, Julliard 1979
– Zola, Par Marc Bernard, Ecrivains de Toujours / Seuil 1977
–『若きジャーナリスト・エミール・ゾラ』尾崎和郎著、誠文堂新光社 一九八二年四月一日初版発行
–セザンヌの手紙 ジョン・リウォルド編、池上忠治訳、美術公論社 昭和五十七年六月二十一日初版発行

英国亡命期のゾラ

——その『書簡集』を中心に——

英国亡命中[註1]のゾラに関しては不明な点が多く、研究者にとって未踏の部分が残されている。一九六四年になってようやく、ゾラ自身が記した「亡命のページ」[註2]が公開されたことによって、その余白の幾分かは埋められた。ただし「亡命のページ」にゾラは亡命当初の記録は詳しく認めているが、次第に執筆は間遠になり、三か月後には全く書かれていない状態であった。それゆえ凡そ十一か月に及ぶゾラの亡命生活を知る充分な資料とはいえない。しかし『書簡集Ⅸ』の書簡は彼の亡命全期間に亙っているので、当時の全貌を知るためのより完全な資料といえよう。ただ本章(二)で触れる未収録の書簡もあり、将来に課題を残していることも付記しておく。

本章(一)ではドレフュス事件とゾラについて弁護士ラボリを始め友人、知人宛の書簡を中心に、(二)では亡命期のゾラの生活と意見について身近な人々、アレクサンドリンヌ(ゾラ夫人)、ジャンヌ・ロズロと娘宛の書簡を中心に、論を進めてゆきたい。

(一) ドレフュス事件とゾラ

ゾラの英国亡命はドレフュス事件との係わりに端を発するので、まず事件の概要を述べておこう。ドレフュス事件とは十九世紀末から二十世紀初頭にかけてフランスの世論を二分したスパイ冤罪事件である。ことの起こりは一八九四年、アルフレッド・ドレフュス大尉がスパイの嫌疑を受け、逮捕され、告訴された。軍法会議はこの事件を非公開で審議し、ドレフュスに軍事機密漏洩罪で位階剥奪と終身流刑を宣告した。ドレフュスは強く罪を否認したが、彼がユダヤ人であったため、当時反ユダヤ勢力に支配されていたフランスの世論や新聞はこの判決を支持した。他方ドレフュスの家族や上院副議長シュレル・ケストネルなどはドレフュスの無実を信じて支援運動を展開していた。時に参謀部内に疑惑が高まり、新任の情報部長ジョルジュ・ピカール陸軍中佐はエステラージ陸軍少佐が真犯人であると公言したためアフリカへ左遷され、エステラージは軍法会議にかけられたが無罪になった。こうした一連の事件はドレフュス裁判の再審を要求する気運を高めてゆくことになり、一八九八年一月十三日、エミール・ゾラが「オーロール」紙第一面に「われ糾弾す」と題して大統領フェリックス・フォール宛に公開状を発表したことが、より一層世論を湧き立たせる契機となった。同年八月、アンリ陸軍大佐がドレフュス有罪の根拠になった文書が偽造であり、自らが偽造者であると自白し、逮捕され、自殺した。エステラージは外国へ逃亡してしまった。一八九八年九月、破棄院での再審は決定され、同年十月、破棄院は再審請願を受理する。一八九九年六月、破棄院は一八九四年の判決を破棄し、軍法会議に再審を命じる。同年八月レンヌで軍法会議が開かれ、九月九日、再びドレフュス有罪の判決が下るが、九月十九日、ルーベ大統領はドレフュスに特赦を与える。一九〇六年七月十二日、破棄院はレンヌ軍法会議の判決を破棄し、ドレフュスに無罪の判決を下した。この時、事件の始まりから十二年の歳月を経過しており、ドレフュス事件はもはや一個人の冤罪事件ではなく、フランス第三共和国の政治と社会を大きく動揺させた国家的大事件となっていた。

つぎに、ドレフュス事件とゾラの係わりについて述べよう。一八九七年秋頃から彼はこの事件に関心をもち始め、新聞に記事を書いている。「フィガロ」紙十一月二十五日付「ジュール・ケストネル氏」[註3]、十二月一日付「組合」[註4]、十二月五日付「調書」[註5]がある。パンフレットとして発表されたものには十二月四日付「青年への手紙」[註6]、翌一八九八年一月六日付「フランスへの手紙」[註7]がある。これらの記事は後に「前進する真理」[註8]としてまとめられている。

前述の「われ糾弾す」[註9]の主たる内容は軍法会議がドレフュスの権利を侵害していることを非難し、エステラージの無罪放免については彼を告訴すべきだと抗議している。さらにドレフュスを有罪にし、エステラージを無罪にした関係者の名を一人一人挙げて「われ糾弾す」と繰り返す。この記事が発表されると「オーロール」紙の一日の販売部数は二十万部とも三十万部とも伝えられ、フランス全土は騒然とし、ゾラは一躍時の人になった。間もなく司法上の追跡が始まり、ゾラと「オーロール」紙支配人ペランは軍法会議のメンバーに対する名誉毀損でセーヌ重罪裁判所に召喚される。一八九八年二月七日より開始されたゾラ裁判は二週間続き、口頭弁論は激しいものであった。その状況はゾラ自身が「審問の印象」[註10]にも描いているが、裁判がドレフュス事件の核心に触れそうになると、裁判長は職権を発動し、発言を中止させた。二月二十三日、ゾラには名誉毀損の罪状で一年の禁錮、三千フランの罰金の有罪が下った。ゾラは控訴し、四月二日、破棄院は判決を破棄、五月二十三日、ヴェルサイユでの裁判の際弁護士ラボリは抗弁に努め判決延期に成功した。

七月十八日に再開された法廷ではラボリの策は失敗し、ゾラ達は一斉に退廷したので被告は欠席のまま前回と同じ一年の禁錮、三千フランの罰金刑を言い渡された。ラボリやクレマンソオはドレフュス裁判の再審が開始されるまで、ゾラが決定的に裁かれるのを防ごうとしていたのだ。しかしこのように最終判決が下った以上、欠席判決がゾラに通達されるのを絶対に避けるべきだと考えた。そこでラボリを始め彼の友人達はゾラが一時的に外国へ逃れれば裁判所は判決をゾラに通達できないであろうと読む。事情は切迫し、ゾラは短時間内に国外逃亡を決断しなくてはならなかった。一八九八年七月十八日、午前八時ブリュセル通りの家を出て、、午後九時北駅で英国へ向かう汽車に乗るまでの出来事をゾラは「亡命のページ」に詳細に述べている。[註11]

亡命の地としてなぜゾラは英国を選んだのであろうか。それは一八九三年、ロンドンに旅行をした時の良い思い出があり、その折通訳をしてくれたアーネスト・ヴィズトリイへの友情からでもあった。彼はゾラの英国亡命中、フランスからの連絡係として、また友人としても重要な役割を果たすことになる。昔からフランス人の亡命の地としては地続きのベルギーやスイスよりも英仏海峡を隔てている英国が好まれた。なぜなら自然環境がすばらしい防衛になり、同時に心理的にも安心感を与えるのであった。ゾラはラボリや友人達の熱心な説得に屈して遂に亡命を決心するが、彼自身は逃亡するよりは刑を受ける方を望んでいたのである。「われ糾弾す」のような檄文をとばしたゾラがなぜ周囲の人々の意見に従ったかの理由を述べたものに「『岩ばかりの島にいるドレフュスが自分に哀願しているのを感じたからだ。』また、『頼りないランプの光を消さないようにするために已むを得ない犠牲』と感じたからだ。[註12]」とのレイナックの引用文に信憑性があるのなら、この件はゾラのヒューマニズムの確証でもある。

翌七月十九日、ゾラはロンドンのヴィクトリア駅の傍にあるグロズヴノール・ホテルにパスカルの名で投宿する。到着の夜、ラボリ宛、事務上の連絡のほかに「私はここに静かに着いた。けれども私は悲しみで胸が一杯だ。カレの明りが夜の闇に消えてゆくのを船から見た時、私の両眼には涙があふれた。ああ、恐ろしいことだ。私はいつかこの悲しみを述べる。けれども真理と正義は勝たねばならない」[註13]と彼の郷愁の第一声が記されている。この時彼の心の中にはセンチメンタリズムとヒロイズムが混淆しているようにみえるが、どちらかといえば彼自身がセンチメンタルになってしまっている文面である。

七月二十一日付ラボリ宛、ホテルに滞在するのが危険であり、翌日郊外にアパルトマンを借りることを知らせる。なぜならゾラは道路である婦人から「あら、ゾラさん」と声をかけられたのだ。後になってこの婦人の夫が、ゾラの小説の英国での出版社アンドリュウ・チャトの共同経営者であることが判明し、ことなきを得たことは註で説明されている。同便に英国の弁護士からの情報を次のように伝える。「彼（英国の弁護士＝筆者註）は判決の通達は外交ルートによって私に伝えることはできないと断言している。どんな方法も不可能である。英国の司法係官がフランスの裁判所の判決を私に通達することはしない。通達が私に伝えられるのは、フランスの執達吏がここ、英国に来て、道路上で私を待ちうけ、通りがかりに私をつかまえなければならない。」[註14]ラボリにその可能性を尋ねているが、後にラボリはフランスの係官が外国領土で通達を行なう権利がないと明確に返答している。

七月二十三日付ラボリ宛、ウェイブリッジのオートランド・ホテルに移ったこと、郵便の送り先をウエアハム弁護士とし、封筒を二重にし、中の封筒にはパスカルではなくボーシャン宛にするよう指示している。亡命当初ゾラは神経過敏になっていたせいか、住所や名前を何度か変えている。

「亡命のページ」には彼の読書に関する記述がある。新聞や雑誌に目を通していたのはいうまでもないが、スタンダールやバルザックの作品を再読している。ゾラがこれらの書物をヴィズトリイを通して入手していたことが彼への書簡から明らかである。七月二十三日付ヴィズトリイ宛「なにかフランスの本をもってないか。ラ・ブリュエールの『人さまざま』とスタンダールの『パルムの僧院』を私に貸してくれないか」。八月十日付「バルザックの『ふくろう党』『絶対の探究』『失われた幻想』を私に貸してくれないか。もしなければ一・二五フランの版のものを私に買ってきてほしい」[註15]と書いている。

八月六日付デスムーラン宛「私は小説を書き始めた。けれども仕事のこの慰めにもかかわらず私は全く精神的な苦しみの中にいるように感じる」[註16]とここで初めて執筆再開を告げる。

八月十九日付ラボリ宛書簡[註17]は長文である上、重要な内容に思われるので要約しておこう。ラボリからの先便ではゾラの日常生活や感想を尋ねていたので、その返事は彼の日常生活を語っている。最初の二週間、言葉の話せない異国で（ゾラは英語が話せなかった）下着や衣服もなく不自由だった。今では仕事を再開し、この滞在もやっと可能であると思えるようになったが、心の中には苦しみがあり、安まることがない。フランスから彼に届くニュースは暗い。この書簡にはラボリや友人達に宛てた「覚書」が同封されている。そこにヴェルサイユ裁判、エステラージ訴訟についての見解を述べながら、彼自身の帰国の時期を遠慮がちに問い、十月頃をほのめかす。英国に逃れて一か月を経過し、ゾラはここで初めて帰国の時期をラボリや友人に打診し始めたのである。

この「覚書」が契機になり、八月末頃、彼は私的な友人や妻に宛てて秋の帰国を示唆する手紙を書いている。八月二十一日付ブリュノウ宛、八月二十一日、二十八日付妻アレクサンドリンヌ宛、八月二十六日付シャルパンチェ夫人宛、八月三十日付ミルボオ夫人宛の書簡があり、これらによると帰国時期を十月末か十一月初めに予定していたようである。

八月三十一日、英国の弁護士ウェアハムのもとにパリから電報が届く。「ボーシャンに勝利を知らせてくれ」という内容で、発信者はパリの連絡者ララであった。前述のドレフュス事件の経過を参照すると、この日アンリ陸軍大佐が逮捕され、自殺した。九月一日付ララ宛「有難う。これは嘘や不正の中で諦めていた私には勝利の最初の叫びだった。貴殿のお蔭で私は詳しい情報が私に届く十二時間前に良いことが起こったのを知ることができた[註18]」で始まり、彼はこの憎むべき事件が終わるのを無邪気に喜んでいる。八月三十一日朝、ララはアンリ大佐の自白と逮捕のニュースが報じられると、とりあえずゾラに前記の短い電文を打ったのである。その後アンリ大佐の自殺、ボワスデフル少将の辞職の報が相次いだ。この間の事情は「亡命のページ」に付された註[註19]が明らかにしてくれる。ララの手紙によると已むを得ず不可解な電文になってしまったこと、自分たちの喜びをゾラと分け合いたかったからだと書いている。ララの短い電文にはゾラへの万感の思いが込められていたが、ゾラの方は決定的「勝利」と早合点したのである。

「亡命のページ」によると、ゾラは英字新聞「デイリイ・テレグラフ」と「スタンダード」を買ったが、英語が理解できずに困惑している。ララの電文の「勝利」という文字は彼の心に強く響き「事件は終わった」[註20]と確信したのである。この後、ゾラは英語を学ぶためではなく、新聞が読めるようになるために英文法を学び始めている。またフランスの新聞の必要性を痛感し、九月五日付ララ宛「フィガロ」紙、「プチット・レプュブリック・フランセーズ」紙、「タン」紙の一か月予約購読を依頼し、ヴィズトリイ宛郵送を頼んでいる。

ゾラは事情が明らかになっても絶望している様子はない。九月七日付デスムーラン宛「私が考えているのは完全な勝利ではない。われわれはやっと勝利へ向かっているのだ」[註21]。九月八日付ラボリ宛「私はわれわれが勝利に向けて進んでいると信じている。しかし私にはまだ心配がないわけではない。私が貴殿やわれわれの友人達にお願いしたいのはさらに用心深く慎重になることだ。われわれはDの無実が認められ、彼が自由になる時にしか、戦いに勝ったことにならない」[註22]と書いている。先般ラボリ宛「覚書」に表明した帰国の時期を問う質問にラボリや友人達は決められないとの返答をしたためゾラは彼らの意見に従う意向であっても、亡命生活への不満は日増しに募るようである。九月八日付ミルボオ宛「この憎むべき事件が葬り去られる時、私はたった一つのこと、私に静かに仕事をさせてくれることしか願っていない。私は仲間の中に戻り、心に傷をもち騒ぎの渦中に身を置くことしか望んでいない」[註23]またヴォーガンが人権連盟と社会主義者の集会でゾラの原稿を代読したいと依頼してきており、その返答に「私は生きている何らのサインもせずに、死んだようにしていなければならない。私はどこにいるのだろう。それを誰も知らない。他の惑星にでもいるとしておこうか」[註24]と少々ずっこけてみせる。所詮、人は社会的動物であって、いかに生命の安全が保障されていても、社会から完全に幽閉されて暮すことは苦痛であろう。当時のゾラの心境は書簡によく現れている。

九月二十六日、閣議がドレフュス事件の再審を決定した。この折、ゾラの反応は悲観的であって、九月二十七日付妻宛「それは勝利ではあろう。けれども私はもうそれを喜ばない。私はまだ恐ろしい戦いだと思っている。単に正義を浸透させるのにこんなに困難な国は破局へ向かう国である」[註25]と述べているにすぎない。この無感動は八月三十一日の「勝利」の糠よろこびに懲りていたばかりではなく、この頃ゾラがいくつかの個人的問題に忙殺されていたゆえでもある。一つには五月に起きた「プチ・ジュールナル」紙上での父親フランソワ・ゾラの名誉毀損に関して、ラボリとの煩雑な往復文書があり、つぎにはゾラがフランスで飼っていた愛犬の死である。この報を知り、ゾラは一週間も仕事に手がつかなかったほどショックを受けている。十月二日付デスムーラン宛に身体は健康であるが、精神が動揺している旨を告白している。十月六日付デュレ宛「貴殿のように私も絶望と希望の間を行きつ戻りつしている。けれども幸運なそして必然の結末が近いと私には思われる」[註26]と述べ、パリへ帰る時を待っていると結んでいる。

十月二十九日、破棄院がルシイ・アルフレッドによる再審請願を受理した。十月三十日付でつぎのように希望にみちた書簡がある。シャルパンチェ宛「どんなことが起ころうと、それは光である。われわれは勝つしかない。やっと勝利が近い」[註27]、ファスケル宛「私は無実のものが救われ、罪を犯したものが罰せられるということを信じ始めた。その上われわれには光がある」[註28]、ラボリ宛「今後ドレフュスは無罪放免される。そしてもし光がもたらされなかったら（解決されなかったら）私の唯一の怖れは新しい軍法会議から考えられる汚辱だった」[註29]、レイナック宛「この審査の追加は無実のものの無罪放免であり、罪あるものの確実な懲罰である。従って私はこのニュースを知って嬉しい。─中略─人々が光を求めているので、できるだけ光を与えてくれ」[註30]。これら四通の書簡に共通しているのは「光」(la lumière) という単語であるのに気付くであろう。ゾラは無意識に四通の書簡に同じ単語を使ったのかもしれないが、この日彼の深層心理にはこの語に表象される「明るさ」が輝いていたのかもしれない。この頃ゾラは素直に時の流れに迎合し、彼の気持ちが安定していた。その原因は彼の傍に来ていた妻の存在を抜きには考えられない。

十二月に入るとゾラの精神は再び動揺し始めるのが書簡から窺い知ることができる。十二月四日付シャルパンチェ宛、破棄院の判決を待たずに帰国し、仲間と勝利への戦列に加わりたい意向を表明する。同日ラボリ宛ピカール訴訟が延期されるのなら、帰国を早める賛否を問うている。また十一月二十一日採決された特赦が彼に適用されるかについても言及する。

十二月五日、ゾラ夫人はパリに帰りラボリ、ミルボオ、クレマンソオ、アナトール・フランスに会い夫の帰国時期について相談をしたところ、彼らは全員一致して即帰国には反対であった。この結果を知ったゾラは十二月八日付、夫人宛の書簡の中にラボリ宛「覚書」を同封している。「もし友人が揃って私の帰国を不可能であると判断するなら、少なくともその懸念の理由を私に言ってくれ、私は理解できない。彼らは確かに戦を怖れてはいない。それなのになぜ私に対してそんなに慎重なのか」[註31]と訴える。十二月十一日付アレクシス宛「貴殿はパリで戦うことができて仕合わせだ。私はここにいて、平穏に、安全にいることに疲れる。けれどもパリの友人達は私の帰国したい希望に対してひどい手紙を書いてくる。彼らは私の帰国は私の個人的な安全のためばかりでなく、私が訴訟を間違いなく危険にさらすと言っている」[註32]と旧友に自分の心情を幾分か甘えを込めて吐露する。

十二月十五日付ラボリ宛「私は帰国が今可能であるとの絶対的確信があり、破棄院の調査が終わる前にわれわれは政府によるヴェルサイユの訴訟再開を阻止することができ、そしてそれがわれわれにとって新しい成功となるであろうと貴殿に申し上げる。けれども貴殿が私の帰国によって他の闘士たちを危険に陥れ、訴訟を失敗させるおそれがあると断言なさるので私は従う。これは確かに私がこれまでした最大の犠牲である」[註33]と述べている。同日ゾラは心の平静を失っていたのであろうか、シャルパンチェ夫人とミルボオ夫人宛に日常の不満や将来への不安を書き送っている。

一八九八年末から一八九九年初めにかけて、友人、知人と年頭の挨拶が交わされており、そこには真理と正義を回復することへの祈りが書き添えられている。

破棄院刑事部ではドレフュス事件の調査が進み、再審は避け難い状況に追い込まれてくると、再審反対運動の攻勢も強まってきた。民事部長ボオルペエルは刑事部の仲間を裏切者と疑ったが、それが虚偽であると判明したため、一月八日民事部長を辞任せざるを得なくなった。この事件はドレフュス再審への遅れへと波及する。帰国への焦燥感にさいなまれたゾラは一月二十日付ブリュノオ宛「私はもう真理と正義の必然的な勝利への確実な日を決めることをあえてしない」[註34]と書いている。

一八九九年二月十六日、大統領フェリックス・フォールが急死し、二月十八日、エミール・ルーベが新大統領に選ばれた。フォールは反ドレフュス派ではなかったが、事件に積極的には対処しなかった。それに反してルーベはドレフュス反動派の過激さに批判的態度をとっていたため、ドレフュス派の人々にとってはこの大統領交代は好都合であったといえよう。この報に接したゾラは二月十九日付ファスケル宛「ルーベの選挙はすばらしいことだと思う。われわれはこの怖るべき悪夢を幸いにも終えるだろうか[註35]」と書いている。この後、多少日付はずれるが、アレクシスとの文通に面白い比喩が用いられているので簡単に紹介しておこう。アレクシスがゾラへの手紙にフォールは後悔から自殺したという想像を書いたところ、ゾラは三月十二日付アレクシス宛に返事をする。ゾラは英国にいるのでシェクスピアを引き合いに出すのはもっともなことであり、彼はフォールをマクベスやハムレットに喩えるが、フォールは決して後悔から死んだのではなく、恐怖から死んだのだという。そして「十八か月前から歴史はわれわれ小説家のために動いている[註36]」と述べており、これは「事実は小説より奇なり」という表現を思い起こさせる名言である。

二月二十七日、妻がパリに戻ると、ゾラの心の中では帰国したい一途な思いと、勝利の日まで待つべきだという義務感が交錯していたのであろう。三月十四日付ラボリ宛長文の書簡[註37]は次のように要約される。〈四月末に帰国できないのなら英国を去り、妻と合流するためにイタリヤへ行く。ドレフュスの無罪放免の日まで決して帰国しない積りである。移送のない判決はあり得るか。もしあるとしたらその時期を予想できるか。五月初旬までに全てが終わるならば英国でこのまま待つ。〉これらの内容をみると、徐々に追いつめられてゆくゾラの心境がよく表れているように思われる。

三月二十七日、ゾラはロンドンでラボリに会っているが、この時結論が出なかったのであろう。四月四日付ラボリ宛「もし悪い判決が下れば判決前の私の帰国は有益であると確信する。けれども良い判決が下ればこの帰国はむしろ憂慮すべきであろう。判決がどうなるかの予測が問題だ[註38]」と書き、四月七日になると勇み立つ気持を抑え難く、四月十八日を自ら帰国の日と決めている。その上「オーロール」紙に掲載する帰国記事を早々と同便（四月七日付ラボリ宛）に同封している。ラボリの方はロンドンから帰国して、四月四日より重い腸チブスに罹り、以後六週間も病床に就かねばならなかった。この時期ゾラは帰国が間近いと確信しており、友人たちに再会を約束する手紙を書いている。しかも彼の考えは短い周期でまるで猫の目のように変わる。彼はロンドンでトラリュウ上院議員に会い、またパリの友人達がゾラの即帰国にこころよい返事をしないこともあって、彼の意気は挫折する。四月十一日付ラボリ宛「判決前に帰国する考えは断念すべきだと思う。現在、みんなが私の帰国に反対である[註39]」と書いている。

著名な文学史家ギュスタヴ・ランソン宛の書簡が今回公開された。この間の事情を明らかにするために、『書簡集』の註[註40]を紹介しておく。四月十五日付反ドレフュス派の日刊紙「エクレール」に一八九八年十月二十六日から十一月二十日までのアルフレッド・ドレフュスに関する月間報告が公表された。高等司令官オスカー・ダニエルはドレフュスが十一月十一日、ランソン著のフランス文学史中、ゾラについて書かれてある三ページを要約したと報告している。四月十六日、多くの日刊紙が「エクレール」紙の記事を転載したため、早速ランソンはこのような方法で彼の著作が使われたことに不満を述べると同時に、ゾラには陳謝した。ゾラは四月二十三日付ランソン宛「ご心配なさらないで下さい。私はいかなる文学的虚栄心ももち合わせておりませんし、貴殿の批評は多くの人々から敬意を表されるのに大きな貢献をして下さいました。この件について、貴殿の大そう優しい思い出だけが私の心に残ることでしょう。貴殿は一時なりとも私を慰めて下さいました。感謝します[註41]」と返事しており、これも亡命期における一つのエピソードである。

パリ在のゾラ夫人はラボリの病状を逐次夫に報告しており、ようやく危機を脱した四月二十五日、ゾラはラボリ宛「われわれと共に勝つために、今貴殿は大事にしなければならないし、体力が回復するまで待たねばならない。幸いに急ぐことはない。近い将来真理が勝つ。われわれは正義が回復されるために、貴殿を待つ。ともかく心配しないでくれ。突発事故が起こらない限り、私は一か月後でないと戻らない[註42]」と病中のラボリを安心させ、勇気づけている。

五月に入ると、他人の思惑を気にせずに、彼自身で月末の帰国を決める。『多産』を書き終えてから帰国しようと決めていたので、彼は執筆に専念する。そのためこの時期の書簡は数が減り、文面も短くなっている。

他方、五月十五日より「オーロール」紙では『多産』の連載が始まっていた。五月二十八日付妻宛「私は九八年八月四日、独りで小説を書き始めた、そして一八九九年五月二十七日独りで小説を書き終えたところだ。自筆で一〇〇六ページ」[註43]と執筆終了を知らせる。

この後、六月四日の帰国実現の日までの子細を述べておこう。六月一日付ミルボオ宛、ブリュノオ宛に近い帰国を知らせる。ヴォーガン宛に六月五日朝「オーロール」紙に帰国記事の掲載を依頼すると共に、ピカールの記事の扱いについて細かな指示を与える。六月二日、ゾラはラボリから二通の電報を受け取る。最初の電報は即帰国を遅らせるようにとのもの、次の電報は計画を変えなくてもよいというものであった。六月三日付ラボリ宛「もし貴殿の電報が私を悲しませても、私は貴殿が新たな延期を勧めていれば、正しいものであっても私は貴殿の理由を考慮しないと絶対に決めていた。もう沢山だ、何事も私を一ときも引き止めることはできない。国境で止まるように脅迫されても、私は帰国する。そして私は時期がやって来たと感じたし、決して私の感情は私を欺かなかった。けれどももし私が貴殿と仲違いしたり、貴殿の希望を無視していたらどんなに苦しかっただろう。私の心はすでに血潮が滴っていた」[註44]と激しい調子で決意を表明している。同日ゾラはラボリからの書簡を受け取り、六月二日友人達が集まり、協議し、二番目の電報を送るに到った事情を知り、午後三時に再びラボリ宛「私は繰り返すが、貴殿のいうことや誰のいうことも聞き入れなかったのを大変悲しく思った。現在、フランスに自分の地位を取り戻しに直ちに帰らなければ私は自分自身を卑怯者とみなすであろう。その上、私の帰国による未来の結果がどうなろうと、これはまずい政策であろうと確信している。結局、議論の余地はない。貴殿が貴殿自身屈服したのだから。私は大変嬉しい。われわれの間に何のわだかまりもなく、間もなく貴殿に接吻しに行けて嬉しい」[註45]と結び、何ともあっけない幕切れであった。

六月二日夕刻、仲間達がゾラの帰国に同意し、二番目の電報を打っているので、彼らは六月三日の破棄院の判決（ドレフュス事件の判決破棄、軍法会議での再審）を待たずに、その結論を出したことになる。破棄院の判決は早速ゾラに伝えられたであろうから、彼はその判決を知って、六月四日午後九時、ロンドンを後にし、パリへ向かったのである。

以上のように『書簡集』を中心に、英国亡命期のゾラを時流に沿って辿ってきたが、小説家としてのゾラに関する補足をしておこう。一八九八年八月四日、『多産』の執筆を開始し、一八九九年五月二十七日、執筆を終了するまでの執筆進行状況を『書簡集』から拾って以下に表にしてみた。

<table>
<tr><th></th><th>宛先</th><th>書簡内容</th></tr>
<tr><td>一八九八年</td><td></td><td></td></tr>
<tr><td>八月六日</td><td>デスムーラン</td><td>『多産』執筆開始</td></tr>
<tr><td>八月二十一日</td><td>ファスケル</td><td>三章を明日終了予定</td></tr>
<tr><td>九月十一日</td><td>ゾラ夫人</td><td>五章（一部）終了</td></tr>
<tr><td>十二月一日</td><td>ファスケル</td><td>五日妻が十二章を届ける</td></tr>
<tr><td>十二月二十二日</td><td>ファスケル</td><td>十二章のゲラを受領</td></tr>
<tr><td>一八九九年</td><td></td><td></td></tr>
<tr><td>二月十九日</td><td>ヴォーガン</td><td>連載開始　五月希望</td></tr>
<tr><td>二月二十日</td><td>ファスケル</td><td>連載開始　五月二十日以降</td></tr>
<tr><td>三月九日</td><td>ファスケル</td><td>再校十二章、ゲラ三章受領</td></tr>
<tr><td>三月十八日</td><td>ドイツの出版社</td><td>独語翻訳、連載の件</td></tr>
<tr><td>三月十九日</td><td>アレクシス</td><td>五月末脱稿予定</td></tr>
<tr><td>三月二十四日</td><td>ゾラ夫人</td><td>昨日二十四章終了</td></tr>
<tr><td>四月九日</td><td>ファスケル</td><td>新しい章（複数）を終了、訂正済みゲラ</td></tr>
<tr><td>四月十六日</td><td>デスムーラン</td><td rowspan="3">帰国前に『多産』脱稿予定</td></tr>
<tr><td>四月二十日</td><td>シャルパンチェ</td></tr>
<tr><td>四月二十三日</td><td>デュレ</td></tr>
<tr><td>五月十六日</td><td>ファスケル</td><td>第三部の訂正済ゲラ新七章の組版受領</td></tr>
<tr><td>五月二十一日</td><td>デュレ</td><td>執筆多忙中</td></tr>
<tr><td>五月二十八日</td><td>ゾラ夫人</td><td>昨五月二十七日『多産』脱稿、一〇〇六ページ</td></tr>
</table>

ちなみに『多産』は『四福音書』（『多産』一八九九年、『労働』一九〇一年、『真理』一九〇三年、「正義」は作者の死で執筆されなかかった）の第一作目であって、六部で構成され、それぞれの部は五章から成っている。テーマはドレフュス事件とは関係なく、題名の示すように多産な家族とそうでない家族を対照的に描いた小説である。

「亡命のページ」によると、一八九八年八月三日午後、ゾラはパリから取り寄せた資料（前年十二月に作成済）やノートを読み、、その夜第一章のプランを決めている。「八月四日、本日十時、私は小説「多産」を書き始めた。私は一時まで仕事をして、規則的な五ページを書いた」[註46]と記述している。彼にとっては前作の『パリ』から十一か月目の執筆再開である。しかも彼独自の執筆習慣をとり戻している。一日五ページ、そして書かない日は殆どない。メダンの別荘を訪れた人は現在なお書斎に掲げられているラテン語の格言「毎日何かを書く」[註47]を思い出すであろう。『書簡集』から判明したところでは、九月十一日付ゾラ夫人宛、引っ越しの日（八月二十八日）と「勝利」の電報を受け取った翌日（九月一日）は執筆しなかったことを伝えている。さらに九月三十日付ゾラ夫人宛、彼が飼っていた犬の死の報を聞いて一週間の間、筆をとれなかったと書いている。執筆しなかった日を報ずる書簡は僅か二通である。ゾラは日常の執筆習慣を回復して、どれほど救われたことであろう。喜びの少ない亡命生活の中では小説を書くことは、、喜びとなり、孤独からも逃れることができた。当時友人達に送られた書簡には仕事の順調な続行の満足感が綴られていて、不思議にも、作家がしばしば陥る仕事上の苦悩、焦燥、疲弊を述べたものはみあたらない。

十二月十一日付アレクシス宛「私はここでたった一人の友しかいない。書きかけている小説である。それは良い仲間である」[註48]、三月十四日付デュレ宛「私は小説を書き終えて、亡命期を無駄にしなかった勇敢な勤勉者として帰国する」[註49]、三月二十六日付デュレ宛「現実の事件の中で私は役割を演じることができた。その上それらの事件は私の中にある作家を夢中にさせる」[註50]と書いている。これらの見解を総合的に分析すると、ゾラはドレフュス事件の真理と正義の回復のために身を投じながら、決して革命の闘士のみに留まらず、小説家、しかもプロの小説家であった。換言すれば、彼は事件そのものへの激怒や正義感はもっていたが、決してそれだけではなかった。彼の作家魂はよりしたたかであったと、いえるのかもしれない。

最後にゾラの亡命はその目的を達成したか、の疑問が残る。書簡の中で幾度となく繰り返された「真理」と「正義」のための「勝利」とは当初ドレフュスの無罪放免を意味していた。ゾラも「勝利」の日まで帰国しないと何度も誓いながら、亡命生活が長びくに従って「勝利」即「帰国」のモットーに割れ目が生じ始めた。なぜならば時と共に「勝利」への道程は遠く、果てしなく、絶望的になっていった。裁判の成り行き、政治や社会の動向は予断を許さない。様々な事情はたとえ「勝利」への前進の布石であるとしても、異国で一日千秋の思いで帰国を待つ身にとっては苛酷な試練である。書簡にみるように、ゾラは執拗にラボリや友人達に帰国の意志を表明し、訴え、懇願さえしているが、彼の願いは聞き入れられないまま月日は流れる。遂にゾラは彼の小説の完成の時期を帰国の時期にしようと決心する。これは小説家らしい決断であった。

彼の帰国に関する経緯は既に述べたが、ここで繰り返し考えてみたい。確かに彼の帰国は破棄院の判決後であったが、前述の六月三日付ラボリ宛書簡の文面からは、彼の帰国決心は判決前に為されていたことが明らかであり、これは重要なことである。多くの解説や伝記ではこの点が曖昧であって、「破棄院判決後の帰国」で片附けられている。六月三日の破棄院の判決は「勝利」ではないが、少なくとも「勝利」への前進であり、明るいニュースであったはずだ。ここでは帰国の時期ではなく、帰国を決心した時期が重大なポイントであると思う。しかし、今となっては真の「勝利」の日はまだ遥か遠かったのだから（七年後）、彼の帰国の決心やその時期を云々してみても、周囲にさして影響を及ぼさなかったと推測される。ただゾラ個人の問題として考えてみると破棄院の判決を知って帰国を決心していたら派手に「真理」と「正義」の「勝利」を掲げた以上、多少は大義名分がたち、精神的にはすっきりしたのではないかと思ってみるのである。

亡命期間中、ゾラは時間を無駄にせず『多産』を書いた。しかし、亡命しなくてもゾラはメダンの心地良い環境の中で『多産』を書いたであろう。作品の文学的価値はさておいて、一作品を生んだ成果に比して、その犠牲は何と大きかったことだろう。それほど彼の英国での亡命生活は苦渋と不安に満ちていたのである。『書簡集』ではその全てが語られている。

一九〇六年七月十二日、ドレフュスの無罪放免が決定した時、ゾラはすでにこの世の人ではなかった。

人物紹介

—アレクシス　旧友、小説家
—ブリュノオ　音楽家、共同で作品上演
—シャルパンチェ　出版社の友人
—デスムーラン　親しい友人、デザイナー
—デュレ　親しい友人、美術評論家
—ファスケル　ゾラの作品の出版社の友人
—ララ　医師、パリの連絡係
—ラボリ　ゾラの弁護士
—ミルボオ　親しい友人、作家
—レイナック　当時ドレフュス派の運動家。『ドレフュス事件史』執筆
—ヴォーガン　「オーロール」紙編集長
—ヴィズトリイ　ゾラの作品の英国での出版社の息子、通訳、連絡係

註1　「亡命」という語を使用するにあたって一言断っておきたい。例えば一九五一年ジュネーブで〈亡命者（難民）の地位に関する条約〉が採決され、亡命者を通常の外国人と区別した。ブリタニカ国際大百科辞典18によると「国際法上の『亡命』の概念は必ずしも一義的に定めることはできないが、一般的には人種、宗教、国籍、特定の社会的集団への所属、政治的意見の違いなどの事情のため迫害を受け、または受けるおそれのあるために、その居住地から他の場所に（普通は本国から外国へ）逃れること」と記されている。本論ではこうした見解で「亡命」という語を使用する。

註2　Emile Zola, Œuvres complètes X Ⅳ,Cercle du Livre Précieux 1970.　註3　Ibid p.1136－1161　註4　Ibid p.885－p.888
註5　Ibid p.891－p.895　註6　Ibid p.897－p.901　註7　Ibid p.903－p.909　註8　Ibid p.911－p.918
註9　Ibid Vérité en marche.
註10　Ibid邦訳『ドレフュス事件』大佛次郎著　朝日選書19　一九七六年　五六－七一頁
註11　Emile Zola, Œuvres complètes X Ⅳ, Impression d'audience (p.1108－p.1117)

註12 Ibid p.1137 – p.1139

註13 『ドレフュス事件』大佛次郎著　朝日選書19　一九七六年　八九頁

註14 Correspondance Ⅸ, Les Presses de l'Université de Montréal, Editions du CNRS 1993, p.225

註15 Ibid p.227　註16 Ibid p.231 et p.252　註17 Ibid p.242　註18 Ibid p.266 – p.269

註19 Ibid p.286 – p.287　註20 Œuvres complètes XⅣ,p.1178　註21 Ibid p.1159 – p.1160

註22 Correspondance Ⅸ,p.295　註23 Ibid p.297　註24 Ibid p.298　註25 Ibid p.299

註26 Ibid p.320　註27 Ibid p.330　註28 Ibid p.343　註29 Ibid p.345

註30 Ibid p.346　註31 Ibid p.347　註32 Ibid p.362　註33 Ibid p.363

註34 Ibid p.369　註35 Ibid p.398　註36 Ibid p.414　註37 Ibid p.427

註38 Ibid p.433　註39 Ibid p.451　註40 Ibid p.458　註41 Ibid p.471

註42 Ibid p.470　註43 Ibid p.472　註44 Ibid p.485　註45 Ibid p.492

註46 Ibid p.494　註47 Œuvres complètes XⅣ,p.1151　註48 Nulla dies sine linea

註49 Correspondance Ⅸ,p.363　註50 Ibid p.430　註51 Ibid p.444

(二) 亡命期のゾラの生活と意見

本章ではアレクサンドリンヌ（ゾラ夫人）、ジャンヌ・ロズロと娘宛の書簡を中心に英国亡命期のゾラの生活と意見を明らかにしたい。今回取り上げる書簡数はアレクサンドリンヌ宛四二通、ジャンヌ・ロズロ宛四通、娘ドニーズ宛一五通、計六一通である。これらの書簡の検討に入る前に、ゾラをめぐる二人の女性、アレクサンドリンヌとジャンヌ・ロズロについて簡単に述べておこう。

ゾラと妻アレクサンドリンヌとの馴れ初めは一八六四年、旧友セザンヌの紹介によるもので、その後二人は同棲生活をし、一八七〇年五月、ゾラ三十歳の時、彼女と正式に結婚した。アレクサンドリンヌの生い立ちに関して伝記[註1]に説明があるが、ここでは省略し、若い日のゾラは一歳年上のアレクサンドリンヌに何よりも精神的よりどころを求めて、数年の同棲生活にけじめをつけ、結婚に踏み切ったらしい。彼らは若く、貧しい時代を共に暮らし、子供には恵まれなかったものの、円満な生活を営み、次第に富と名声を得てきた。

一八八八年五月、アレクサンドリンヌはジャンヌ・ロズロをメダンの別荘に布類を整理する使用人として雇った。彼女は健康と美貌を兼ね備えた二十一歳、その生い立ちは孤児であることがゾラ夫人と似ていた。二人の間はとてもうまくゆき、夫人は夏のロワイヤン滞在にもジャンヌを同行させるほどの気に入りようだった。しかもそのロワイヤン滞在中にゾラとジャンヌの仲は急速に接近したので

家系図

エミール・ゾラ (1840–1902) ―― ジャンヌ・ロズロ (1867–1914)
= アレクサンドリンヌ・ゾラ (1839–1925) と1870年に結婚

ドニーズ・エミール - ゾラ (1889–1942)
= モーリス・ル・ブロン (1877–1944) と1908年に結婚
- アリンヌ・ル・ブロン (1909 –)
- フランソワーズ・ル・ブロン (1911 –)
- ジャン - クロード・ル・ブロン (1914 –)

ジャック・エミール - ゾラ (1891–1963)
= マルグリット・ブリュノウ (1891–1914) と1917年に結婚
- フランソワ・エミール - ゾラ (1917–1989)

（ジャン=クロード・ル・ブロン作成の家系図を参照）

ある。ゾラは四十八歳、ジャンヌとの年齢差は二十七歳、父娘のような開きがあった。同年十二月十一日、ゾラは妻には内密にジャンヌのためにパリにアパルトマンを借りた。二人が本格的に親密の度を増したのはこの時期であり、翌一八八九年九月、娘ドニーズ、一八九一年九月、息子ジャックが誕生した。その間ゾラ夫人は二人の関係を全く知らなかった。ジャックの誕生後、ゾラ夫人は匿名の手紙で事実を知らされ、激怒し、ジャンヌたちのアパルトマンに押しかけ、夫がジャンヌに宛てた手紙を奪い、焼却した。その後三人の間にどのような場面が展開されたのか、資料もないので、今だに想像の域を出ない。ゾラは二人の女性に誠実であろうとしたため、苦悩しその身を引き裂かれるような針のむしろに座らなければならなかった。糟糠の妻への愛と生涯唯一の恋、それに伴なう父親としての責任の狭間で二者択一は許されないのであった。しかし年月の経過と共にゾラ夫人の怒りは治まり、彼女の寛大さと犠牲的精神から、子供たちと交流するようになった。夫の死後、夫人は子供たちを養子にするのではなく、エミール・ゾラ（エミールとゾラの間に・印が入っている）の名誉ある名を子供たちに与えている。家系図を前ページに示しておいた。

つぎに往復書簡と関係あるのは、ゾラの英国亡命期間中におけるゾラ夫人、ジャンヌと子供たちの訪英、滞在の時期である。それぞれ二度、その正確な日程はつぎのようになっている。

―ジャンヌと子供たち

第一回目　一八九八年八月十一日～十月十五日（六十六日間）

第二回目　一八九九年三月二十七日～四月十一日（十六日間）

―ゾラ夫人

第一回目　一八九八年十月二十二日～十二月五日（四十五日間）

第二回目　一八九八年十二月二十七日～一八九九年二月二十七日（六十三日間）

ちなみにゾラは一八九八年七月十九日ロンドン着、一八九九年六月四日当地を出発しているので、彼の英国滞在総日数は三百八日である。その間ジャンヌと子供たち、ゾラ夫人の英国滞在総合計数は百九十日間であって、それはゾラの滞在日数の凡そ三分の二に相当する。彼が独りで過ごしたのは百日余に過ぎず、それにもかかわらず、書簡数の多さには驚かされる。

ゾラの英国亡命は前章で述べたように、即決、即実行であった。彼は出発直前、ジャンヌ宛書簡に「私はきみが子供たちを連れて私に会いに来られる場所を探すようにする」[註2]と書いていることから、ゾラは出国に際してジャンヌや子供たち、言うまでもなく妻も英国へ呼び寄せることを予定していたことが判明する。しかも『書簡集Ⅸ』の書簡からはゾラは妻の方を先に英国へ来させようとしていたことが明らかである。

英国到着当時、ゾラは官憲の開封や居場所が発覚するのを懸念して、夫人やジャンヌ宛の手紙は弁護士や友人宛の封書の中に二重封筒にして同封していたため、手紙の受領や返信には時間的ずれが生じていたようだ。七月十九日付ラボリ宛書簡の中に、彼は妻宛の書簡を同封しており、妻は七月二十一日ラボリの事務所でそれを受領している。しかし七月二十一日付ゾラ夫人の返信には二通の手紙を受け取っている旨の記述があり、[註3]さらに七月二十二日彼女は夫から新たな手紙を受け取って返事を書いている。亡命初期のこれら三通のゾラから妻宛の書簡は『書簡集Ⅸ』には収録されていない。だが幸いにもゾラ夫人の返信が残されており、ゾラの手紙の内容を容易に推測することができる。それを要約すると、夫の要請にもかかわらず、彼女は始終見張られていて身動きができない。夫の呼びかけと友人たちの忠告の間で決心がつかない状態を訴えている。この妻からの返信で判るように、ゾラは先ず妻を英国へ呼び寄せる積りであったことは間違いない。七月二十五日デスムーランがパリに戻り、翌日ゾラ夫人と話し合った結果「アレクサンドルの即出発は困難。あとふみ」[註4]の電文を送っている。

ここで一言説明しておきたいのは、亡命中ゾラは自分自身偽名を使ったり、何度か名前を変えているばかりか、妻アレクサンドリンヌはアレクサンドル、ジャンヌはジャンと当局を欺くために故意に男性名を使っている。

七月二十七日付デスムーラン宛書簡に、ゾラは妻が自由な決断をするようにとの見解を述べ、二十九日付同氏宛、妻の決断を待っているとの文面が見られるので、この時点ではゾラは妻が英国に来ることを諦めていなかったのである。七月三十一日付ゾラ夫人から夫への手紙は『書簡集Ⅸ』に註として掲載されていて、出典はコレクション エミール - ゾラとなっている。その中で彼女は上訴の結果により即出発はできるものの、英国滞在日数は「別の愛情」[註5]によって左右されることを示唆している。ここで彼女が「別の愛情」(les autres affections) と呼んでいるのは言うまでもなくジャンヌと子供たちである。彼女にとって彼らは「他人」であって、夫が彼らに抱く愛情は自分とはかかわりのない「別の愛情」なのである。この表現は「自己」と「他者」を峻別した点で個人主義の側面がみられないわけではないが、当事者間では皮肉や面当てであることは免れない。

ゾラはこうした妻の手紙に強い衝撃を受けたのか、八月三日付妻宛「けれども私はきみにお願いするが、私たち長年の夫婦生活と過去三十年の共同生活の名において、私自身はどうでも良いから、きみの幸福だけを考えて行動してくれ。私はきみが出来るだけ幸福であるよう願っているし、きみがそうした状態になってこそ私は幸福なのだ[註6]」と認めている。

八月五日付デスムーランからの書簡によって、ゾラは上訴の否決、諸般の事情から夫人がパリに留まる決心をしたこと、夫人から子供たちを夫の傍に送るように依頼されたことを知る。その理由として、夫がもうこれ以上長く独りではいられない人であることを彼女は知っているとも書き添えられている。夫人は留守宅を預かり、弁護士などとの事務的な折衝、身辺の様々な煩雑さなどに忙殺されていたのは疑いないが、短期間の旅行もできないほど事態が切迫していたとも思われない。ジャンヌや子供たちに先を譲った経緯には夫人の多少屈折した感情がよみ取れないわけではない。

八月六日付デスムーラン宛書簡でゾラは「たった今貴殿の手紙を受け取り、私は嬉しく、そして悲しい。子供たちがやって来る、けれどもかわいそうな妻のことを考えると、どんなに苦しいか貴殿は信じられないだろう。私が特に彼女を苦しませたくないこと、彼女自身が幸福でなければ、私は幸福でないことを、貴殿は彼女にそのすべてを話してくれたのだろうか?」[註7]と書いている。ゾラはいよいよ子供たちを迎える決心をしたのか、同便にジャン（ジャンヌ）へのノートを同封している。そのノートの内容はゾラという人物を知る上での一つの資料である。作家は作品の中で自己の顔をみせるといわれるが、このように極く自然に記されたメモには飾らない作家の性格や思考がより素直に投影されている。ゾラは出発にあたって、実に詳細な注意をジャンヌに書き送っているのである。例えば持参する荷物、召使いたちへの配慮、切符、旅程、食事などについてである。これら完璧にゆき届いた心遣いは早急に生まれたものではなく、彼の性格の綿密さ、気配りの細心さ、愛情の深さを物語っているように思われる。ジャンヌとの年齢差を考えると、ゾラに彼女や子供たちを守ってやらなければならないという保護本能が働くとしても、それだけではなく人間らしい暖かさを感じずにはいられない。

同日妻宛にゾラは「子供たちが私の傍にやって来る。しかし彼らが全てではない。私のあわれな心がどんなにきみのことで一杯になっているか、そしてこれまでのことでどんなに苦しんでいるか、きみが知ってくれたら。―（中略）― 今、きみは番人であり、献身的な人である、私を代表し、私を守ってくれるのはきみなのだ」[註8]と書いている。今回の事態はこのようにゾラの心の中に妻への哀感、愛情、感謝を起こさせる結果となっている。

八月七日付デスムーラン宛書簡に、ゾラは二度目のジャン（ジャンヌ）へのノートを同封している。それは先回よりもさらに具体的な内容のもので、写真機持参は不要、召使いへの心遣い、ドーバー海峡以降はフランが通用しないため食物持参の必要、乗船上の子供たちへの配慮、荷物の点検などに及んでいる。片や同日妻宛にも長文の手紙を書いている。そこにはロンドンの生活のこと、週二回定期便を出すから毎週火曜と土曜に通信先へ手紙を受け取りに行くようにとの指示がある。

アレクサンドリンヌから夫宛「別の愛情」に関して「都合の良い時期まであなたの傍に留まることは、ここでは役立たない他の愛情をあなたから奪うことになります。あなたに大切な人々を傍にお呼びなさい。私が悲しみにひどく沈む時、私はあなたの喜び、他の人々の幸福について考えます。それが私の苦しみを和らげてくれるでしょうから」[註9]と刺のある言葉が述べられている。これはゾラ夫人の心に不満や苛立ちがあることの証拠ではないだろうか。ゾラの側から八月八日付妻宛「私は不安にかられてそれ（筆者註＝きみの手紙）を待った。その手紙は私の心を動揺させた。なぜならきみは悲しみに沈む時、きみの苦しみを和らげるために私の幸福について考えると言っている。私はそんなことを望んでいない」[註10]と強く否定している。

八月十一日、ジャンヌと子供たちがロンドンに到着する日、ゾラは妻宛「今夜、私は子供たちを待っている。彼らはこの孤独を消してくれるだろう。けれどもかわいそうな子供たち、私は彼らを呼んだことを後悔さえしている。なぜなら彼らにはヴェルヌイユのような広い庭も玩具もない。その上空はこんなに灰色だ。私は本当にエゴイストだった」[註11]と書いているが、内心の期待と喜びはいかに大きかったかは計り知れない。

以上がジャンヌと子供たちがゾラ夫人より先に英国へ赴くことになった経緯を『書簡集』に収録されている書簡から辿ってみたものである。書簡は互いに交換するため、相手方の書簡を見なければ通信内容の真意を把握できない場合がある。その点、ゾラ夫人の書簡の多くが『書簡集Ⅸ』に註として必要に応じて掲載されているため、大層役立つ反面、なお気掛りなのは未収録、抜粋書簡の存在である。

ゾラは八月十四日付妻宛に子供たちの到着、彼らが船酔で疲労していたが回復したこと、彼の孤独を癒してくれていることを淡々と語る。子供たちの最初の滞在はこの当時のゾラにとって、恐らく感動的な出来事であったに相違ないが、そうした歓喜の情は表されていない。この件に関して、娘ドニーズも『娘によって語られるエミール・ゾラ』の中で「その説明は簡単です。なぜなら彼はフランスに帰国する時、それらの書類を持って帰らなければならないからです。彼はゾラ夫人がそれらを読んだら、彼女を傷つけることになる親密な感情を何も記しておきたくなかったのです」[註12]と述べている。これは『亡命のページ』の中に子供たちの到着について一行も記されていない理由である。しかし後年書かれた手記から、当時八歳であった娘ドニーズの目にこの訪問がいかに感動的光景に写ったかを容易に窺い知ることができる。

ゾラの妻宛の手紙は長文のものが多い上、内容は実に多岐に亙るので、特に重要に思われるもの、子供たちに関するものを拾い、前稿と重複するドレフュス関係の内容のものは省略したい。八月十八日付妻宛「私の生活はあたかも修道院にいるように規則正しく続いている―(中略)―先日ひどい雷雨があった。幸い子供たちは目を覚まさなかった。彼らは比較的おとなしい。狭い庭で遊んでいる。そしてあまり出かけない。それは私の望むところだが、―(中略)―私はきみのことを考えながら子供たちに接吻する。彼らはなんと幸福なのだろう。将来のことを心配せず、なにも分らないで、あんなに楽しそうに過ごせて!」[註13]と書かれている。引用文中「私はきみのことを考えながら子供たちに接吻する」という件りは不用意に書かれたのか、それともこうした言葉では妻は傷つかないというゾラ夫婦間の深い了解があって書かれたのか判断し難い。しかし女であり、妻であるアレクサンドリンヌはこれを読んで実際にどのように感じたのであろうか。その心境を憶測することさえ憚られる。

八月二十五日付妻宛、ゾラは子供たちの元気な様子を伝えており、その返信で彼女は子供たちが夫の傍にいることを喜んでいる。手紙の中に彼女はジャスミンの押し花を同封すると、ゾラは妻に二本の白いパンジィの押し花を送っている。こうした一見少女趣味的な押し花の交換は子供のいない中年夫婦の細やかな愛情の表現であろうか。

ゾラの動物好き、とりわけ犬への彼の愛情はよく知られている。当時ゾラ夫妻は「パンパン」という名の犬を飼っていた。現在なお『写真家ゾラ』[註14]の中にゾラと愛犬パンパンの肖像を見ることができる。夫妻の往復書簡中、パンパンは別名で「シュヴァリエ」と呼ばれて、度々登場していた。「シュヴァリエ」とは騎士という意味で、ゾラ夫妻はこの犬をとても可愛がり、犬も夫人から離れず、出かける時もついてくることから、騎士の名がつけられたらしい。九月二十二日付妻からの手紙はシュヴァリエが体調を崩していることを伝え、さらに翌九月二十三日付、獣医は愛犬の病状が重いと告げている旨が報じられるのである。そこで九月二十六日付妻宛にゾラは「ここ三晩私は眠れない。昼間は安楽椅子で過ごしている。仕事を全部放棄している」[註15]と述べている。妻からの続便で愛犬の死が知らされる。九月二十七日付妻宛「私のいとしいパンは死んだ。私はその死を知った。私はともかく激しいショックを受けた。なんとか、立ち直ろう。〜明日きみに手紙を書く。もしきみが十六日に私に会いに来なければ私はもう生きていない」[註16]と生きることに弱音を吐くほどパンパンの死は亡命中の彼にはひどい衝撃となった。この他に愛犬の死に関する文面がいくつか残されているので紹介しておこう。

九月二十八日付妻宛、「私は絶えず私の周囲に彼（筆者註＝犬のパンパン）を見る。〔……〕彼は私と共に、私の傍に九年いた。〔……〕私の苦しみは誰にも理解できないだろう〔……〕このことは決して誰にも言わないことにしよう、なぜなら笑われるだろうから。〔……〕ああ！　私はもう手紙の終わりにパン氏への接吻を書けない」[註17]とある。これまで妻宛の手紙の末尾には必ず妻の騎士であるパン氏への接吻を忘れなかったからである。さらに九月二十九日付妻宛「彼（筆者註＝愛犬）は私の脚の間にいる、彼は私の傍らにいる、常に私は彼が突然通り過ぎるのを見る、そして昨夜、私は震えおののいた、なぜなら私がドアを開けてやると、彼は私に会いにやって来た」[註18]との記述から、パンパンの幻覚に苦しむゾラの姿がみられる。この時期、ジャンヌと子供たちが彼の傍にいて、日常的に彼は不自由であったり、孤独に悩むこともなかったはずだが、動物愛好家にとってペットの死は真に悲しいものなのである。

十月十五日付デスムーランとララ宛にゾラは子供たちの出発を告げている。妻宛の書簡は極く短い抜粋しか収録されていないので、残念ながらその内容は不明である。この後十月二十五日、ゾラ夫人はロンドンに到着し、十二月五日まで夫の傍に滞在している。前稿で述べたように、十二月五日の彼女の帰仏目的は、ゾラの友人たちに会い、夫の帰国を促すことであった。この機会に、『多産』十二章までの原稿が出版社に届けられている。妻と友人たちの交渉がはかばかしい結果でないのを知って、ゾラは十二月八日付妻宛「きみの手紙は友人たちに対して、私を少々いら立たせた。私は彼らが私の考えていることを知って欲しいのだ。私は決して二月末までここに留まらない、しかも私がそんなに放置されるのなら、私はいつもやっていたことをやる積りだ、私は自分で、自分一人で行動する、そうすればうまくゆく。私が帰国を望むのは正しい、私はそう思う、そしてこの感情は私を裏切らなかった。私は覇者として帰国する、もし必要ならば戦いの場を取り戻すことだけを望む。これらのことを彼らに言ってくれ」[註19]と、同志に訴えるような強い調子で彼の意向を表明している。しかしゾラは結局友人たちの説得に屈し、夫人は十二月二十二日再びロンドンに戻った。今回の彼女の滞在は自身が悪い風邪に罹ったため、翌一八九九年二月二十七日まで延びることになる。

ゾラは妻が帰国した翌二月二十八日付彼女宛「昨日はなんという一日を過ごしたことだろう！　き

みが私から去った、十二月の時私はきみの去ったことがこんなに辛くなかったのに。〔……〕きみは私を時に襲う絶望の発作を知っているだろう」[註20]と別れの寂しさを漏らしている。二週間を経過した三月十六日付妻宛「私の楽観的な友だちにはうんざりする。私はもう真理と正義の敗北には驚かない。われわれはどうなるのだろう？　私は朝から晩まで口を開かず独りぼっちだ、ついにそれが私の調子を狂わせ、私は今の不安よりは何でも、決定的な逃亡さえ望むようになる。私が憤慨するのはそんな残虐さだ」[註21]とやや精神錯乱を思わせるように追い込まれた状態が記されている。

三月十七日はアレクサンドリンヌの誕生日である。ゾラはファスケルに依頼して、花屋から手紙を添えた花籠を妻に贈っている。彼女はそれを受け取ると、即刻夫に感謝の電文を発した。しかし花籠を前にしていると、過去の様々な思い出が彷彿と蘇り、ふと現在が悲しくなってしまったのである。そこで電文とは矛盾するような暗い手紙を書いてしまう。そこで三月二十一日付妻宛にゾラは「昨夜きみから受け取った手紙は私をとても苦しめた。私はきみに花を贈ることによって、寂しさの中で一瞬きみを幸福にすると思ったが、きみを大層悲しませることにしかならなかったのだね」[註22]と書き、彼女の心の襞をよみ取っているかのようである。

四月二日はゾラの誕生日である。今度はアレクサンドリンヌが夫にバラの花籠を贈る。同日彼は妻宛にその感動を述べた後、「間もなく亡命は九か月になり・私は激しく襲いかかるこうした嫌悪と共に、祖国を追い出されてここにいるのは堪えがたい」[註23]と亡命への不満を訴える。この時期ジャンヌと子供たちが復活祭の休暇を利用してゾラのもとに来ている。早速妻は、可愛いい子供たちが傍らにいても嫌悪と苦悩の固定観念から逃れられないことは残念だと、夫に返答している。しかしこの頃、亡命生活は長引き、友人たちとの交渉は難航し、帰国のめどが立たないため、ゾラは不安のどん底にいたはずだ。日常生活ではジャンヌや子供たちが傍に来ていて、夫人が言うように気が紛れたかもしれないが、逆に目前の親愛なものの存在は焦りを昂進させる場合もあるだろう。ともかく根本的問題である「帰国」が解決されない限り、心に巣喰った不安は解消されないのである。

四月十一日、子供たちが英国を離れた日、ゾラはやはり寂しかったのか妻宛「愛し合おう、いとしい妻よ、不幸な日々は終わらない」[註24]と書いている。これだけの短い抜粋であって、他に何が書かれてあったのか知る由もないのが残念だ。この後、妻宛の書簡は五月末まで途切れている。筆まめなゾラが妻に手紙を書かなかったとは信じ難い。実際ラボリの病状をパリにいたアレクサンドリンヌは逐次夫に報告していた経緯もあるので、この間の妻宛の書簡は恐らく紛失してしまったのか、或るいは何らかの事情で『書簡集Ⅸ』に収録されなかったのであろう。前稿で述べたように五月二十八日、ゾラは妻に『多産』の執筆完了を知らせる。六月二日付妻宛「すべては私に夢のように思われる！ 私は騒ぎは予想している。けれども私たちは一緒であって、もし必要ならば一緒に戦おう。いとしい妻よ、高鳴る心からたくさんの接吻を」[註25]と結ばれている。

つぎにジャンヌと子供たちへの手紙について述べよう。ジャンヌへの手紙は前述のように四通であるが、そのうち三通は娘ドニーズが書いた『娘によって語られるエミール・ゾラ』（一九三一年刊）で既に公開されたものであり、残る一通はアルマン・ラヌウが『ゾラ全集1』（一九六二年）と『今日は、ゾラさん』（一九六二年）の中に引用したカードである。すなわち『書簡集Ⅸ』に収録されているジャンヌへの書簡は全部新出のものではないということになる。

一八九八年七月十八日付ジャンヌ宛の書簡は既に本章でゾラが英国に家族を呼び寄せる意図があった証拠として取り上げてきている。亡命が緊急であったため、彼はジャンヌに知らせる時間的余裕がなく、事態を手紙に書いて投函したのか、または誰かに託したものであろう。第二信目は十二月一日付ゾラは「きみは私が修道士のような生活をするのを諦めているのがわかるね。私は静かに仕事ができて、片隅でじっと暮らすことができさえすれば、喜びも気晴らしも求めない。要するに私はきみたちがいないことだけが苦しい。もしきみたちがここにいるのなら、何年もの間根気よく待つだろうに」[註26]と書いている。この手紙は抜粋であるため他の部分は不明であるが、ドニーズは母が長引く別離を悲しんでいる時、父が母にこの手紙を送り、精一杯慰めていたとして引用している。

十二月十日、ゾラはジャンヌに縁にきざみがあり、カラー刷り、花模様のついたイギリス人好みの美しいカードを送っている。そこには「私のいとしいジャンヌ、一八八八年十二月十一日の思い出に、私たちの幸福な十年の生活に感謝しながら、その絆は私たちのドニーズとジャックの誕生により永遠に固くなった」[註27]という詞が記されてあった。ゾラはあらゆる場合、記念日を大切にする人物であった。彼とジャンヌ・ロズロが結ばれて、この十二月十一日は十周年目にあたるのである。最後の書簡は一八九九年五月二十七日、『多産』執筆終了直後、「私はすべての女性たち、妻たち、母親たちが私と共にいることを望んでいる」[註28]という抜粋の短い文面である。ゾラは一〇〇六ページの長篇を脱稿し、その解放感からであろうか、同日奇しくも妻とジャンヌに手紙を書いている。

最後にドニーズ宛の手紙に移ろう。この当時ドニーズは一八八九年九月二日生まれの九歳、ジャックは一八九一年九月二十五日生まれの七歳であって、彼らは英国滞在中に父の傍で新しい誕生日を迎えている。『書簡集IX』に収録されている手紙は全てドニーズ宛になっているが、内容的には二人の子供たち宛のものが多い。また註によるとドニーズから父宛の手紙は全くないので、ゾラの手紙から娘の手紙の文面を推察することしかできない。まずそのいく通かの抜粋を紹介してみることにしよう。

―一八九八年十月二十七日付

「私はお前がピアノのコンクールで銀のメダルを取ったことを知った。来年は金のメダルを取るべきだね[註29]」

―十一月十日付

「お前は大きくなったね、今ではドイツ語で私に手紙が書けるようになった、しかしドイツ語だけ一番では駄目だ、フランス語でも同様に一番になるべきだよ[註30]」

―十一月二十日付

「実際お前は多くの間違いを書いている、お前の手紙には十五の間違いがあった。けれども私はそんなことは気にしないよ、もしお前が精一杯勉強するよう努めればね。勉強すればもう決して間違わないようになるよ。―(中略)―ジャックは怠け者だと伝えてくれ、彼は私に手紙をくれないから。彼にやさしくしてやり、一緒に遊ぶんだよ[註31]」
—十二月二十二日付
「ジャックとお前、もしお前たちがママンと私に良い贈り物をしたければ、良く勉強し、おりこうでいることだ。お前はそれがお金のかからないことを知っているだろう[註32]」
—一八九九年一月一日付
「ママンはお前がピアノを上手に弾くようになったと言っている。私が帰った時、演奏してくれるように、お前は美しい曲を練習しておく必要があるよ。私たちはお祝いをしよう、そして私たちみんなを踊らせるのはお前だよ[註33]」
—一月五日付
「お前が印刷機械を使うことが出来るようになれば、一ページ印刷してママンの手紙の中に入れて私に送ってくれ。私はお前のやったものを見て、将来私の本の一冊をお前に印刷して貰うよ[註34]」
—一月二十六日付
「地理で一番だったのは大変良いことだ。もしお前がずっとおりこうで、良く勉強してくれたら、ママンと私は、私たちを喜ばせてくれるかしこい娘をもって鼻が高いよ[註35]」
—三月二十三日付
「お前は日曜日、プレイ ホールで非常に素晴らしい演奏をしたらしい。私はお前が何人かで合奏したのかと思っていた。しかしプログラムによるとお前はたった独りでソナチネを弾いたのだね[註36]」

—四月二十三日付

「お前は立派な手紙を私にくれた、良く書けている、綴字の間違いは五つか六つしかない。これは見事だ。お前が一生懸命頑張ったら、上手に書けるのが分かるよ[註37]」

—五月十八日付

「今回、お前の手紙は前よりも立派だし、その上綴字も良くなっている。お前は書き取りをしているようだね、四つの間違いだけだ[註38]」

—六月一日付

「お前は度々手紙をくれてやさしいね！　けれども今回が最後だ、私は間もなくお前に接吻しに帰るからだよ、お前が私に約束してくれたお茶やお菓子をジャックと一緒に用意してよいのだよ[註39]」

以上のように『書簡集Ⅸ』に収録されているゾラ夫人、ジャンヌ、ドニーズ宛の書簡を具体的に検証してきたが、それぞれの特徴をまとめてみよう。

まずゾラ夫人への書簡は本章ではドレフュス事件や裁判に関する前章と重復する部分は割愛してきたが、ゾラは夫人を同志あるいは友人として、手紙を書いている。彼女は夫の弁護士や友人たちと対等に渡り合い、正確な情報を夫に送っている。彼女は単に彼の妻であるばかりか、公私共に最も身近で信用に値する存在であった。その点からも彼女は夫と肩を並べる知性と教養を備え、聡明な女性でなければならない。このことはゾラが彼女に宛てた多数の書簡が弁護士や友人たちに宛てた書簡と内容や用語の使い方において酷似している点から証明できる。

つぎにジャンヌ宛の書簡は前述のように四通しか収録されていないが、娘ドニーズへの手紙の内容からも判るように、実際には未収録の手紙は多数にのぼると推測される。このことはドニーズの『娘によって語られるエミール・ゾラ』の中にも「父から母への多くの手紙」という表現が度々書かれていることからも実証される。ゾラとジャンヌの往復書簡の内容は子供たちのことが主流であったのは言うまでもないであろう。

最後にドニーズへの手紙は前述の引用文からも分かるように父性愛に満ちている。ゾラは作家らしく娘の綴字の間違いを追いながら娘の成長を喜んでいる様子は涙ぐましい。紙面の都合で引用しなかった他の多くの部分にもみられるが、ゾラは娘と同じ目の高さで共に物事を考え、父親らしい慈眼を娘に注いでいる。その一行一行から父の愛の大きさ、暖かさが滲み出てくるようである。ゾラは作品の中で人生のあらゆる場面を描いてきたが、実生活面では歳を取り、子供を授かり（四十九歳の時）、親子の情を実感することができた。しかも亡命の経験なくして、このように実の娘への手紙は書かれることはなかったのである。その点でもゾラその人を知る貴重な資料といわなければならない。恐らくドニーズはこれらの父からの手紙を何度も何度も繰り返し読みながら、成長していったのであろう。彼女は父の輩下の作家モーリス・ル・ブロンと結婚し、後に前掲の『娘によって語られるエミール・ゾラ』を残し、ジャックは著名な医者になったのである。

ゾラの亡命期は、夫人が夫とジャンヌの関係を知って既に十年を経過しており、彼女の当初の激怒は治まり、彼女は子供たちに愛情さえ感じるようになっていたが、ジャンヌに対してはまだ複雑な気持をもっていたのではないだろうか。ゾラ夫妻の往復書簡の中で「子供たち」(les enfants)と度々書かれているものの、彼らの母親への言及はどこにもみられない。十歳未満の子供たちだけが英国に行かれる訳もないので、そこに母親の存在が無いのはむしろ不自然である。ゾラ夫妻の間では「ジャンヌ」や「彼らの母親」という語は暗黙の禁句だったのだろうか。

『書簡集』を通して、未収録の書簡の多数はアレクサンドリンヌとジャンヌ宛のものであり、その原因は本章で明らかにしてきた。今回『書簡集Ⅸ』の編集にあたり、アンリ・ミトラン氏が序で語っているように、依然としてゾラの書簡の権利保有者が多くの書簡の公開を許可しないのである。ミトラン氏は生前のジャック・エミール‐ゾラ博士に会い、彼の死後三十年に書簡公開の快諾を得ていたにもかかわらず、その三十年を経過したが(ジャックは一九六三年死亡)なおその約束は実現されないのである。ミトラン氏はそれらの書簡をジャック・エミール‐ゾラ博士に読ませて貰っており、その感想を「私はそれらの書簡が極く僅かな薄笑いを引き起こすようなたった一行も含んでいないのを知っている[註40]」と述べている。同博士の作成した明細書によれば、一八九七年十月から一八九九年十一月までの間に、アレクサンドリンヌ宛書簡一九四通、電報二三通、ジャンヌ宛書簡七八通、はがき十一通があると報告されている。このうちアレクサンドリンヌ宛書簡のいくつかが全文もしくは抜粋で『書簡集Ⅸ』に収録されているが、出所は別であると記されている。

他方、ジャンヌ側の書簡は著しく少ない。これは子孫が生存していることが原因であろうと察する。

娘ドニーズによる『娘によって語られるエミール・ゾラ』（一九三一年刊）は、この家族を知る画期的出来事であった。その後新しい事実を伝える出版物は出されていない。

フランスでは十七世紀以来、書簡文学の伝統はあるが、ゾラは天職である小説のほかに、『書簡集』十巻に収録されるほど多くの書簡を書いている。現代ならば恐らく電話一本ですまされることまでが、このように書簡で交されていた。多くの書簡が未公開であったとしても、筆者の筆跡のまま、フランスのどこかに眠っている。これは偉大な遺産である。いつの日かありし日の作家の生きざまが、そのままの姿で研究者の前に現れる。その時、彼は死後なお生き続けることになるのである。

註1 – Bonjour Monsieur Zola, Armand Lanoux, Hachette 1962, p.96
– Zola, Henri Troyat, Flammarion 1992, p.61
註2 Correspondance Ⅸ, Les Presses de l'Université de Montréal, Editions du CNRS 1993, p.224
註3 Ibid p.225　註4 Ibid p.233　註5 Ibid p.241　註6 Ibid p.240
註7 Ibid p.241 – p.242　註8 Ibid p.244　註9 Ibid p.250　註10 Ibid p.249
註11 Ibid p.255
註12 Emile Zola raconté par sa fille, Denise Leblond-Zola, Editions Bernard Grasset 1968, p.256
註13 Correspondance Ⅸ. p.264
註14 Zola Photographe, François Emile-Zora, Denoël 1979, p.40
註15 Correspondance Ⅸ. p.319　註16 Ibid p.320　註17 Ibid p.322　註18 Ibid p.323
註19 Ibid p.360 – p.361　註20 Ibid p.422　註21 Ibid p.434　註22 Ibid p.438
註23 Ibid p.450　註24 Ibid p.459　註25 Ibid p.491　註26 Ibid p.357
註27 – Bonjour Monsieur Zola, Armand Lanoux, Hachette 1962, p.350
– Œuvres Complètes Ⅰ, Cercle du Livre Précieux 1962, p.203
– Correspondance Ⅸ p.357

註28 Correspondance Ⅸ p.484　註29 Ibid p.343　註30 Ibid p.350　註31 Ibid p.353
註32 Ibid p.376　註33 Ibid p.386　註34 Ibid p.390　註35 Ibid p.402
註36 Ibid p.440　註37 Ibid p.471　註38 Ibid p.481　註39 Ibid p.488
註40 Ibid p.16

参考文献

–Correspondance Ⅸ 1897 – 1899, Les Presses de l'Université de Montréal, Editions du CNRS, 1993.
–Emile Zola raconté par sa fille, Denise Leblond-Zola, Editions Bernard Grasset 1968.
–Zola, Henri Troyat, Flammarion 1992.
–Emile Zola, Œuvres Complètes Ⅰ 1962, ⅩⅣ 1970, Cercle du Livre Précieux.
–Zola, légende et vérité, Henri Guillemin, René Julliard 1960.
–Emile Zola et son œuvre, Sven Kellner, Les Deux Colombes, 1994.
–Vie de Zola, Bertrand de Jouvenel Julliard 1979.
–Emile Zola, l'Affaire Dreyfus, Alain Pagès, Edition CNRS 1994.
–Promenades en Normandie, Gérard Pouchain, Editions Charles Corlet 1993.
–Bonjour Monsieur Zola, Armand Lanoux Hachette 1962.
–Zola, L'Affaire Dreyfus, Jean – Denis Bredin Imprimerie Nationale Editions 1992.
–Cahier Naturalistes No.36 à 38 (1968 – 69)
–ドレフュス事件　大佛次郎著　朝日選書19　朝日新聞社　一九七六年
–ドレーフュス事件　渡辺一民著　筑摩書房　一九七二年
–ドレーフュス事件　ピエール・ミケル著　渡辺一民訳　白水社　一九七四年
–ドレフュス事件とゾラ　稲葉三千男著　青木書店　一九七九年
–ドレフュス獄中記　アルフレッド・ドレフュス著　竹村猛訳　中央大学出版部　一九七九年
–ジャン・バロワ　マルタン・デュ・ガール著　山内義雄訳　白水社　一九六五年

ゾラとマダム　ゾラ

本章ではゾラの私生活面に触れてみる。(一)未公開書簡からの考察、(二)マダム　ゾラの人と生涯の二編から構成され、様々な事情からゾラ夫妻とジャンヌ・ロズロをめぐる私生活の全容はまだ完全に明らかにされていない。これは現時点での人間ゾラを知るための一考察にすぎず、将来書き換えられる日がきっと来るであろう。

(一)未公開書簡からの考察

ゾラの未公開書簡について『自然主義手帳』[註1](第69号、一九九五年)に同様な主題の二本の論文が掲載された。一本はパリ第十大学コレット・ベケール教授による「ゾラの妻、ガブリエル・メレ」、他の一本はゾラの直系曽孫娘ブリジット・エミール - ゾラ博士による「ゾラからアレクサンドリンヌへの書簡からの補足的考察」である。両論とも文豪ゾラの未知の側面への探索であって、そこには新出の資料や独自の見解もみられ、注目に値するものである。

ところで、ゾラをめぐる妻アレクサンドリンヌと愛人ジャンヌ・ロズロ、その子供たちについての経緯は前章「亡命期の生活と意見」に述べたので略すが、アレクサンドリンヌに係わる論及は言うまでもなくゾラやジャンヌの存在に触れることなしには進められない。すなわち三つ巴の人間関係が前提になっているのである。そこで本章では私見を交えながら、これら二本の論文を紹介してゆきたい。

「ゾラの妻、ガブリエル・メレ」[註2]

ベケール教授はゾラと出会う前のアレクサンドリンヌについてはあまりよく知られていないとの前置きで論考を始めている。それはこれまで発表されているゾラやアレクサンドリンヌに関する伝記の中でも謎の部分であり、異なる記述や証拠があって、必ずしも確定し難い部分でもある。

アレクサンドリンヌは当時十八歳のメリヤス工員、エドモン・ジャック・メレを父とし、当時十七歳の店員、カロリンヌ・ルイーズ・ヴァドウを母とし、一八三九年三月二十三日私生児としてパリに生まれた。その後、実の父母は別々の相手と結婚したため、彼女は母に引き取られた[註3]。その母が間もなく死亡したため、彼女は当時花屋をしていた義父の姉のもとで成長したらしい。他方彼女は実父やその姉ビビエンヌ－アレクサンドリンヌ・メレ（彼女から伯母にあたる）ともずっと親交を続けていた。その伯母の孫にあたるアルベール・ラボルドはゾラとも係わりの深い人物となり、後に『ゾラの傍で三十八年』と題する伝記を書いている。

アレクサンドリンヌが未来の夫と知り合った時、何をしていたのかについても確答は与えられておらず、ベケール教授はおそらく彼女は「お針子」だったのではないかと推測している。この点に関し、アルマン・ラヌウは「洗濯女」[註4]だったと、アンリ・トロワイヤは「洗濯女」と「花売り」[註5]だったと記しており、ベケール教授の推測はこれまでとは異なる見解である。またアレクサンドリンヌはガブリエルという名で画家のモデルをしており、医学生、セザンヌ、ギュマンの恋人であったとの証拠もあるらしい。ゾラは旧友セザンヌと共に当時の画家たちのアトリエに出入りしていた折、アレクサンドリンヌと知り合ったという説はこれまで伝記の中で繰り返し語られてきた。一八六四年末か翌一八六五年初めにゾラはアレクサンドリンヌと結ばれ、数年間同棲し、一八七〇年五月彼らは正式に結婚した。（ゾラ三十歳、アレクサンドリンヌ三十一歳）

前述のようにアレクサンドリンヌの独身時代の経歴が不明瞭であるのには理由があった。ゾラの死後、ファスケル社が彼の若い頃の書簡を出版する時、彼女は自分の過去を抹殺するように依頼した。結婚前に使っていた「ガブリエル」の名は「私の妻」に書き直させていたし、ゾラがマリウス・ルウの恋人マリに行なった事も削除させていたのである。

この頃かもしくはその後の手紙の中に、セザンヌの恋人オルタンス・ピケについて、彼女がとげとげしく語っているものがあるという。ゾラとセザンヌの友情そして破綻は世紀の話題になったが、その破綻の原因はゾラが一八八六年に発表した『制作』のモデル問題であったことは否定できないとしても、この二人の竹馬の友の訣別にアレクサンドリンヌが荷担していたのではないかとの見方もある。

ゾラ夫妻は片方が旅行などで離れ離れになると、互いに手紙を書き合う習慣があった。次にその書簡数が特に多い時期を列挙してみると、

—一八七〇年十二月十二日～二十五日、ゾラが母と妻をおいてボルドーに赴いた時
—一八七七年九月十三日、十四日、十五日、エスタックで休暇中、アレクサンドリンヌが父の葬儀でパリに赴いた時
—一八九八年を除く一八九五年以降、毎年アレクサンドリンヌがイタリアへ旅行した時

――一八九八年～一八九九年、ゾラの英国亡命中

これらの書簡には日常生活の些細な出来事、様々な活動、人間関係、出合った人々、食事、健康状態、感想などがこと細かく綴られている。こうした記述は伝記作者にとっては誠に貴重な資料の宝の山になっている。しかしこれらの書簡の一部は公開されているものの、大部分は未公開である。ゾラは英国亡命中、アレクサンドリンヌとジャンヌの両方に同じように手紙を書き、彼女たちも返事を書いていたはずである。しかしゾラ夫人の夫への返信は『書簡集Ⅸ』の註の部分に全部ではないが、かなり多く掲載されているが、ジャンヌの返信は皆無である。

アレクサンドリンヌの書簡についての一考察がある。前述の生い立ちからも察せられるように、彼女が教育を受けた様子はない。彼女が生まれ育った十九世紀中頃、フランスでは女性が平等に教育を受ける制度は確立していなかった。良家の娘だけが女の家庭教師によって、あるいはカトリック系の寄宿舎に入って教育を受けていたのである。ベケール教授は一八七〇年十二月二十日付夫宛の彼女の手紙を引用し、綴字、句読点の誤謬を指摘し文章は稚拙かつ口述的であり、間違いとみなされても仕方のないものであると評している。その後、彼女は手紙を上手に書けるようになり、夫の英国亡命期には書簡を通して、夫と難解なテーマを議論できるようになるまで進歩した。勿論、彼女にはその素質があり、同時に並々ならぬ努力もしたであろうと察するが、アレクサンドリンヌはゾラと日常生活を共にしながら、知的生活も共にすることができるまでに成長したといえるのではないだろうか。

つぎに、アレクサンドリンヌの家庭の主婦としての側面について語られる。彼女がゾラと知り合っ

た頃（一八六四年―一八六五年）彼はアシェット社に勤めていて、ジャーナリストとしても駆け出しの頃であり、経済的には貧しかった。彼女は家計を切り回し、料理の腕はさることながら、針仕事や刺繍も上手であった。一八七七年九月十三日ゾラから妻宛書簡には彼女が刺繍した布をアップリケした寝室のカーテンのことが記されている。[註6]パリやメダンの住居の管理も彼女の仕事であって、彼女の不在中、ゾラは何度か修理や支払いについて妻に問い合わせる手紙を書いていた。

ゾラの動物好きはよく知られており、彼女も夫に負けない動物愛好家であった。書簡中随所に動物に関する記述が見られるが、とりわけゾラの亡命中、パリでの愛犬の死を悼む手紙からは夫婦が共通の趣味で結ばれていたことを窺い知ることができる。

彼女はメダンの別荘で草花を育て、多数の花の名前を知っていた。その生い立ちが示すように、花屋との係わりがあったからであろう。夫の留守中、彼女は夫がいつ突然帰宅してもよいように、書斎に植木鉢を置き、机の上には緑の花瓶に花を生け、毎日世話をしてぃる様子がその書簡に認められている。[註7]

完璧な主婦であり、同時に女らしい心意気の持ち主である反面、夫の亡命中の彼女は実に勇敢であった。パリの留守宅を守り、弁護士、夫の友人たち、出版社の人々との連絡や接渉の役を果たし、正確な情報を常に夫に伝えるばかりか、意気消沈する夫を励 まし、雄々しく内助の功を勤めていた。この時、「真理」と「正義」の勝利という共通の目標に向かって、ゾラ夫妻の心はより一 層接近し、再び強い絆で結ばれたのである。

しかし、一八九一年十一月、アレクサンドリンヌには突発的に不幸な事件が起こっていた。この三年前から続いていた夫の不貞が発覚したのである。相手は自分が雇った召使いであり、既に二人の子供がいるという事実は妻にとって想像を絶する地獄である。彼女はジャンヌ・ロズロのところに行き、夫の手紙を奪い、破棄したという。そのためゾラとジャンヌの馴れ初めからこの時（一八八八年―一八九一年）までのジャンヌ宛ゾラの書簡は永遠に欠落してしまった。アレクサンドリンヌは夫との離婚を一時考えたが、友人たちの忠告で思い留まった。この時ゾラは五十一歳、『ルーゴン・マッカール叢書』中第十八巻『金銭』をシャルパンチェから出版し、『獣人』を新聞に連載し、『壊滅』の執筆も開始していて、仕事の上では脂が乗りきっていた。アレクサンドリンヌが精神的屈辱に堪え、著名な作家の妻の座を守ったことで、一八九三年英国へ、一八九四年イタリアへの旅行に際し、彼女は夫に同行し、大歓迎を受けることになった。

妻との旅行中、ゾラはロンドンから一八九三年九月二十四日付ジャンヌ宛、遺書のような手紙を書いている。これは数少ないジャンヌ宛の公開されている書簡であって、その抜粋が『書簡集Ⅶ』に収録されている。「私はきみにこのことを話しておこう。ジャンヌよ、今私はきみたちのことを考えていたからだ。そうだ、フランスの片隅には私にとって大切な三人がいたのだ。彼らは蔭にいて、私の栄光を共にできないとしても。私はきみと二人の子供たちが恩恵に浴して欲しいのだ。いつか、彼らはみんなにとって私の子供でなければならず、その時ここで起こる全ては同様におまえたちのためのこととなるだろう。私は彼らが父の名を名乗って欲しいのだ」[註8]このようにゾラは歓迎の陶酔の渦中にあって、いや逆にそうした状態にあったからなおのこと、ジャンヌや子供たちに思いを馳せたのかもしれない。子供たちが父の名を名乗る経緯は後述に譲る。

その後の日常生活はどうであったかというと、パリとメダンでゾラは毎日午後、子供たちに会いに行った。パリにいる時、アレクサンドリンヌと共に一週間に一度子供たちを散歩や観劇に連れて行った。妻の旅行中に限ってゾラはジャンヌのところで夕食をし、九時頃には自宅に戻っていたという。彼が第二の家庭と一緒に暮したのは英国亡命中のある時期だけである。ゾラは生活のルールを守り、それがアレクサンドリンヌに第二の家庭の存在を認めさせるのを可能にしたのである。彼女も旅先から子供たちの消息を尋ね、贈物をし夫は必ず返事を書き、子供たちの写真を送っていた。しかしそれらの書簡は決してジャンヌ個人に言及されておらず、独りだけとり残されたジャンヌの心境を知る手がかりもない。もし未公開の書簡にその種のものを知る手がかりがあれば、恐らく発見であろう。

作家としてのゾラは自然主義文学論を掲げ『ルーゴン・マッカール叢書』を初め多くの小説、戯曲、詩、評論などを発表していて、不屈の精神の持ち主に思われがちだが、人間としてのゾラは過敏な神経の持ち主であって、時として神経症の患者でもあった。不意に襲われる恐怖、不安、焦燥などを最も良く理解し、対応してきたのはアレクサンドリンヌである。ゾラは一歳年上の彼女に一種のエディプス・コンプレックスを抱いていたのかもしれない。彼は幼少で父を亡くし、母一人子一人で成長したため、母亡き後、妻は好伴侶であると同時に母のような存在でもあった。そこで彼女のこうした豊かな母性愛は夫の子供たちには「祖母」のような存在になる。ドニーズが結婚し、三人の子供が誕生し、ジャックが結婚し、一人の子供が誕生すると、彼らと家族ぐるみで交際し、それは彼女の死の時（一九二五年）まで続けられた。

最後に、ベケール教授の質問を記しておこう。

(1)　ゾラの死後、アレクサンドリンヌとジャンヌ・ロズロの関係がどうであったか知りたい。彼女はまだとても幼い子供たちを経済的に援助していたはずだ。私たちにそれを教えてくれる手紙は残っているか。

(2)　ゾラの死後第二の家庭を案じて―ジャンヌは大そう貧しく、資力のない階級だった―彼は何か手続をしていたか。[註9]これらは真に鋭い質問であり、こうした事実が今日まで知られていなかったことが不思議にさえ思われる。ゾラの曽孫娘ブリジット・エミール-ゾラ博士がこれらの設問に答えてくれる。後半でそれらを明らかにしたい。

「ゾラからアレクサンドリンヌへの書簡からの補足的考察[註10]」

まずブリジット・エミール-ゾラ博士の家系図を説明しておかなければならない。エミール・ゾラはアレクサンドリンヌとの結婚で妻との間には子供は無い。しかしジャンヌ・ロズロとの間には娘ドニーズと息子ジャックが誕生した。さらにドニーズはモーリス・ル・ブロンと結婚し、三人の子供が生まれ、ジャックはマルグリット・ブリュノウと結婚し、一人息子フランソワが生まれる。このフランソワと妻ガブリエルとの間の一人娘がブリジット（一九四四年生）である。すなわちエミール・ゾラ

家系図

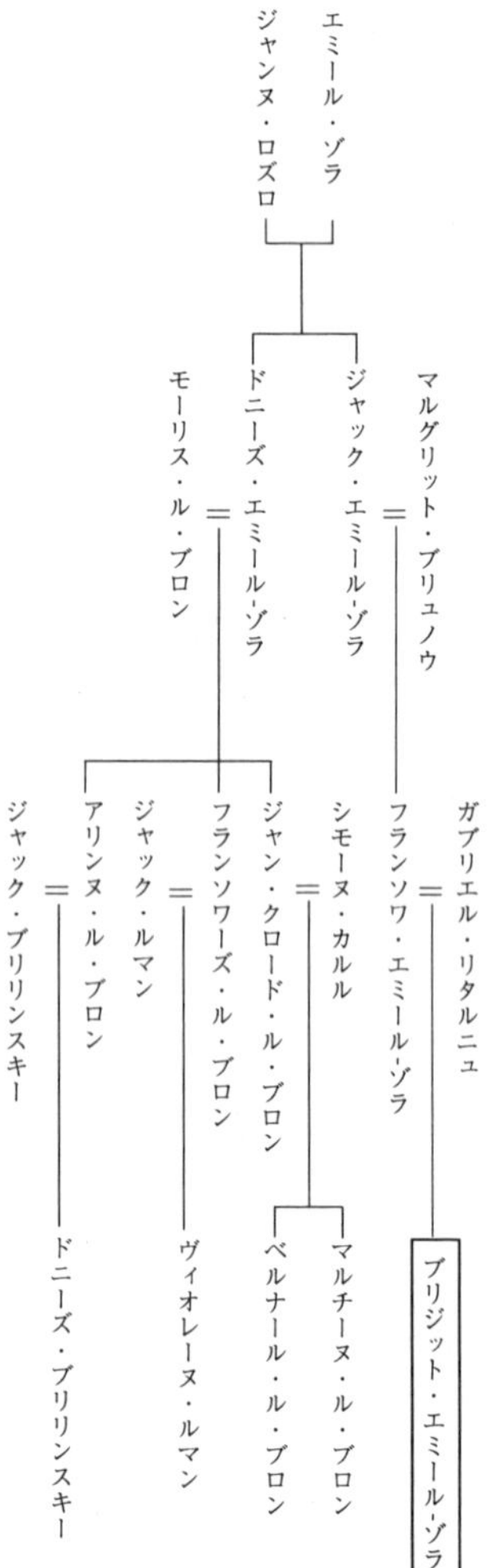

ジャン・クロード・ル・ブロン作成の
家系図参照

から数えると彼女は三代目にあたり、曽孫娘ということになる。念のために家系図を記しておく。

ジャックが医師である本業の傍ら、父エミール・ゾラの書簡や資料を整理、保存しており、フランソワを経て、それらがブリジットに受け継がれたとしても不思議ではないし、彼女は正当な相続人である。

ブリジット・エミール‐ゾラ博士は前述のベケール教授の質問に答えると共に、ゾラからアレクサンドリンヌ宛二通の書簡、そして将来への展望について語っている。

彼女が現在なぜ曽祖父に関する書簡や資料を所有、管理するようになったかを簡単にまとめておこう。ジャック・エミール‐ゾラ博士は妻マルグリットの死（一九六二年）の後、一覧表に記入されてない、大ざっぱに分けられた書簡や資料（写真など）の入ったいくつかの箱を、ブリジットの両親の住んでいたアパルトマンに送ってきていた。その後引っ越しの必要が生じ、それらの箱はブリエンヌにある祖父の別荘へ送り返されたという。その折、ブリジットはそれらの箱に保管されている、アレクサンドリンヌとジャンヌの間で交わされた幾通かの手紙にゾラの死後目を通したことを告白している。これはベケール教授の第一問に対する答えであって、確かに二人の女性の関係を証拠づける書簡は残っているのである。彼女は三年前にブリエンヌのこの別荘の持ち主になり、同時にこれらの書簡や資料も所有することになったのである。

つぎに、一八九七年十一月二十八日付書簡の抜粋を引用している。「私がかわいそうな子供たちの運命について苦しんでいるのは今に始まったことではない。彼らの人生を確かめないうちに私がいなくなったらと考えると、ぞっとして重い責任を感じる」[註11]実はこの引用には宛先が記されていない上、註の説明もない。年代順に作成されている『書簡集Ⅸ』にもこの書簡は収録されていないので、恐らく未公開の書簡ではないだろうか。しかも本章のタイトルから察すると、アレクサンドリンヌ宛ということになる。

ベケール教授の第二問であるゾラの死後の「手続き」については、彼の死が突発的事故によるものなので、まだ具体的に遺書は作成していなかったようである。ジャンヌに出会う前、ゾラはすべてを妻に遺贈すると遺言していた。ただ亡命後ゾラは近親者への手紙の中で、「妻の思いやりの心」を信頼しているという曖昧な表現をしていて、これが「手続き」であるか疑問である。しかし、アレクサンドリンヌは「愛する夫の思い出のために」、ジャンヌと子供たちに年金を与え、それは月末に現金で支払われていたそうである。ブリジットは誰が持参していたのかについては何も知らない。

ジャンヌの手紙についての僅かな情報を提供してくれる。それは彼女の手紙はいつも「親愛な恩人」で始まり、「あなたの慎ましい召使、ジャンヌ・ロズロ」で終わっているという。これは儀礼的用語であるが、生涯ジャンヌはアレクサンドリンヌに対して謙虚なというよりも卑屈な態度で接していたのであろうか。それは正妻と元召使いという階級意識、裏切られたものと裏切りものという道徳意識の混淆から生じたのであろうか。ともかく、一人の男をめぐって、女同士の熾烈な内的葛藤があり、二人の女性は片や陽のあたるところにいて、片や蔭にいて、共に悲しい「女の一生」であったように思われる。

ゾラ夫人はドニーズの結婚に際して、ＬＢ（婚家の姓ル・ブロン）のイニシャルの入った衣類と一万フランの持参金を与えており、結婚契約書にその記録がある。そして、ジャンヌにはその死の時（一九一四年）まで、ジャックには医学の勉学終了（一九一六年）まで年金が与えられていた。これは夫の死後約十五年間、ゾラ夫人はジャンヌと子供たちに年金を与えていたことになる。彼女は夫の印税などで資産はあり、「愛する夫の思い出のため」という名目であっても、夫の死後、これほど長く彼らの世話をしてきた行為はやはり美談に値するだろう。

一九〇八年、アレクサンドリンヌは子供たちに「エミール‐ゾラ」の名前を与えることに同意した。同年十月十四日、ドニーズがモーリス・ル・ブロンと結婚していて、時期的一致から、この結婚の好機に実父の名が贈られたのではないかと想像してみる。ここで、ブリジット・エミール‐ゾラ博士はなぜ「エミール‐ゾラ」（エミールとゾラの間に‐印が入っている）であって、単に「ゾラ」ではないのかとの疑問を投げかける。この件に関して、われわれも長年疑問をもち続けてきた。彼女はそれを「純然たる名前の変形である」と断言し、「アレクサンドリンヌは自分が正妻であることのイメージを是非とも残したかったのだ」とも解説する。また彼女は祖母マルグリットから直接聞いた逸話を語っている。ある日、アレクサンドリンヌはマルグリットに「あなたはエミール - ゾラ夫人であって、ゾラ夫人は私ですよ」と言ったそうである。この短い会話の中に、なぜ子供たちに「ゾラ」ではなく、「エミール - ゾラ」の名を与えたかの答えが秘められているようであり、ブリジットの「純然たる名前の変形である」という意見も納得できる。このような一見些細にみえる「こだわり」も奥が深いことを思い知らされる。

つづいて、ブリジットは一九一六年三月十九日付、アレクサンドリンヌのジャック宛書簡を引用している。[註12]それはジャックが医学部を終え、田舎に引き籠る意向を示した時のもので、彼女はジャックに遺憾の意を述べ、「あなたに名前を与えたのは父上への愛のためであること」さらに「あなたは私に感謝すべきではなく、私が行なったのは私の愛する夫のためだけであって、あなたやあなたの姉上のためではない」と明白に言っている。ここで父の名前の「変形」を貫い、しかもゾラ夫人の善意の動機が明らかになると、子供たちは心の真底から感謝したのであろうか、しかもその名は連綿として今日まで続いている家系図を見る時、一種複雑な感情に襲われてしまう。ブリジットは彼女自身それを懸念しているかどうかは分らないが、当事者の一人であることは確かだ。法的見地から（実際十九世紀フランスにおいてどのような戸籍上の手続をしていたか不明であるが）「ゾラ」の家系はここで断絶し、「エミール・ゾラ」という家系が新しく生まれたことになる。アレクサンドリンヌは最後のゾラ夫人であり、彼女がそれに重大な意味を置いているならば、彼女自身のプライドの問題として容認できる。

ジャックがマルグリットと結婚した時の通知状が保存されており、その知らせをしたのはアレクサンドリンヌである。実母ジャンヌは一九一四年に死亡していたため、アレクサンドリンヌは母親役を果たしたのである。その後、この夫婦に男児フランソワ（ブリジットの父）が誕生した際、アレクサンドリンヌがブリュノウ夫人に送った葉書が紹介されている。[註13]彼女は体重七ポンド半の男児の出生を喜び「ともかく、彼はゾラ家の一員だ」と記し、原文にはゾラにアンダーラインが引かれているという。これは何を意味するのであろうか。さらに「私がこの誕生に居合わせることができたのは本当に恵まれており、私の愛する夫にとっても素晴らしいことだと思う」と続く。これは昨年、リズ・ピュオ－ブリュノウ（恐らく宛先であるブリュノウ夫人の身内のものであろうか）から好意的に送り返された資料として、今回始めて公開された。

アレクサンドリンヌは一九二五年、八十六歳で死亡するまで、ドニーズやジャックそして彼らの子供たちを毎日曜日おやつに招いていた。そして遺言により、夫の著作権料の半分を子供たちに、他の半分をファスケル出版社に残した。これはゾラの死後五十年にあたる一九五二年まで有効であった。

ブリジット・エミール－ゾラ博士がその論文の冒頭で取り上げている、約束のゾラからアレクサンドリンヌ宛二通の書簡について述べよう。一通目は未公開の書簡、二通目は『書簡集Ⅸ』に収録されている書簡である。まず一通目の書簡は一九〇一年十一月二十一日付、イタリアへ湯治に行った妻宛である。[註14] ゾラはラボルドの娘の早産について書いたものだが、その様子を描く筆致は彼自身が小説の中で展開する場面を彷彿とさせられるようなものである。二通目の書簡は奇しくも前章で取り上げた書簡と同じものである。[註15] 英国亡命中の一八九八年八月六日付妻宛、ゾラは子供たちが英国に来ることを告げた後、「しかし、彼らがすべてではない」と書いている。ブリジットは特にこの句を取り上げ「子供たちがそこにいるが、ジャンヌも同様にいるのだ。これは単なるほのめかしではないだろう」と、そしてこれらの手紙を読んだ祖父ジャックの悲しみに思いを馳せている。

つづいて、ブリジット・エミール - ゾラ博士は英国亡命中のゾラとアレクサンドリンヌの未公開往復書簡を公開している。これらはゾラ夫人が二度目の英国滞在を終え、一八九九年二月二十七日パリに戻った後の時期に交わされたものである。まず『書簡集Ⅸ』に収録されている書簡の日付と内容を次に列挙してみると、

―二月二十八日、妻の去った後の寂寥感

―三月二日、　作品二十二章を書き終えた報告

―三月十二日、　ラボリの言に対し疑惑と不安

―三月十六日、　孤独、焦燥

これらの書簡はすべて抜粋である上、短文のものである。三月上旬のこの二週間の間にはさらに未公開の書簡があり、そこではジャンヌと子供たちの渡英をめぐり、ゾラ夫妻間に微妙な遣り取りが交わされていたのだ。前述列挙の書簡内容でみられるように、ゾラは夫人の帰仏後、非常な寂しさに襲

われ、彼は頭の中ではジャンヌと子供たちを呼び寄せたかったのであろう。しかし、彼は妻にその提案をしないでいたところ、妻は夫の気持を察して、彼女の方から子供たちを呼び寄せることを申し出たのである。　次にそれら往復書簡の一部を引用してみよう[註16]

ーゾラよりアレクサンドリンヌ宛

一八九九年三月九日付、「愛する妻よ、ここ三―四日前から私は大きな計画を思いついたので、きみにそれをすぐ言いたい。もっとも、きみが同意してくれなければ、私は何もしたくない」さらに「私は居心地の悪いここに、きみに戻って来て欲しくないので、どうしたらよいだろう。それに五か月も子供たちに接吻していない、私は早くかわいそうな子供たちに接吻したい。ところできみが私に賛成してくれたら、これが私の決心したことだ。先ず、きみ自身が私に判断をまかせてくれた計画を取り上げ、復活祭の休暇中に子供たちをここに呼び寄せることにする。」

ーアレクサンドリンヌよりゾラ宛

同年三月十一日付、「あなたにその事を最初に話したのが私であるのに、なぜ私があなたの望みに同意しないというのですか。今後、大いに気遣ってやらねばならない愛する人々があなたの傍にいないのがどんなことであるか分かっています。そして、私が同意しなければ、私たち相互関係において、今となってはあなたが離れてゆくと思われます。つまり、私があなたの望みを受け入れないと、私は暗い気持になります。その上私はあなたがこんなことを尋ねるのに驚いています。なぜなら、十年前からあなたが望んだどんなことにも決して反対しなかったように、私には思われます」

ーゾラよりアレクサンドリンヌ宛

同年三月十四日付、「私は子供たちの旅行に関するきみの返事は分かっていた。けれども私はきみとこの件について話をしないで決められなかったのだ」

これら夫婦間の往復書簡は回りくどく、その奥には屈折した心の襞が読み取れる。ことジャンヌと子供たちに関しては、この屈折こそが彼ら夫婦間では一種の「儀式」となっていたのかもしれないと、考えざるをえない。

ここで前章[註17]で言及したゾラ夫人の誕生日のことがより一層明確に理解できた。三月十七日、夫人の誕生日にゾラは花を贈ると、彼女は即刻喜びを表す電報を打つが、その後悲しみの手紙を綿々と綴っている。[註18]僅か一日後、なぜこんなに彼女の気持が豹変したのかの原因は直前に夫と前述未公開書簡に見られるような遣り取りがあったからではないだろうか。この心の「しこり」は重要であって、喜びの興奮から覚めると、急に過去の苦難が次々と想い出され、自分を悲劇の主人公にしてしまったのであろうか。

最後に、ブリジット・エミール - ゾラ博士はわれわれに最も関心の深い問題に解答を寄せている。それはゾラの未公開書簡についての将来の見通しである。前章[註19]で述べた「ゾラの書簡の権利保有者」というのはまさにブリジットその人である。彼女はなぜ曽祖父エミール・ゾラの書簡公開を拒否しているかについて、理由をいくつかあげている。

先ず、一八九八年九月二十八日付ゾラの妻宛書簡に「これらのことは誰にも言わないことにしよう。

なぜなら笑われるから」とある。この文章が書かれたのは、愛犬パンパンの死を悼んだ時のもので「これらのこと」とは一体何を指しているのであろうか。ゾラは愛犬の死を悲しみ、幻覚に悩まされ、仕事も放棄した。前後の文脈から「これらのこと」には特に深い意味があるようには思われない。すなわち、愛犬の死でうろたえ、理性を失い、取り乱している状態の彼自身とでもいえようか。ただこの引用文の前後には省略の記号が付されている。その部分に何が書かれていたのかは知る由もないが、彼が私信をやたらに公開したくなかったという意志であると解釈するのはどうであろうか。

つぎに、『書簡集Ⅸ』の序でアンリ・ミトラン氏も語っているように、祖父ジャックはブリジットに「アレクサンドリンヌへの書簡に関しては少なくとも私の死後三十年に、お前が決めなさい」と言っていたそうだ。ジャックの死は一九六三年、その三十年の期限はもう過ぎた。そのため『書簡集』の編纂のため、あるいはゾラの研究者からも書簡公開の要望が彼女に殺到したに違いない。彼女はこの機会に多数の未公開書簡を読み、発信者と受信者の両方の書簡を比較検討し、整理を進めているという。そこで誰もが気付いていることであるが、アレクサンドリンヌ関係の書簡が多数公開されているのに反して、ジャンヌ関係の書簡が極く僅かしか公開されていないのに、ブリジットは不満の意を表している。それには祖父ジャックが生前彼女に漏らした言葉である「私の母については、次の世紀前にはいけないよ、わかるだろう」を引用し、ジャンヌ関係の書簡の公開は時期尚早であると説明している。

そこで、ブリジット・エミール - ゾラ博士は曽祖父のために何かやりたいと述べ、その手始めとして一九九六年春よりブリエンヌにある彼女の家にゾラのための部屋を用意し、研究者たちの調査に便宜を計ると約束している。彼女は決して無意味に書簡の公開を拒否したり延期したりしているのではない。祖先の人々の意志を尊重するためには慎重に資料に目を通すことから始めている。「私がブリエンヌの家の持ち主になってから三年、私にはすべてを丹念に調べる暇も、すべてを読む暇も、ましてやそこに保存されているものを分類する暇などなかった。しかしながら、私にはアレクサンドリンヌ像の他の面を紹介することができる資料が充分ある。私は間もなくこの仕事を始めたい[註20]」と彼女は語っており、そこには彼女の真意が窺われる。彼女は文豪エミール・ゾラの生涯の一側面を明らかにする生き証人の一人であることは間違いない。

以上、『自然主義手帳』（第69号、一九九五年）に掲載された二本の論文をそれぞれ検証してみたところ、次のような結論に達した。コレット・ベケール教授は公開、未公開の資料を駆使して、ゾラ夫人像を描いている。その上、ゾラの死後、ゾラ夫人とジャンヌの関係などに関する重要な質問を投げかける。その解答は未公開書簡に論及しなければならないものであって、ひいては書簡権利保有者への未公開書簡の公開を腕曲に求めるところとなる。それを受けて、ブリジット・エミール - ゾラ博士は私的事柄も交えて、一般には未知の事実を明らかにし、未公開書簡公開に前向きの姿勢を示している。ゆえにこれら二本の論文には相関関係があり、これを機に近い将来必ずゾラ関係の未公開書簡が公開されると期待する。

最後に、男と女の「愛」ゆえに、一世紀を経て、一家族の様々な事情が今なおわれわれの興味や研究対象になっていることに驚かされる。そこで残されている書簡こそが当時のあらゆる状況を後に伝える証言であって、換言すればそれらは死者からの「生の声」なのである。

註1　『自然主義手帳』はエミール・ゾラ友好文学会が一九五五年より発行している学会誌。エミール・ゾラの作品や生涯についての研究、メダンでの学会発表、自然主義文学やドレフュス事件に関する研究が掲載される。

註2　Les Cahiers Naturalistes No.69 1995, p.93 – p.102

註3　アレクサンドリンヌの生年月日は『書簡集Ⅸ』の中では三月十七日になっている。夫妻の書簡の中での日付であるから、これが実際の生年月日であって三月二十三日は戸籍上の生年月日とも解される。

註4　Bonjour M. Zola, Armand Lanoux, Hachette 1962, p.95 – p.96

註5　Zola, Henri Troyat, Flammarion 1992, p.61

註6　Correspodance Ⅲ, p.121, p.123　　註7　Correspondance Ⅸ, p.250

註8　Correspodance Ⅶ, p.444 – p.445　Les Cahiers Naturalistes No. 69. 1995, p.98

註9　Les Cahiers Naturalistes No. 69. 1995, p.101　　註10　Ibid p.103 – p.110

註11　Ibid p.103　　註12　Ibid p.105

註13　Ibid p.105　　註14　Ibid p.108

註15　Ibid p.107 – p.108 Correspodance Ⅸ, p.244
「(二)亡命期のゾラの生活と意見」参照 p.68

註16　Les Cahiers Naturalistes No. 69. 1995, p.109 - p.110　　註17　「(二)亡命期のゾラの生活と意見」参照 p.74

註18　Correspodance Ⅸ, p.439　　註19　「(二)亡命期のゾラの生活と意見」参照 p.81

註20　Les Cahiers Naturalistes No. 69. 1995, p.104

参考文献

– Les Cahiers Naturalistes No. 69, Société Littéraire des Amis d'Emile Zola et Editions Grasset-Fasquelle 1995.
– Correspondance Ⅸ, Les Presses de l'Université de Montréal, Editions du CNRS, 1993.
– Ibid. Ⅲ 1982.　– Ibid. Ⅶ 1989.

– Bonjour Monsieur Zola, Armand Lanoux, Hachette 1962.
– Zola, Henri Troyat, Flammarion 1992.
– Trente-huit années près de Zola, La vie d'Alexandrine Emile Zola, Albert Laborde, Les éditeurs français réunis 1963.
– Emile Zola raconté par sa fille, Denise Leblond – Zola, Editions Bernard Grasset 1968.
– Emile Zola et son œuvre, Sven Kellner, Les Deux Colombes, 1994.
– Vie de Zola, Bertrand de Jouvenel Julliard 1979.
– Emile Zola, Œuvres Complètes Ⅰ, Cercle du Livre Précieux, 1962.

(二) マダム　ゾラの人と生涯

エミール・ゾラ夫人について、「英国亡命期のゾラ(一)(二)」「未公開書簡からの考察」で断片的にではあるが、触れてきた。今回『マダム　ゾラ』[註1]と題する伝記が出版された機会に、新事実や補足しなければならない点が少なからずあるので、改めて筆をとることにする。

『マダム　ゾラ』の著者、エヴリンヌ・ブロック-ダノは未公開の事実や未発表の書簡をもとに「マダム　ゾラ」伝を書いている。これまでエミール・ゾラの伝記の中に夫人について語られているものはあるが、[註2]「ゾラ夫人」の伝記としては唯一、アルベール・ラボルド著『ゾラの傍で三十八年、アレクサンドリンヌ・エミール・ゾラの生涯』[註3]がある。著者であるアルベール・ラボルドはアレクサンドリンヌ（ゾラ夫人）の従兄の息子であって、彼女は彼の名付け親である。彼女は彼をとても可愛がっていたと伝えられていることから、こうした身内の者の書く伝記には手加減があっても決して不思議ではない。その上著者は本書の冒頭に「人間はその死後であっても、私生活に権利がある」[註4]というアインシュタインの書簡からの引用を掲げているのも多少、意味深長に思われる。エヴリンヌ・ブロック-ダノにはラボルドのようにマダム　ゾラとの血縁関係は認められず、夫人の死後、年月も経過し彼女自身の係累も残っていないことから、今回の伝記はより客観的見地から書かれたと、判断しても差し支えないであろう。

今回、アレクサンドリンヌ・ゾラはエミール・ゾラの妻であることには変わりはないが、彼女は一人の女性として、舞台の上でヒロインなのである。夫の名声の陰にあって、内助の功は称えなければならないが、これまであまり知られていなかった自立した女、自由な女としての側面も窺うことができた。

生い立ちと娘時代

『マダム ゾラ』の冒頭で、著者は孤児院の場面を描いている。ガブリエル（ゾラ夫人の娘時代の通称であって、本名はエレオノール・アレクサンドリンヌ・メレ）は一八五九年三月十一日、生後四日の赤児をアンフェール通りの孤児院に預けている。著者が入手した身元証明書（コピーが添付されている）には、子供の名、メレ・カロリンヌ・ガブリエル、出生日、一八五九年三月七日、810号、私生児、メレ・アレクサンドリンヌ・エレオノールの署名、預けた日、一八五九年三月十一日、がはっきりと読める。さらに下部に一八七二年八月十二日の日付があるのは、コミューンの混乱後、多くの証明書が再編成された日付である、との説明がなされている。当時公園、教会の階段、像の下などに赤児が捨てられるのは珍らしいことではなかった。ガブリエルが生後四日のわが児を孤児院に預けたことは、この証明書の存在から、疑いのない事実である。一八六二年まで毎年番号が改められていたので、カロリンヌはこの年パリで引き取られた810番目の孤児である。翌三月十二日、この女児はブルターニュ地方、イル-エ-ヴィレンヌの乳母収容所に送られ、同年三月二十三日死亡している。この日はガブリエルの二十歳の誕生日だった。孤児院に子供を預けるのはていの良い隠れみのであって、預けられた孤児の九〇パーセントは死亡したという。カロリンヌも生まれた時は健康であり、ブルターニュへの長い旅にも堪え、やがて引き取られた農家でどうなったのか……。

ここに興味深い調査報告がある。孤児院は「身元証明書」を発行するが、「出生証明書」が作成されることはない。しかし一八七七年七月十四日付で正式な「出生証明書」が交付されている。これは願いによってしか発行されないものであるから、誰かが「出生証明書」作成の手続きをしたのである。この時、もしカロリンヌが生存していれば十八歳、ゾラ夫妻は三十代半ばであり、子供のなかった彼らがカロリンヌの消息を探したと推測されるが、その確証はないらしい。仮に事実であれば、彼らはこの時点でカロリンヌの死を知ったことになる。以後、彼女は生涯子供をもつことはなく、若い時の出産と子供の放棄は後々まで重く、悲しい体験として彼女の一生に影を落とすことになる。

アレクサンドリンヌ自身の生い立ちについて述べよう。彼女はエドモン・ジャック・メレを父とし、カロリンヌ・ヴァドウを母として、一八三九年三月二十三日、パリに生まれた。両親は十代の終わりの若さで、正式に結婚手続きをしておらず、アレクサンドリンヌが誕生した。出生届が第二区の区役所に提出されたのは一八四八年十月四日である。それは父エドモン・ジャックが他の人と結婚するため、母カロリンヌ・ヴァドウが娘の将来を考えて自分の私生児として届け出た。幼いアレクサンドリンヌは母親とサン・トノレ通りに住み、母親は花売りであったか、造花を作っていたかは判明しない。母は一八四九年六月、馬術教師ルイ・シャルル・デシャンと結婚、娘と三人で暮らしたのも束の間、当時流行したコレラで死亡する。母カロリンヌは二十七歳、アレクサンドリンヌは十歳だった。ここで思い出されるのは、アレクサンドリンヌが孤児院へ預けた子供の名はカロリンヌであり、ずっと後になって、ゾラが英国亡命時代に出した手紙の署名はカロリンヌ・ヴァドウであることだ。アレクサンドリンヌにとってカロリンヌという名は実母と実娘につながる忘れられない名であり、彼女は二人の薄幸なカロリンヌを失ったことになる。

母の死後、アレクサンドリンヌは実父エドモンの妻の実家で暮らしていたが、継母と折り合いが悪く、親戚をたらい廻しにされていたらしい。彼女がこの時代のことを絶対に語らなかったのは、心の傷の深さとも考えられる。彼女も母のように花に関した仕事、花売りではなく、造花工場で見習いをしていたようで、学校へ通った形跡はない。

その後の彼女の職業について、前章で紹介したが[註5]、今回、職業および職域に関する時代的考察が行なわれ、説得力のある見解が出されている。ここで述べられているフランス語のランジェール“lingère”（布類整理係）とは、当時どのような仕事であったかというと、店で買えなかった下着を縫ったり、家庭用布類の維持（洗濯、アイロンかけ、修理など）に従事する職業で、裁縫とそれを維持、管理する技術を身につけていなければならなかった。豊かな家庭では専属でランジェールを雇っていたのである。ふつう彼女たちは店や工場で働いており、いわゆる汚物を洗う洗濯女とは区別されたが、お針子とは時に混同される場合があったという。こうしたブロック - ダノの民俗学的考察を踏まえてみると、アレクサンドリンヌが十代の終わり頃、「お針子」あるいは「洗濯女」だったといわれる理由が納得できる。他方、私生活では彼女はムッシュ・ル・プランス通りで医学生と同棲していた。前述の孤児院に預けた子供の父親がこの時の医学生であるともいわれている。

二十五歳頃、アレクサンドリンヌはランジェールをしながら、余分の収入を得るために若い貧乏な画家たちのためにモデルのようなことをしていた。[註6] そこには若い芸術家たちが集まり、ポール・セザンヌもその常連だった。彼が当時描いたガブリエル・メレ（アレクサンドリンヌ）像は今も残されている。セザンヌとは幼い時代からの友人だったエミール・ゾラが、この集まりに加わったことは容易に想像できる。一八六四年三月、エミールとアレクサンドリンヌが出会い、三月十七日彼が主催していた木曜会に彼女は出席していた。同年七月セザンヌは一時エクスに帰省し、翌一八六五年の初めまでパリにいなかった。この半年の間に二人の若者は急速に親密になった。ゾラはアシェット社に勤める傍ら小説や新聞記事を書いていたが、生活はまだ苦しかった。

エミールと共に

エミールとアレクサンドリンヌは一八六六年初めにカルチエ・ラタンで同棲生活を始める。彼らは正式に結婚していないが、彼女はエミールの友人たちをよくもてなし、彼が良い環境で仕事ができるよう気配りをしていたという。

一八六七年四月、彼らは右岸のクリシイ通りに引っ越す。この界隈こそアレクサンドリンヌが生まれ、育った地区である。そしてエミールの母エミリイが彼らと同居することになる。この同居はどこにでもある嫁姑の確執を生み、それは義母の死まで続く。一人息子を溺愛していた母にとって、アレクサンドリンヌは嫁としてふさわしい女性だったのだろうか。彼女は背が高く、美しく、黒い目をしている。性格ははっきりしていて、口調は横柄、息子より一歳年上、身元に関してはわからないことが多すぎる。彼らの結婚が遅れたのは母の同意が得られなかったのが一原因である。

一八六四年から続いているゾラの木曜会では、アレクサンドリンヌは立派にホステス役を努め、誰もが彼女を妻とみなしていた。彼らは五年間の同棲の後、一八七〇年五月三十一日、パリ十八区の区役所で親族や友人立ち合いで結婚式を挙げた。その時エミール三十歳、アレクサンドリンヌ三十一歳になっていた。この年普仏戦争が起こり、ゾラの友人たちは戦場へ駆り出されるが、彼は未亡人の息子であり、近眼であったことから軍務は免除される。ゾラ一家はマルセイユに逃れ、エミールだけが新聞社の通信員としてボルドーに派遣される。アレクサンドリンヌは義母とマルセイユに留り、その間、夫に書き送った手紙が十通位残っている。それらは語るように書かれ、綴字も不正確であって、若い頃の彼女を知る資料とされている。[註7]

フランスは普仏戦争の敗北、パリ・コミューン、第三共和制へと激動の時代を経過する間、ゾラは『ルーゴン・マッカール叢書』の執筆を開始する。夫がこの大仕事に着手したため、妻は家事一切はいうまでもなく、財政上の管理も引き受け、夫の資料踏査に同行し、秘書の役割をこなす。一八七二年以降、ゾラの作品はシャルパンチェ社から出版され、それを機会にゾラ夫妻とシャルバンチェ夫妻との長い公私に亙る交際が始まる。シャルパンチェ夫人マルグリットは上流階級出身であり、アレクサンドリンヌとは最初の頃しっくりゆかなかったが、年月を経て二人は深い友情で結ばれる。

一八七四〜七六年、アレクサンドリンヌは体調がすぐれず、バカンスに海岸地方に療養に出かける。その病名がはっきりしていないのは、当時は今日のように医学も進歩しておらず、女性の場合、特に精神的なふさぎ込み、ヒステリー、うつ病、偏頭痛などは病名を特定していなかったからだ。ゾラが妻の健康を語る時も、「調子が良くない」「加減が悪い」などの表現をしていて、病名を述べていないが、アレクサンドリンヌには喘息の持病があり、年に何度か発作があったようだ。

一八七七年はゾラ夫妻にとって記念すべき年である。『居酒屋』の爆発的成功でゾラは名実共に有名人になった。四月には盛大な宴が催され、ゾラは自然主義グループの結成を宣言した。シャルパンチェ社との契約更新などでゾラ家の家計は豊かになる。この年七月十四日付、前述のカロリンヌの出生証明書が作成されている。九月にはバカンス先にいたアレクサンドリンヌに実父の重病が知らされ、彼女は急遽パリに戻るが、九月十三日、五十七歳で父は他界した。

翌一八七八年、ゾラ家はメダンに別荘を買う。生粋のパリジェンヌであるアレクサンドリンヌはあまり気乗りがしなかったが、エミールと母がかねてから欲しがっていたものだ。パリから遠くなく、セーヌ川とは鉄道で仕切られた瀟洒な石造りの館が売りに出ていた。最初借りる積りだったが、九、〇〇〇フランという値段から、『居酒屋』の成功もあって、購入することになったのだ。早速改装工事が始まり、その采配を振るのはアレクサンドリンヌである。以後、このメダンの館には多くの文学者、芸術家、友人たちが集まり、一時代を画することになる。

アレクサンドリンヌは当初の予想に反してメダンを気に入り、ゾラ夫妻は一八七八年には七月から翌年一月、一八七九年には五月から翌年一月、一八八〇年には五月から十二月と、一年の約半分をメダンで過ごしている。彼らの思い入れようは次の事実をみても分かる。一八八〇年、万国博で解体したもみの木でセーヌ川にある島に「ル・パラドウ」と名付けるノルウェー風別荘の落成、一八八二年にはシャルパンチェ夫妻のためのパビヨンの建設、一八八五年には『ジェルミナール』の成功により二度目の増築と続く。この時一階には大きなビリヤードの部屋が設けられ、庭には珍しい花の咲く温室、養鶏場、家禽場がつくられ、そこから卵、牛乳、バター、家禽が自給自足できた。その他家具、調度品は贅を尽くし、設備は時代の最先端をゆくものが取り付けられた。

当時のメダンの生活は活気に充ちていた。エミールは仕事にあぶらが乗り、次々に作品を発表していた。アレクサンドリンヌは一番早く起き、朝食の準備をする。朝食後、エミールが郵便物の整理、新聞の切り抜きをするのを彼女が手伝い、ビリヤードの部屋の机がそれらで一杯になることもある。エミールは愛犬を抱いて書斎に上がり、お昼まで仕事に没頭する。彼の書斎の暖炉の上にはローマの文人プリニウスの「一行も書かない日は一日もない」というラテン語の格言が掲げられている。その間アレクサンドリンヌは家事をやり、あるいは雇人に仕事を指示し、監督する。一時に鐘が昼食を告げる。来客のある時は一緒にくつろいだ雰囲気で昼食をし、お喋りに興ずる。午後、エミールは昼寝をし、アレクサンドリンヌは家事をし、手紙の返事を書いたりする。そして夜十一時頃寝室に上がる。

これが当時の彼らの平均的な一日の過ごし方であった。

エミールは友人たち、とりわけ若い彼の讃美者たちに囲まれるのが好きだった。日増しに来訪者が増え、アレクサンドリンヌは多忙になるが、彼女は夫の客たちには決してつんとすましていることはなく、明るく、暖かく迎える完璧なホステスであった。

エミールの友人の中で、ただ一人アレクサンドリンヌが苦手なのはポール・セザンヌだった。当時セザンヌはまだ世に認められておらず、他方アレクサンドリンヌは今やメダンの女主人である。一八七九年夏のあるシーンを紹介しておこう。メダンを訪れたセザンヌはアレクサンドリンヌを描こうとして、お茶を出すポーズをさせていた。突然彼が口の中で何かつぶやき始めた時、セザンヌを熟知しているアレクサンドリンヌはこれが良いサインでないのを察知する。彼女は彼の方へ振り向き、大声で笑い、ポーズをくずす。セザンヌは激怒し、画架をひっくり返し、筆を折り、立ち去った。これでセザンヌによる「お茶をもてなすアレクサンドリンヌ」の絵は永久に存在しなくなった。

他方、ゾラは生活難で八歳の息子のいるセザンヌに何か月もの間、毎月六〇フランの仕送りをしていた。若い頃、彼ら二人の間に人に知られていない係わりがあったのかもしれないが、ゾラが『制作』(一八八六年)を発表した後、ゾラとセザンヌは絶縁した。

毎月曜日、ゾラ夫妻は芝居を観に行くことが多い。ゾラは劇評を依頼され、芝居好きの妻が同行するのである。彼女は夫の書いた芝居や、彼の小説の翻案の芝居を好み、一八七九年度における『居酒屋』の三度の上演は全回観劇し、感銘を受けている。

一八八〇年十月、エミールの母が死亡する。数年前からアレクサンドリンヌと義母の間は険悪になり、メダンの館の二階に自室がありながら、義母はすぐ傍のアパルトマンで別居していた。これは嫁と姑が同じ屋根の下で暮らす難しさ、そして妻と母の間で微妙な存在であった息子の結論だったのだろうか。母は父フランソワ・ゾラの眠るエクスの墓地に埋葬された。

一八八五年～八八年はゾラにとって栄光の年月である。『ジェルミナール』（一八八五年）、『制作』（一八八六年）、『大地』（一八八七年）、『夢』（一八八八年）と次々に話題作が発表されている。金銭的には豊かになったが、それに伴って出費も増える。彼ら夫妻は蓄財には比較的無頓着であり、良いもの（骨董品、美術品）を蒐集し、美食家であり、友人たちに振る舞い、芸術家たちを援助し、先に述べたメダンの増改築にも散財した。彼らは貧しかった若い時代にかなえられなかった欲望を今日の金で満たしているかのようである。

来客が多くなり、多忙になったアレクサンドリンヌには助手が必要となる。そこで一八八八年五月、布類整理係（ランジェール）として若い娘が雇われる。その娘の名はジャンヌ・ロズロである。これまで雇人のことで不愉快な思いをしたこともあったが、今回アレクサンドリンヌはジャンヌをとても気に入る。二人には身分上の共通点もあり、彼女はこの娘に自分自身の若い時の姿を二重写しにして見ているようだ。ジャンヌがゾラ家で働くようになって間もない夏のバカンスに、ゾラ夫妻はジャンヌをロワイヤンに連れてゆくことになる。その時従姉のアメリイ・ラボルドは「ジャンヌは若く、美しい。目につき、愛されるかもしれない、注意しなさい」とアレクサンドリンヌに忠告をしているが、彼女は「エミールは女にもてない男よ」と笑いとばしている。[註8] しかもロワイヤンでアレクサンドリンヌは相変わらず体調がすぐれず、エミールにジャンヌと外出することを薦めていたという。彼女は夫を知り尽くしていると自信をもっていたが、エミール・ゾラは彼女の夫であると同時に、一人の男であった。

バカンスから帰ると、ジャンヌが個人的理由でアレクサンドリンヌに暇を申し出ても、彼女はそれに何の疑いももっていない。その後のエミールとジャンヌとの関係を少々述べよう。同年十二月、ゾラはパリ、サン-ラザール通りにアパルトマンを借り、ジャンヌを住まわせる。彼らの年齢差は二十七歳である。ゾラはジャンヌにピアノを習わせ、本を持参して教育し、衣裳や宝石を買い与えたばかりか、料理人や召使いを雇っている。一八八九年三月、ゾラは『獣人』の資料踏査にジャンヌを伴ってル・アーヴルに赴く。これまで、作品執筆前の調査にはいつもアレクサンドリンヌが随行していたのだ。ジャンヌがその役割をしていることは、ゾラは妻とジャンヌを同位置に置いていたのだろうか、それは妻にとっては許せない屈辱ではないだろうか。しかしアレクサンドリンヌは何も知らない。

同年九月、ゾラ夫妻はパリの住所をブリュセル通り、二十一番地―二に移す。そこはエミール・ゾラの最後の住いとなり、邸宅(hôtel particulier)と呼ぶにふさわしい。内装、家具、調度品は豪華であり、貴重な骨董品や絵画が飾られ、当時としては珍しい電気照明がつけられていたことが知られている。アレクサンドリンヌが新居の整備に追われている頃、正確には九月二十日、エミールの最初の子供、ドニーズが誕生している。全ては内密のうちに行なわれ、アンリ・セアールによって、九月二十三日、パリ九区区役所に出生届が提出されている。

その二年後、一八九一年九月二十五日、エミールに二人目の子供、ジャックが誕生する。この頃、世間ではゾラと若い女の関係が噂になっていたそうであるが、妻の耳には聞こえず、妻は夫を疑うこともない。しかし運命の日は遂にやって来た。一八九一年十一月十日、アレクサンドリンヌは事実を告げる匿名の手紙を受け取った。彼女は早速ジャンヌのアパルトマンに行き、整理机にあった夫からの手紙を奪い、破棄した。その前に彼女はそれらの手紙を読んだであろうから、エミールとジャンヌの出会いからこの時点までの全ての経緯はアレクサンドリンヌの胸の中に永遠に閉じ込められてしまった。

夫の不義を知った妻の激怒は筆舌に尽くし難く、アレクサンドリンヌの叫び声は召使いたちを怖がらせたそうだ。若く、貧しい時代から苦楽を共にしてきた夫、信じきっていた夫、その夫の三年に亙る裏切り行為を妻は容易に理解し、許すことはできない。しかし彼らは離婚には至らない。ゾラがジャンヌや子供たちをいかに愛しく、不憫に思えても、アレクサンドリンヌと別れて、新家庭をもつ決断はつかない。彼にとって妻は同時に姉であり、母であり、永遠の味方なのである。夫が書く機械に譬えられるならば、妻はそれを動かす歯車の一つであって、彼の作品と妻の存在は切り離すことができない。一つ一つ例を示すのは省くが、彼の創作における妻の貢献度はかなり高いはずである。ゾラは男の身勝手といわれようとも、ジャンヌや子供たちと別れられないと同様に妻とも離婚ができない。

アレクサンドリンヌの見解について述べる前に、『ルーゴン・マッカール叢書』最後の巻『パスカル博士』（一八九三年）に触れておこう。この作品のテーマは、人生を仕事に捧げたパスカル博士が五十九歳になり、二十五歳の姪クロチルドを愛し、彼らの間に子供が誕生する。これは作者とジャンヌがモデルになった作品であることは疑う余地はない。そこで出版にあたって、ゾラは困惑し「私の全作品の要約であり、結論であるこの小説を、母の思い出と私の愛する妻に捧げる。[註9]」という献辞をつけた。これを読んだアレクサンドリンヌは恐らく夫の空々しさに立腹し、大いに傷ついたのであろう。アンリ・セアールは一八九三年六月五日付、ゾラ宛書簡の中で、彼がゾラ夫人の訪問を受けたこと、彼自身や従姉のラボルド夫人の説得にも拘わらず、この新しい事態でゾラ夫人が離別を決めたことを報じる。さらに弁護士との相談の取り決めも述べられていることから、この折アレクサンドリンヌが離婚の決心をしたと察せられる。

その後の経緯は判明しないが、彼らの生活は現状維持で続けられた。ゾラの日課は午前中仕事、昼食、昼寝は妻のところで、午後の終わりに彼はジャンヌと子供たちにキスをしにパリに行く。休暇中彼らがメダン近くのシュヴエルシュマンに滞在している時、ゾラは双眼鏡で彼らの姿をメダンの館から眺めるだけで会わない。しかしこの間の妻の苦悩と忍耐はいかばかりであったか、察するに余りある。

時間は少しずつ人の心の傷を癒すのであろうか、アレクサンドリンヌが落ち着きを取り戻した証拠に、一八九五年頃から旅行先から子供たちに手紙を書き、おみやげを買ってくるようになる。一か月に一～二度子供たちを連れてパリ市内を散歩するゾラ夫妻の姿が見られ、それが一週間に一度になったりする。

アレクサンドリンヌの気晴らしの一つにイタリア旅行がある。一八九二年、夫妻が始めてイタリアを訪れた際、『ルーゴン・マッカール叢書』を連載していたイタリアの新聞社から大歓迎を受けていた。一八九四年十月～十二月までの六週間、夫妻は『三都物語』の『ローマ』の調査旅行のためイタリアに滞在している。以後彼女は一八九八年の夫の英国亡命の年を除いて、一九一四年まで毎秋、イタリアに旅行した。彼女はイタリア語を学び、イタリアには多くの友人や知人がいたし、単身での旅行だった。彼女はイタリアで豪華なホテルに泊まり、女王のように歓迎され、フランスから送られてくる新聞を読み、友人たちを迎え、馬車で散歩し、サロンに出入りし、芝居の初演に足を運ぶといった全く自由な日々を満喫した。ゴンクールは一八九五年十一月二十七日の日記[註10]にイタリアで歓迎されているアレクサンドリンヌの様子、毎日夫に書く手紙のこと、夫の方は愛人と自転車に乗ってから妻に書く手紙のことを記している。この毎秋の妻のイタリア旅行は夫から妻への罪滅ぼしであったのだろうか。

彼女の旅行にはもう一つ楽しい思い出をつくってくれる人物がいた。それはジャーナリストであるベルトレリイ伯爵である。彼は彼女より十四歳年下であり、二人の恋が取り沙汰されたこともあったが、実際にはプラトニックなものだったといわれている。彼女のイタリア滞在中、彼は毎日会いに来て、花を贈り、観劇、散歩に同伴し、画家に描かせたアレクサンドリンヌ像もある。しかも一九一三年ベルトレリイが死亡すると、それ以降彼女はもうイタリアへ旅行していない。

一八九七年十二月六日、イタリア滞在中のアレクサンドリンヌは夫からドレフュス事件への介入の手紙を受け取り、即刻帰国する。その後一八九八年の破毀院の判決、英国亡命、一八九九年の帰国に至るまでの経緯は前章に述べたので、今回は割愛する。

ゾラは英国亡命から帰国した後、ジャーナリズムで沈黙を守り、本を書くことに専念する。そのためアレクサンドリンヌが公式の行事に夫の代理として出席しなければならない。例えば『労働』（一九〇一年）出版の挨拶、ゾラのテキストの朗読会、フーリエの弟子と社会主義協会開催の宴会などである。当時女性の地位は低く、社会進出は稀なことであり、夫の代理とはいえ彼女はその役割を公式の場で堂々と果たしている。

一九〇二年九月二十八日から二十九日にかけての夜半、予告なしに椿事が起こる。エミールは一酸化炭素による中毒死、アレクサンドリンヌは九死に一生をえる。メダンから夫妻が帰ってきた直後、パリ、ブリュセル通りのアパルトマンでの出来事である。発見された時、エミールは既に死亡していたが、アレクサンドリンヌは病院に運ばれ意識を取り戻す。夫の死が知らされると、彼女はその時、訃報を即座にジャンヌに知らせるように頼んでいる。アレクサンドリンヌは六十三歳、エミールとの共同生活三十八年に終止符がうたれ、この後、未亡人として二十三年生き残ることになる。

エミール亡きあとに

この事件は一時、事故かドレフュスの陰謀かと世間を騒がせたが、一応、事故として結着がつく。

しかし、アレクサンドリンヌのショックは容易に治まらず、エミールの書斎に入ることもできなかった。ようやくその悲しみから立ち直ると、彼女はエミールの遺言執行人の一人であるユージェーヌ・ファスケルと夫の作品の著作権、再版管理、未発表の原稿、ロシアで発表された記事、戯曲の上演、書簡等について協議し、取り決めをする。特に書簡に関して、彼女は一九〇六年十月十八日付ファスケル宛書簡の中で若い頃のセザンヌからゾラへの手紙は非常に個人的なもので、夫にしか関係のないものだと述べている。[註11]それらの書簡が（一八五六年十二月～一八六六年六月）紛失しているのは、この文面から彼女が故意にそれらを処分したことが疑われる。若い頃のセザンヌ、ゾラ、アレクサンドリンヌの関係がよく解らないのは、この時期の書簡の欠落が原因である。

ゾラの死後一年、友人やゾラの信奉者たちがメダンの館に集り、故人を偲び「エミール・ゾラ友好文学会」が生まれる。以後今日なお十月の最初の日曜日「巡礼」と称する会合がメダンの館で催され、ゾラに関する講演や学術研究発表会が行なわれ、一九五五年より前年度の講演や発表をまとめた『自然主義手帳』が発行されている。

一九〇四年にはモンマルトルに墓地、一九〇六年にはエクスの図書館にゾラ像の落成、通りの名（パリ十五区）、記念日（毎年十月の最初の日曜）とゾラの名は残される。アレクサンドリンヌはこうした行事に参加し夫の思い出を永久に保つ努力を惜しまない。エミールの死後、アレクサンドリンヌとジャンヌや子供たちとの関係はどのようになったか。彼らの絆はより強くなったのである。事件直後、彼女がジャンヌに知らせるようにと頼んだことは前に述べたが、さらにルイ・ド・ロベールの報告によると[註12]、棺を閉じる時、近親の者が彼女に子供たちの写真を入れますかと尋ねると、同様に彼らの母親の写真も入れて下さい、と彼女は答えたという。彼女が彼らを認める気持ちになってきたことは疑いなく、エミールの死が彼女をもう一つの家庭と結びつけることにもなったのも事実だ。

　ドニーズとジャックはアレクサンドリンヌを「おばさん」(Bonne amie) と呼んだ。彼女は彼らにとって年齢的にも祖母のような存在であり、彼らは彼女とジャンヌの間をとりもつ役割をしていた。彼女たちの間に交わされた手紙は一九〇三年から一三年まで、(ジャンヌは一九一四年死亡) 約九〇通にのぼる。その内、現在公開されている書簡には、死者への思い、ジャックの健康問題、お金の問題、友人たちの動静が記されている。ゾラはジャンヌと出会う前に認めていた遺書を改めていないので、アレクサンドリンヌが全財産を相続することになっていた。するとゾラの死後ジャンヌと子供たちは忽ち無収入になる。しかしアレクサンドリンヌは毎月当時の金額で六、〇〇〇フランの仕送りをファスケル社から保証していた。その上一九〇三年から三年間、ジャックが重病に罹り、療養、手術、転地に要する費用は全部アレクサンドリンヌが負担し、子供たちの家庭教師の費用も彼女が払っていた。

　アレクサンドリンヌの家計はそれほど豊かではなかった。前述のようにゾラ家には蓄財はなく、『ルーゴン・マッカール叢書』以後、本の売れ行きは悪く、新しい小説が出版されることもないので、彼女の収入は減少していた。一九〇三年、彼女はドロノの競売で、書物、デッサンや絵画（セザンヌ、モネ、ピサロ）、美術品、骨董品、家具など七〇〇点を売却している。さらにメダンの鉄道からセーヌ川までの土地と島を売り、思い出のブリュセル通り二十一番地―二からローム通り六十二番地に引っ越し、生活を縮小していた。しかし彼女はそこにも夫の書斎を設け、毎木曜日には客を迎える習慣を止めていない。

彼女のジャンヌや子供たちに対する物質的、精神的両面からの寛大さは誠に驚くべきである。彼女はこれを決して義務で行なっていたのではない。夫が生きていたらやるであろうことをやっているにすぎないと、繰り返し語っていたそうだ。彼女にとってジャンヌや子供たちの生活を保証し、彼らを守ることは夫への愛の継続であり、当然なことなのである。二人の女は同じ男への愛と子供たちへの愛により結ばれてはいるが、互いの間には越えられない優劣関係があったことも疑い得ない。片や合法的な地位、金庫の鍵を握っていることでも勝負は明らかである。ジャンヌは卑屈にならないまでも、控え目な性格であったとだけ伝えられているが、本心は知る由もない。

アレクサンドリンヌは自分自身が私生児であったため名前には特別な気遣いがあり、子供たちが父の名を名乗ることを考える。当時フランスでは名前を変えることは法律上複雑な手続きを踏まなければならない。彼女は一九〇六年十一月その手続きを開始し、翌一九〇七年無事認可され、ドニーズとジャックは「エミール・ゾラ」を名乗ることになる。ドニーズはおばさんからの手紙に何も書くことがなくても返事をする。しかしジャックは男の子であるせいか、多少無愛想であって返事を書かないが、おばさんは「彼の心はとてもやさしい」[註13]と信じている。アレクサンドリンヌとドニーズの間には多数の手紙が交換されていて、今日それらの手紙から彼らの日常生活の細々とした出来事や考えを知ることができる。

アレクサンドリンヌはメダンの館を社会福祉に寄贈することに同意し、一九〇五年村会と契約をする。それによるとエミール・ゾラ財団が設立され、ゾラの思い出を尋ねて訪れる人はこの館を自由に見学できること、また館の一部を病気から恢復期の子供たちの施設にすることである。現在、子供の施設はなくなっているが、ゾラの書斎、サロン、日常生活の場はそのまま保存されていて、見学が可能である。

一九〇六年七月十二日、破毀院はドレフュスの無罪放免を決定する。アレクサンドリンヌは毎回裁判を傍聴していて、その判決が下ると、「この勝利に立ち会う資格のあったあなたたちの可愛想でやさしいパパを悼みながら一緒に喜びましょう」[註14]とドニーズに書き送っている。翌七月十三日、エミール・ゾラの遺灰をパンテオンへ移送する法案が可決される。この決定をアレクサンドリンヌは名誉であると思うが、同時に夫を二度失うような悲しみを感じ、ドニーズ宛に心中をめんめんと綴っている。[註15]しかし彼女は移送を承諾せざるを得ない。法律の執行がおくれ、一九〇八年六月三日、モンマルトルの墓地で発掘が行なわれ、反対派の妨害を避け、儀式の前日遺灰はパンテオンへ運ばれた。夫の遺灰は薄暗くじめじめした地下室に納められ、彼女はお参りしたい時自由にお花を供えられないのが不満のようであった。

ドニーズは十九歳になり、アレクサンドリンヌは彼女の結婚の心配をし始める。まず相手として白羽の矢をたてたのはモーリス・ル・ブロンである。彼はドニーズより十二歳年上であり、先頃首相になったクレマンソーの特別秘書長を務める優秀な青年である。彼が「オーロール」紙の記者をしていた頃、ゾラにも会っているし、前述のメダンの館寄贈や「巡礼」の計画を発案したのも彼である。アレクサンドリンヌは若い二人を近付けるチャンスをつくったのであろう。やがて彼女はモーリスの母親に手紙を書き、結婚の準備を着々と進め、式は一九〇八年十月十四日に挙げられた。夫が郡長に任命されたので、ドニーズはニエーヴ県クラムシイに住むことになる。彼女はこの土地が好きになれず、おばさんに手紙で度々不平をこぼしている。[註16] 彼女はここで二人の女の児アリンヌとフランソワーズを出産する。この頃アレクサンドリンヌはパリで相変わらず忙しく過ごしている。年二回の湯治、木曜会、土曜会、結婚式や記念式への招待、訪問などでスケジュールは詰っている。

一九一四年は公私共に悲しい年だった。五月にジャンヌが外科手術中に死亡した。享年四十七歳だった。彼女の死は子供たちを始め、アレクサンドリンヌをどんなにか悲しませ、失望させたことだろう。彼女はゾラの死後十二年しか生き残らず、子供たちは成人していたが、こんなに早く子供たちを残して逝くことにはきっと心残りがあったにちがいない。母の死の直後、七月にドニーズは男児ジャン・クロードを出産した。

同年八月、第一次世界大戦が勃発し、フランス全土は騒然となる。動員があり、物資は不足し、交通機関は混乱し、人心は動揺する。アレクサンドリンヌの友人や知人の家族に多くの傷病者や死者がでていた。医師になったジャックはパリ市立病院の勤務になり、戦場へ行かなかったことはアレクサンドリンヌを安心させる。銃後で女性たちは戦地の兵士や傷病兵たちに手紙や慰問品を送り、労をねぎらい、士気を鼓舞していた。アレクサンドリンヌもこの奉仕活動に参加し、マックス・ロベール・

ヴァルトウという兵士と文通を始める。彼がエミール・ゾラの讃美者であるのが分かり、文通は三年半続き、彼女は彼を「わが子」と呼び、後に二万フランの遺贈をしている。

ジャックは一九一七年二月六日、同じ医師のマルグリットと結婚し、同年十一月、一人息子フランソワが誕生する。翌一九一八年、戦況は激しくなり、パリでも警報が鳴り、防空壕に避難する日が続く。しかし戦争は十一月十一日終結した。

八十歳の誕生日にアレクサンドリンヌは遺書を書き、子供たちの家族と交流し、穏やかで楽しい老後の日々を過ごしている。ドニーズはパリにいる時、週二回火曜と土曜におばさんを訪問し、夏のバカンス中はおばさんと手紙のやり取りをする。その中の一つにこんなのがある。当時、ドニーズは児童文学に興味をもち、作品を書いていた。最初の作品は『幸福な年』、二番目は『戦争の兄弟たち』である。彼女は父と比較されたくなかったので、父方の祖母の結婚前の名「オーベール」をペン・ネームに使っていた。ドニーズが早々と作品を書き終えた時、「あなたのお父さんは一つの作品を仕上げるのに毎日書いて二年かかったのよ」と驚き、「あなたは仕事を大切にしているようだけれど、傍に夫がいる時も仕事をするの、それは筋が通らないように私には思えるわ」[註17]と心配している。彼女が一九三一年、『娘によって語られるエミール・ゾラ』を書いたことはよく知られている。

最晩年のゾラ夫人はパリ、ローム通りのアパルトマン三階に住み、優雅に暮らし、矍鑠としていたという。孫たちの証言によると、ゾラの作品を読み返したり、土曜日にはお客を迎えていた。アパルトマンは輝くばかり清潔で、白髪のアレクサンドリンヌは黒いビロードのヘアバンドを髪に飾り、客人を夫の書斎に招き入れていた。毎年元旦にはアリンヌ、フランソワーズ、ジャン‐クロード、フランソワの四人の孫が年詞を述べに来ると、彼女は孫たちにお年玉を与えていたそうだ。

一九二三年六月、アレクサンドリンヌは脳充血の発作に襲われ、体力を弱めたため、外出しなくなり、殆ど自宅で過ごすようになる。一九二四年六月五日、パンテオンにエミール・ゾラの像（フィリップ・ソラリ作）の落成とトロカデロでの盛大な記念式典に彼女は列席できなかった。翌一九二五年四月二十六日、彼女は新しい発作に襲われ、夕方七時に息絶えた。葬儀は四月二十九日に、とり行なわれ、メダンの花壇の花々に埋もれて、彼女は愛するエミールのもとに旅立った。八十六歳の天寿を全うした。

ドニーズの息子、当時十一歳だったジャン‐クロードは幼い日の思い出を語っている。おばさんの死の少し前、彼は姉のフランソワーズとおばさんのところへお使いに行かされた。彼らはおばさんとしばらく話し、帰り際、彼女が見送りに出て来て、彼らにキスをした。彼らは二階から降り、玄関に来た時、上を見るとマダム　ゾラが弱々しく踊り場の支え棒に寄りかかっていた。[註18] 彼女は子供たちが去るのを見送っていたのだ。

マダム　ゾラの人と生涯を通してみて、彼女はゾラの小説の人物に劣らず小説的な人物であり、その生涯も小説的である。実際に彼女は女の一生を人の二倍、三倍もの充実度で生きている。彼女の不幸だった幼少期、思春期は土中に埋没し、エミールに出会った時、その種は発芽した。まさにそれは

「ジェルミナール」である。そして新芽は木に、大樹に成長した。夫の生存中は公私共に夫のよき妻よき協力者であり、夫の死後は夫の功績を広め、さらに後世に伝えるよう尽力した。子供たちに「エミール・ゾラ」の名を与えることによりゾラ家は途絶えず、ゾラ友好文学会やメダンの館で毎年催される「巡礼」は世界中のゾラ研究家たちに永遠の記念碑となっている。

アレクサンドリンヌはゾラの翼下にいて、自立した女、戦う女であった。なぜか『ジェルミナール』のマウードを連想させる。ゾラの作品にはアレクサンドリンヌの影が至るところに描かれている。ゾラにとって妻は永遠の女性、理想の女性であったが、彼女は人の親にはならなかった。彼女が生涯背負ってきた十字架は「子供」のことではないだろうか。私生児の出産と放棄である。それ以降、彼女は自分の子供、愛するエミールの子供を産むことはなかった。こんな逸話がある。ゾラの死後、ルイ・ド・ロベールが彼女を訪れた時「私はまだ子供が産めたのに、なぜ彼は私の子供を欲しがらなかったのでしょう」と彼女は泣きながら彼に訴えた「なぜですって？ なぜならずっと長い間、彼は作品のこと、作家の使命しか考えなかったからですよ。父親の本能が彼にはおそく、五十歳に達して目覚めたのです……[註19]」とルイ・ド・ロベールは答えた。

この対話から、彼女の女性としての率直な心情がよみとれ、その華やか生活の陰には人知れぬ深遠な苦悩が潜んでいたのだ。彼女はそれをよく知っていて、子供たちの心の母親になろうとし、実際に、子供たちの心の母親だった。そうなることはエミールへの彼女の深い愛の証であり、同時に亡き娘への贖罪だったのかもしれない。

註1 Madame zola, Evelyne Bloch-Dano, Bernard Grasset, 1997.
註2 Bonjour Monsieur Zola, Armand Lanoux p.95-97, Hachette, 1962
Zola, Henri Troyat, p.61, Flammarion 1992. その他
註3 Trente-huit années près de Zola, Albert Laborde, Les éditeurs français réunis, 1963.
註4 Ibid ·p.15
註5 「未公開書簡からの考察」参照 p.86
註6 普通画家のモデル (modèle)という単語が使われる。ここでは (poseuse)となっている。
註7 Madame Zola （註1同書） p.86
註8 Ibid p.181 註9 Emile Zola, Œuvres Complètes Ⅵ, p.1157, Cercle du Livre Précieux, 1967.
註10 Journal (21), E. et J. Goncourt, Les Editions de l'Imprimerie Nationale de Monaco, 1958
註11 Madame Zpla, p.300 註12 Ibid p.303 註13 Ibid p.316 註14 Ibid p.327
註15 Ibid p.328 註16 Ibid p.338 註17 Ibid p.354 註18 Ibid p.359
註19 Ibid p.159

参考文献

– Madame Zola, Evelyne Bloch-Dano, Bernard Grasset, 1997
– Emile Zola, Œuvres Complètes (Ⅰ et Ⅵ), Cercle du Livre Précieux, 1962 et 1967.
– Trente-huit années près de Zola, Albert Laborde, Les éditeurs français réunis, 1963.
– Emile Zola, Correspondance (Ⅲ, Ⅶ, Ⅸ), Les Presses l'Université de Montréal, Editions du CNRS.
– Journal (21), E. et J. Goncourt, Les Editions de l'Imprimerie Nationale de Monaco, 1958.
– Emile Zola raconté par sa fille, Denise Leblond - Zola, Bernard Grasset, 1968.
– Bonjour Monsieur Zola, Armand Lanoux Hachette, 1962.
– Zola, Henri Troyat, Flammarion, 1992.
– Vie de Zola, Bertrand de Jouvenel, Julliard, 1979.
– Les Cahiers Naturalistes No. 69. Sté. Littéraire des Amis d'Emile Zola et Editions Grasset-Fasquelle 1995

二十歳のゾラ

ゾラ書簡集（全10巻） CNRS

La verité est en marche et rien ne l'arrêtera
真実は前進する　何もそれを止められない

Cinq Centimes

ERNEST VAUGHAN

L'AURORE

Littéraire, Artistique, Sociale

ERNEST VAUGHAN

J'Accuse...!

LETTRE AU PRÉSIDENT DE LA RÉPUBLIQUE

Par ÉMILE ZOLA

LETTRE A M. FÉLIX FAURE

Président de la République

Monsieur le Président,

「オロール」紙掲載「われ糾弾す」

パリの街角に建つドレフェス像

エミール・ゾラ通り（パリ15区）に建つ碑

エミール・ゾラ通り（パリ15区）に建つ碑

ゾラの書斎

書斎にあるラテン語の格言
“毎日何かを書く”

メダンの館全景

ジャック、ジャンヌ、ドニーズ
英国にて

ゾラと写真

ゾラと愛犬パンパン

ゾラと自転車

メダンの館の下を走る汽車

ゾラの住んでいたアパルトマン
（パリ9区 ブリュセル通り21番地-2）

ゾラの遺灰の眠るパンテオン

アパルトマン正面の表示

ゾラ夫妻（1896年）

Ⅱ 作品研究

初期作品考

(一) 成立と幻想性

エミール・ゾラは『ルーゴン・マッカール叢書』をものにする以前、すなわちその習作時代に、多数の詩、戯曲、短篇、そして五篇の長篇を手がけている。本章では初期五篇の長篇を対象にその成立と幻想性に視点をおいて、論究を試みたい。

幻想や幻想性に関する論は古今東西に亙って、多種多様であって、これは容易に定義を下し得るものではない。幻想とはいわゆる怪奇、幽霊、妖精などのように、およそ非日常的、極端な要素から、ごく日常的であり、異常性が希薄な要素まで包括することがある。また、文学作品や芸術制作はすべて作者の幻想の「化けもの」であり、さらに広く世界や宇宙の事象はなんらかの幻想に基づいて構築されているといっても過言ではない。ルイ・ヴァックスは『幻想の美学』の冒頭で「幻想的ということを敢えて定義づけるようなことは止めにしておこう。『幻想文学一覧表』の編者たちでさえ、そのようなことは諦めている。辞書にあるいろいろの定義にしても、それらは互いに矛盾し合って収拾がつかない。[註1]」と述べている。

しかし、人々は相変わらず幻想について語るのを止めない。ここで、試みに文学作品における幻想を二段階で考えてみたいと思う。そして、常に「幻想」と「現実」は不可分かつ相互依存の関係にあることも指摘しておきたい。

さて、作家が作品を書こうとする場合、なんらかの素材やテーマをもって、創作をすると、出来上がった作品は作家の幻想の産物である。

つぎに、こうした作品には写実的側面と幻想的側面が内包されている。現実的物語が展開しているとき、突然神秘的事象が起こることがあり、これは作品の幻想性を知る上で不可欠の要件であろう。描写は可視の世界から不可視の世界へ移行し、しばらく彷徨したのち、再び可視の世界へ戻る。それは幻視への旅なのである。

ちなみに、初期五篇の作品とは、『クロードの告白』(一八六五年)、『死せる女の願い』(一八六六年)、『マルセイユの神秘』(一八六七年)、『テレーズ・ラカン』(一八六七年)、『マドレーヌ・フェラ』(一八六八年)である。『クロードの告白』が一八六二〜三年頃に書き始められ一時中断されていたので、これらの作品は作者が二十二〜三歳頃から二十八歳までのおよそ五〜六年間に執筆されたものである。

『クロードの告白』

作者二十一〜二歳頃の経験をもとにして書かれた自伝的作品であることは、当時の友人たちとの往復書簡[註2]からほぼ明らかである。多くの作家たちがそうであるように、ゾラにとっても自己の生活体験は身近な小説の素材であった。主人公クロードは作者の分身であり、街の女ローランスは当時ゾラが同棲していたベルトという女をモデルにしている。作品に現れているエピソードはその頃の生活をそのまま描いたものか、あるいは多少の誇張やフィクションが混ざったものである。

都会、貧困、女、離別、帰郷といったごく図式的な経緯を、故郷の友に宛てて綴った告白文の形式にしている。クロードは清純な麦刈り娘との恋を夢見ているが、現実に出会ったのは汚れた街の女である。彼はローランスの醜さに激しい嫌悪を抱くが、やがて彼女に美を見出し、愛し始める。そのとき彼の官能は眠っていて、彼が感じた精神の興奮は死体置場で最初に死体を見たときの恐怖に準えられる。こうして、幻想の女と現実の女の意識の混迷のうちに、クロードは女を知る。明るいプロヴァンスの空と清らかな乙女、汚れた大都会と商売女との対照的な幻影がたえず交錯し、クロードは身も引き裂かれる思いをする。ついに、「ローランスは僕にとって、神と人間、人間性と神性を要約していた」[註3]と彼に言わせる。愛とは共同幻想であって、クロードとローランスは現実の貧困をよそに、幻想の世界に生きている。しかし、その幻想から覚める不吉な予感は「朝、目を覚まし、うつらうつらしながら、僕は正面の壁に理解できない光景を見て、ぎょっとした。部屋はまだ暗かった。暗がりの中で、壁の面に大きなハート形が血を流していた。僕は胸が空っぽになるのを感じているのに気がついて、必死になって恋人を探した。恋人が僕の腹わたを噛むのを感じた。そうしたら、太陽が昇り、ハート形の明かり窓から太陽が無造作に射し込んでいることが分かった」[註4]と述べられている。この部分は多分にウジェーヌ・シューの『アタール・ギュル』の一節を想起させる。シューは阿片による幻覚をオレンジが血を流し、指に噛みつくイメージで書き表している。クロードとローランスの離別場面では再び死体置場が出現し、長い葬列が腐敗へ向けて続き、こうした幻想がクロードをおびえさせる。

『クロードの告白』には前述のように現実の世界と幻想の世界が混淆していて、読むものを迷宮へ誘う。幻想的要素には作者生来のロマン的傾向に、すでにゴンクール兄弟に触発された生理学的幻想が加わっているのではないだろうか。一八六五年一月、ゴンクール兄弟は『ジェルミニィ・ラセルトウ』を発表し、ゾラはこれにいたく感銘し、その書評を書いている。さきに述べた『クロードの告白』執筆の中断を考慮すると、この作品に『ジェルミニィ・ラセルトウ』の影響があっても不思議ではない。これまで『テレーズ・ラカン』と『ジェルミニィ・ラセルトウ』の因果関係はよく語られてきたが、『クロードの告白』とも同様の関係が成立するのではないか。ゾラは『クロードの告白』で醜悪を描き、生理学の用語を用い、ぞっとするようなイメージを浮かび上がらせる。生理学は科学の一分野であっても、門外漢にとってはその物珍しさが幻想をかき立てる要素になる。

『クロードの告白』では現実の女と夢想の女の転位、すなわち錯覚による幻想が描かれているといえよう。

『死せる女の願い』

由来に関して、「もしその根源を見つけ出さなければならないなら、同時に三面記事、個人的思い出、登場人物が時に僅かにジュリアン・ソレルに似ているので『赤と黒』にもその根源を求められる。[註5]」と記されている。

これらの根源説のうち、三面記事に関しては小説の冒頭に「一八三一年末頃、マルセイユの『セマホール』紙に次のような三面記事が読まれた。」とあり、火事場で逃げおくれた母親が子供を抱いて窓から飛び降り、母親は死ぬが子供は生き残り、名前の分からないある身分の高い若い娘に引き取られたと伝えている。読者にはこの子供こそ物語の主人公ダニエルであることを容易に想像させる。「セマホール」紙は一八二八年より一九四四年まで続いた実在の日刊紙であるが、この記事の真偽に関しては不明である。ゾラが『死せる女の願い』を書いたのは一八六六年であり、冒頭の引用記事は一八三一年であるから、三十五年の歳月を経ていることになる。実際問題として、ゾラが三十五年前（彼の生まれる前）の記事を見たのか、あるいは全く架空のものであるのか、またあるいは当時実在した記事に過去の年月を与えたのか判断がつかない。

つぎに、『赤と黒』に関してはジュリアン・ソレルと主人公ダニエルとの類似があげられる。ダニエルは政治家テリエの秘書になり、黒い衣服をまとっているので、スタンダールの人物にヒントを得たのではないかといわれるが、ジュリアン・ソレルとダニエルでは主要部分で大きな違いがある。個人的思い出に到っては、さらに細部になり、明確ではないし、リオンヌ夫人の娘への母性愛がゾラの母親の母性愛の現れとみなすのも、あまり決定的な証拠ではない。

物語はダニエルが十五歳に成長し、初めて恩人のリオンヌ夫人に会うところから始まるが、そのとき夫人はすでに瀕死の床についている。ダニエルにとって夫人は妖精であり、夫人にとってダニエルは天使である。夫人は死を目前にして、不幸な生涯を打ち明け、六歳の娘ジャンヌの「守護天使」として彼女を見守ってくれるよう彼に依頼する。リオンヌ夫人とダニエルの間には神の関与をえて、相互に神秘的領域である超人間的関係が樹立する。この神秘的絆は伏線となり、その後のダニエルの生活を支配し、現実生活に幻想的なものが現れてくる。ダニエルは成長したジャンヌにリオンヌ夫人の面影を認め、心の中でリオンヌ夫人の声を度々聞くのである。ジャンヌがくだらない男と結婚したため、傷心のダニエルはサン・タンリイの海辺に身を退くが、ある朝、不思議な体験をして、再びパリに立つ。それは「ある朝、彼が目を覚ましたとき、夢うつつの状態で、彼がすでに聞いたことのある声、瀕死の、優しい、遠くからの声を聞いた。その声は『彼女が悪いやつと結婚したら、あなたは戦い、彼女を守ってやらねばなりませんよ。孤独は女にとって堪え難いものです。彼女を不幸にしたくないのなら、彼女には多くの力が必要です。どんなことが起ころうとも、彼女を見捨ててはいけませんの』と彼に言った。[註6]」と述べられている。ダニエルが水辺で夢想し、幻聴を体験するのはリオンヌ夫人がダニエルにとって理想の女性、しかも慈母であって、海と母は詩的幻想を喚起するからである。

最終場面で、ダニエルは自らの愛を犠牲にし、彼の友人とジャンヌを再婚させ、同じ海辺に戻ると、再びリオンヌ夫人の声を聞く。それは死への招きであり、つぎに引用すると、「彼が息を引き取るとき、無限への入口で、彼が入ってゆくまばゆい閃光の底から、聞き覚えのある、楽しそうな声を聞いた。その声は『あなたは彼女をふさわしい人と結婚させてくれました。そしてあなたの仕事は終わりました。私のところにいらっしゃい』と彼に言った[註7]」となっている。

『死せる女の願い』にはその題名も示すように、死者の魂と現世の人間とのつながりが、幻聴というコミュニケーションを使って描かれている。すなわち、死者との交霊である。しかも現実的物語の展開の中に、幻想が突然出現し、物語の方向を変えてしまっている。幻想的要素が筋の転機になり、現実を支配してしまっているのである。

『マルセイユの神秘』

この作品を執筆する動機は一八六七年二月十九日付ヴァラブレーグへの書簡、そして一八九四年の再版時につけたゾラ自身の序文からも容易に窺える。マルセイユで発行されている「メッサジェ・ド・プロヴァンス」紙の要請により、五十年このかたこの地方を騒がせた重大事件の訴訟を『マルセイユの神秘』というタイトルで小説にすることである。ゾラは当時の模様をこう記している。「私は資料、莫大な量の記録を手にすると、仕事にとりかかった。一つの物語の中に、中心になる筋として、もっとも反響を呼んだ訴訟の一つをとるにとどめ、その周りに他の訴訟を集めたり、結びつけたりした。[註8]」ここでいう中心になる訴訟とは、一八二三年に起こったマルセイユの代議士の娘の誘拐事件である。恋の逃避行をした二人は警察の家宅捜査の末、捕らえられ、男は五年の禁固重労働とエクスの市場での晒し刑を課せられたが、脱獄し、一八三一年に特赦されたものである。

小説の中で、この男はフィリップ、女はブランシュであり、他に重要人物としてフィリップの弟マリウス、フィリップのもと恋人でマリウスの妻になるフィンヌ、フィリップとブランシュの実子であり、私生児のジョゼフなどであるが、この他にも多数の人物が登場している。初期作品中、もっとも長いもので筋が複雑に入りくみ、主要テーマはぼやけてしまっている。ただ部分的にみるならば、環境描写として、裁判所に集まる群集、賭博場の光景、高利貸のからくり、市街戦の様子など後の『ルーゴン・マッカール叢書』を思わせる卓越した手法がすでに萌芽していたといえる。また貴族、司祭、政治家、公証人、高利貸、いかがわしい女、牢番、その他小市民たちの肖像が、バルザックに遠く及ばないながら、ゾラ独自の手法をすでに見つけ出し、初期作品中、もっとも生き生きとしたタッチで描き出されている。

作者自身も述べていたように、主要な訴訟にいくつもの訴訟を接ぎ合わせたため、作品には一貫性が乏しく、各所で冗長になり、出来栄えは芳しいものではない。作品執筆後十九年を経て付された同じ序文で、「近頃、私がゲラ刷りを再読すると、まだ自己を知ろうとしていた時期に、全体が実際の資料によって、純粋にプロの、下手くそなプロの作品を書いたという偶然に私は感動させられた。後になって、文学作品を書くために、これ以外の方法はとらなかった。[註9]」と告白している。ゾラは多くの資料を集めて作品を構成してゆく方法を、この『マルセイユの神秘』を書いたときに学んだのである。

ところで、『マルセイユの神秘』には幻想的側面は極端に少ない。つぎにその一場面をとりあげてみよう。カザリスとフィリップの決闘において、フィリップはその場所がかつて恋人ブランシュと最初の接吻を交わしたところであるのに気づき、その追憶が彼の心をかき乱し、ピストルの狙いを狂わせてしまう。現実の場面に幻想がふと出現し、「私が罪を犯したところだ。私は罰せられるのだ[註10]」と内心の声が叫ぶのである。

初期作品中、『マルセイユの神秘』に限り、なぜ幻想的側面が少ないかの理由が二つあげられる。まず、莫大な資料を処理するのに専念しすぎたため、幻想の入りこむ余地がなかったのではないか。しかし、これは説得力のある理由とは思われない。ゾラは一八八四年の序文で「私は九か月の間、週二回連載小説を書いた。同時に私はアルチスト誌で五百フランくれるテレーズ・ラカンを書いていた。午前中、私はこの小説の二頁を書きあげるのに四時間を費やし、午後、一時間で『マルセイユの神秘』を六～七頁やっつけた」[註11]と語っている。一人の作家が同時に全く異なった傾向の作品を書くことがある。それは一方にある要素をより多く、他方に他の要素をより多く投入しても、その作家にとってはバランスが保たれていることになる。ゾラは『テレーズ・ラカン』に彼の幻想性を『マルセイユの神秘』に彼の現実性を注ぎ込んだのである。これで両作品の偏向性が説明されるのではないだろうか。

『テレーズ・ラカン』

この小説の下敷きになったのは、一八六六年十二月二十四日付「フィガロ」紙に掲載された短篇「恋愛結婚」である。さらにその根源を辿れば、一八六六年に「フィガロ」紙に連載されたアドルフ・ブロとエルネスト・ドーデ共同執筆の『ゴルドのヴィーナス』というタイトルの小説からヒントを得ている。また、シャルル・バルバラの『ポン・ルージュ』やウジェーヌ・シューの『アタール・ギュル』の影響も指摘されているし、[註12]テーヌの理論やクロード・ベルナールの『実験医学研究序説』の感化を強く受けていることはいうまでもない。

一八六八年の再版時につけた序文では、科学的方法による「体質研究」という命題を提起し、自然主義文学者の宣言をして、一躍文壇に名をなしはしたが、作品自体は幻想性の濃厚なものである。姦通の結果としての殺人、幻覚による恐怖、精神錯乱、服毒心中という筋書きは通俗小説のテーマである。彼は人間を「人獣」と呼び、彼らの行為を「宿命的な肉体の本能に左右される」とし、悔恨さえも「単なる器官の不調である」と説明するが、こうした理論は作品そのものとは破綻をきたしている。幸いにして、作品が理論を凌駕しているので、理論の奇妙なプラカードに惑わされず、物語の真迫性に押されて、読者を魅了する。初期作品中、現在でも読まれ、映画化されたのは『テレーズ・ラカン』のみである。

この小説には、発端から薄暗く、湿っぽいボン・ヌフ路地、さびれた小間物屋、老婆、虚弱な息子カミーユ、出生に謎のある妻テレーズといった環境づくりや人物配置が仕組まれている。そこに登場する健康な男ローランはこのよどんだ水面をかき乱すには格好の人物である。ゾラは一方でテレーズとローランの情事を肉迫するリアリズムで描きながら、他方で「彼ら二人は、神経質で偽善的な女と多血質で野獣のように生きている男、彼らはしっかり結ばれたカップルになった」[註13]と刺激的な単語を使って、読者の度肝を抜くが、こうした表現も言葉のモザイクであって、立派に一種の幻想的世界を構成している。

テレーズとローランは合法的結合を望み、カミーユを溺死させ、ローランはその死体を確認するため死体公示所へ通う。恐らくゾラは十分に実地検分をしてこの場面を挿入したのであろうが、その光景は嘔吐を催すような醜悪さと目をそむけたくなるような凄惨さである。これまで文学に死体公示場のようなところは取りあげられなかったし、死体公示場は生理学の標本陳列場であると同時に、死臭のただよう不気味な場所であって、強烈な幻想世界へつながるものである。

カミーユの死体が発見されるまでのほぼ前半部分と、それ以後の後半部分では調子が変わってくる。前半部分では行為が現実的に進行するが、後半部分ではカミーユの亡霊が二人の殺人者に出没し、彼らの全行為を支配し、彼らはあやつり人形にすぎない。

ローランにとって、首に残されたカミーユの噛み傷は始終、幻覚を呼び起こす病巣のようなものである。彼は痛まないはずの傷跡に鋭い痛みを覚え、焼印を押されたように感じ、そして傷が血を流し、傷に生きものが押し込まれ、喰いつかれるという妄想にとりつかれる。ローランはテレーズの接吻で傷跡の痛みが静まると思い、首を差し出すが、テレーズは「血が出ているわ」と叫ぶ。実際に痛むはずのない傷跡に痛みを覚え、治癒した傷跡から血が流れるのを見るのは幻想であって、ローランの心の痛み、悔恨によっておこる幻想である。

テレーズもローランも共にカミーユの亡霊にとりつかれ、恐怖におののき、悪夢と不眠に悩まされる。つぎにその様子を引用してみよう。「毎夜、溺死したカミーユが二人を訪れた。彼らは不眠になり、燃える炭火のベッドに寝かされ、火ばしでひっくり返されているようだった。[註14]」結婚すれば二人で亡霊に立ち向かうことができると思ったが初夜の光景はより悲惨である。「呼び起こされたカミーユの亡霊が燃えている火の前にいる新婚夫婦の間に座った。テレーズとローランは自分たちが吸っている暖かい空気の中に、溺死者の冷たく湿っぽい臭いを感じた。彼らは死体がそこに、彼らのそばにあるような気がした」[註15]さらに、その後も同じような幻覚がつづく。「彼らがふりむくと、彼らはカミーユが椅子を近づけ、空いた場所に座り、不気味に人をからかうような様子で足を暖めていると思った。彼らが結婚の夜にみた幻覚が毎夜やって来た。黙って、嘲笑するように彼らの会話に居合わすこの死体、いつもそこにいてひどく形のくずれた死体は、絶えず不安で彼らを打ちひしいだ。」[註16]

ローランがおびえるのは亡霊だけではなく、カミーユの生前に描いた彼の肖像画まで、死体公示所で見た姿に見えてくる。おまけに彼の描く老人やブロンドの若い娘の顔まで、水死人の顔に似てくるので、絵筆をもつのに恐怖を抱くようになる。

水死人の亡霊の度重なる出現により、二人は恐怖のどん底に落ち、悔恨に打ちのめされ疲れ果て、錯乱状態になり、とうとう毒入りの砂糖水をあおって、無惨な死を遂げる。

この作品に現れる亡霊は幻覚であり、しかも激しい幻覚であって、その表現にあたっても生理学的用語が多く使われ、初期作品中、最も幻想性が強烈かつ濃厚な作品といえよう。

『マドレーヌ・フェラ』

この作品は、一八六五年に書かれた『マドレーヌ』という戯曲を小説に書き直したものである。その由来は一八六八年十一月二十九日付「トリビューン」誌に載せられたゾラの抗議から明らかである。「私はこのテーゼをミシュレとリュカ博士に借りた。私は峻厳にして、確信にみちた方法でこれをドラマ化した。医学的研究を書いて、良俗を傷つけたとは納得できない。私の考えでは、その目的は高い人間的道徳性に属している。この研究は生理学的観点から、結婚の結びつきを永遠のものとして、是非とも受け入れようとしている。宗教や道徳は人間に『お前はただ一人の妻として生きなさい』といっているし、科学もまた人間に『お前の最初の妻はお前の永遠の妻である』といっている。私は単にこの科学的理論を作品にしたのだ」[註17]と述べており、これはその筋からの勧告に対して抗弁しているため、多少詭弁を弄しているが、小説のテーマにミシュレとリュカ博士の説を取り入れたことを白状している。ミシュレは『女について』という文の中で「女が受精し、一度妊娠すると、彼女の中に夫をもちつづける」「最初の結合は消えない」と述べ、リュカ博士は『受胎論』の中で女性は最初に経験した男の痕跡を生涯もちつづけると主張している。科学的見地からは根拠のない仮説であっても、感性を扱う小説の世界では幻想を湧かせる材料である。ゾラがこの論をどのように小説にしていったかをつぎに述べよう。

ギョームは妻マドレーヌが五年前に彼の友人ジャックの恋人であったのを知って以来、自分の娘リュシィを見て、「彼女はジャックに似ている」とつぶやく。マドレーヌは半信半疑のまま娘を見るが、この事実を認めたくない。ギョームは幼い娘を見るにつけ、しかめ面がジャックに似ていると思い、その妄想に取りつかれ、心は閉ざされ、娘に冷たくあたる。ギョームの心の中で繰り返される言葉は「現在、愛情のつながりが切れていても、肉体のつながりは同様に深く結ばれていた。彼女の心がジャックを愛していなくても、身体は宿命的に覚えていて、相変わらず彼に属していた。—（中略）—まちがいなく、ジャックの血がマドレーヌの懐胎に多く入っているだろう。処女を妻にしたものが最初の父であった。[註18]」であり、それは前述の理論の演繹である。ギョームは娘の死に顔にも「あの男との酷似を見詰める」のである。このようにゾラは前述の仮説をたねにして、小説の中では悲劇的物語を創り上げている。

ゾラがこの仮説を小説に援用したのは、彼が本気でこの説を信じたからではなく、彼の言う「わたしの本に一貫性を与えるため[註19]」である。小説の中で、この仮説はギョームに幻想を起こさせ、それははからずも、ギョームの嫉妬、独占欲といった深層心理の反映にもなっている。幻想が深層心理と深い係わりがあることは、精神分析学上すでに指摘されている。

これまで個々の作品に亙って、その成立と幻想性を述べてきたが、結論へ移ろう。

初期作品の成立要件としての素材は自己体験、新聞記事、訴訟記録、他作家の小説、生理学の仮説であることがほぼ明らかになった。これらは質的にみて、事実、事件というカテゴリイに属している。さて、こうした素材は作者の幻想の力によって、十分に花を開かせたであろうか。ゾラは当時二十代半ば、しかも駆け出し時代であって、まだ創造力も表現力も乏しく、素材を大きく、豊かに脹らませることができなかった。文学的価値という観点から判断すると、『テレーズ・ラカン』が僅かに特色を残しているものの、他の作品は通俗小説、メロドラマの域を出ていないといわなければならない。

つぎに、作品に内包する幻想性について述べよう。前述の理由から『マルセイユの神秘』を除いて、他の作品には量的・質的に夥しい幻想的側面が見られる。しかも個々に説明してきたように、現実的側面と幻想的側面の緊張関係が見事に描き出されている。ゆえに、ゾラの初期作品の特色、傾向を裏づける要素として、幻想性をあげることができる。

ところで『ルーゴン・マッカール叢書』との関連において、これらの問題を考えてみたい。まず、『叢書』の遠大なプラン「家系樹」を見ると、彼の幻想の全容を目にするのである。副題は「第二帝政下の一家族の自然的、社会的歴史」とつけられ、その規模の広さ、夢の大きさが示唆されている。ゾラはバルザックの『人間喜劇』に匹敵する作品を書こうとし、さらに遺伝の法則、環境の影響を加えて、『ルーゴン・マッカール叢書』執筆の計画を立てたことはよく知られている。

これは『ルーゴン・マッカール叢書』の全貌についてであるが、『叢書』を構成する作品について考えてみると、『居酒屋』は労働者とアルコール中毒、『ジェルミナール』は炭坑夫と資本家の対立と闘争、『大地』は農民と土地というように、事象、現象がテーマになっている。初期作品の事実、事件に比較するとテーマに面積を感じさせる。こうした底辺の広がりの上に構築される作品は単なる筋の運びより、人間性や環境の構成に重点が置かれなければならない。これは幻想の脹らみを立体化し、興味本位の通俗小説とは趣きを異にする作品を生むのは当然の帰結ではないだろうか。このようにテーマの選び方にも問題があるが、なんといっても、作家の技量に負うところが大きいであろう。初期作品の頃に比べると、ゾラの創造力も表現力も格段の円熟をみせていたことは言うまでもない。

つぎに、初期作品に顕著に現れていた幻想性について、『ルーゴン・マッカール叢書』には初期作品におけるように、原始的、典型的に幻想性が現れているものは少ない。なかには『夢』のように意図的な作品もあるが、『叢書』ではむしろ写実主義が極度に押し進められ、その極限において写実主義は崩壊し、再び幻想に到達するのである。換言すれば、写実がより写実的であろうとするため、描写は膨脹し、比喩が多く用いられ、擬人化がおこなわれる。これらの表現がかもし出すイメージはすでに超現実的であって、幻想の世界に属している。これを初期作品における幻想性の延長線とみるのは短絡な結論かもしれないが、作家の資質という点から検討すると、見逃せない真実であるといえる。

最後に、『ルーゴン・マッカール叢書』の「家系樹」には初期作品という根があり、今日陽の目をみることがなくても、樹木の下に厳然と生きている。ゾラは一八八四年、『マルセイユの神秘』の再版の際につけた序文で「私は作家というものは自分で選んだりせずすべてを公開すべきだと考えている。最もつまらないものが、しばしば作家の才能について最も参考資料になるからである[註20]」と述べており、これは初期作品の存在理由を明らかにしているといえよう。

註1　『幻想の美学』ルイ・ヴァックス著　窪田般彌　白水社　一九六一年
註2　Œuvres Complètes Tome Ⅰ. Cercle du Livre Précieux, 1962. p.113-116
註3　Ibid p.58　註4　Ibid p.73　註5　Ibid p.216　註6　Ibid p.197
註7　Ibid p.215　註8　Ibid p.225　註9　Ibid p.225　註10　Ibid p.499
註11　Ibid p.225　註12　Ibid p.513　註13　Ibid p.553　註14　Ibid p.593
註15　Ibid p.609　註16　Ibid p.615　註17　Ibid p.900　註18　Ibid p.813
註19　『フランス自然主義』ピエール・マルチノー著　尾崎和郎訳　朝日出版社　昭和四十三年　三十四頁
註20　Œuvres Complètes Tome Ⅰ. p.228

（二）『テレーズ・ラカン』
―小説から戯曲へ―

エミール・ゾラは『テレーズ・ラカン』という題名で小説と戯曲を書いている。より正確には、この小説は最初「恋愛結婚」と題し一八六七年八月、九月、十月の三回に亙り「アルティスト」誌に連載され、同年十二月ラクロワ社から単行本として出版された際『テレーズ・ラカン』と改められた。しかも、この作品と同名（「恋愛結婚」）の短編小説が既に一八六六年十二月二十四日「フィガロ」紙に掲載されており、これが小説『テレーズ・ラカン』のオリジナルである。その後、ゾラは直ちにこの小説を脚色したのではない。おそらく一八七二年の年末から翌一八七三年にかけて、彼は小説『テレーズ・ラカン』をとり上げ、戯曲を書こうとした。そして一八七三年七月十一日、戯曲『テレーズ・ラカン』はルネッサンス座で初公演された。

こうしてみると、ゾラがいかに「テレーズ・ラカン」のテーマにこだわっていたかが窺われ、最初のテーマをどのように小説や戯曲へと発展させ、適応させたかは興味のある課題である。作家が同じテーマで複数の作品を書くケースは珍しくないが、本章で同名の小説と戯曲『テレーズ・ラカン』を対照しながら、相違点を具体的に指摘し、小説としてあるいは戯曲としての特性を検証していきたい。

「テレーズ・ラカン」の主要テーマの由来には様々な説明[註1]があるが、今回これらに触れることは主題から離れるので言及しないが、前述の短編小説の大筋は小説と戯曲の中で一貫しているものの、細部ではかなりの変更（補足や削除）がみられるのはいうまでもない。

まず、オリジナルである短編「恋愛結婚」について簡単に述べておこう。この作品は新聞の三面記事欄に掲載されたもので、語り手は「私」であって、その話の内容が後に『テレーズ・ラカン』となるものである。最後に「私」が遺書を読んで物語を書きえたという形式がとられている。登場人物は夫ミッシェル、妻シュザンヌ、夫の友人ジャックの三人にすぎず、母親や他の友人は存在せず、背景はまったく異なる。ただ夫の友人と妻が恋愛関係になり、夫が邪魔になり、夫を溺死させ、二人は結婚したものの悔恨の情に悩まされ、ついに毒薬を飲んで死ぬという件は三つの作品に共通している。

それでは、小説『テレーズ・ラカン』と戯曲『テレーズ・ラカン』（以後『テレーズ・ラカン』を省略し、「小説」「戯曲」とする）の構成上の相違点を指摘しながら、文学表現の異なるジャンルからの特性を明らかにしてみよう。

「小説」は三十二章から成り、第一章では物語の背景であるポン・ヌフ小路（パッサージュ）を「散歩の場所ではない」[註2]と、立ち並ぶ商店は「喪を表す穴」[註3]すなわち「墓穴」と描かれている。冒頭からこの物語がすでに不吉なものであることを予感させる。その一隅にある小間物屋に二人の女、テレーズとラカン夫人（テレーズの夫カミーユの母）がこの陰鬱な情景にとけ込むかのように紹介される。

第二章で物語は遡及し、家族のこれまでの経緯やテレーズの過去が知らされる。このようにある場面が読者にまず提示され、直後に人物や事件の過去に戻るのはゾラが小説を書くときの常套の手法である。テレーズはアルジェリアの女との間に生まれたラカン夫人の兄の娘であって、二歳のときラカン夫人に養育を託された。夫人はこの幼い女の子を息子カミーユと一緒に育て、年頃になって二人を結婚させたのである。テレーズにアフリカ人の血が流れていることは、ヒロインがエキゾチックで、野性的かつ情熱的な女であることをにおわせる。

第三章ではヴェルノンからパリにでてきたこと、第四章では木曜日の夜、ドミノをするために集まる客たちが紹介される。すなわち元警部ミショオ、その息子オリヴィエ警部と妻シュザンヌ、カミーユの上役であるオルレアン鉄道会社の老社員グリヴェである。憶測すれば警察関係者の登場にもなにか犯罪臭をただよわせていないでもない。「戯曲」では人物が少し異なり、オリヴィエは登場せず、シュザンヌはミショオの姪になっている。

第五章になってカミーユの幼友達で一年半前から同じ会社に勤めていたローランが木曜日の集まりに連れてこられる。これまで無口で陰気なテレーズがローランを見つめる瞳は「底なしの穴」[註4]のようである。ローランは巧みにカミーユの肖像を描きたいと申し出る。第六章では夕方ローランがラカン家にやってきて、夕食後カミーユの肖像を描いている。

ここで目を「戯曲」に転じよう。「戯曲」はそれぞれ第一幕（十一場）、第二幕（六場）、第三幕（六場）、第四幕（六場）で構成されており、舞台は終始サロンと食堂に同時に使われる大寝室である。第一幕が上がると、ローランがカミーユの肖像画を描いていて、モデルのカミーユが「話をしてもいいかい？　きみの邪魔にならないかい？[註5]」という台詞から始まる。そしてポン・ヌフ小路の陰気さ、テレーズの出生などが彼の口から明らかにされる。「小説」とは異なる表現形式で観客は自然に背景を知る効果がみられる。

カミーユの肖像画が完成した場面について、「小説」（第六章）で、みんなが褒め言葉を述べた後、作者は肖像画が水死人に似ていると暗示しているが、「戯曲」（第一幕、第三場）ではそれに類似する台詞はみられない。この暗示は後のカミーユの溺死の予兆であって、重要な部分であるが、舞台では実現が困難なのかもしれない。

「小説」（第七章）にはローランが昼間裏口からテレーズの部屋に上がり、二人が情を交わす場面が克明に描かれているが、「戯曲」ではローランとテレーズ二人だけの場面を設定し、二人の関係が既成のものであることが知らされる。二人は愛欲に狂い、ついにローランは「きみが未亡人になったら」[註6]とささやくと、テレーズは「未亡人ね」とつぶやく。この台詞は確かに衝撃的であって重い。「小説」（第八章）には体質研究、二人の恋人の結合（多血質と神経質）の問題が提示されており、これはゾラが「小説」『テレーズ・ラカン』第二版につけた序文の中で唱える「自然主義文学理論」と重なるものである。もちろん「戯曲」では取り上げられていない。「小説」でカミーユ殺しが沙汰されるのは第九章でテレーズとローランが彼の屋根裏部屋で逢い引きした時である。

おりしもカミーユがテレーズをサン・トゥワンへピクニックに連れてゆこうと提案し、ローランに同行をもとめる。（「戯曲」第一幕、第七場）ローランは直ちに好機の到来と察知し、舞台の前面でカミーユの肖像画を見つめながら「計画を実行できるかもしれない」[註7]と観客に聞こえるように独白する。さらに彼はテレーズに一瞥を与えながらボート遊びをしようと誘う。ラカン夫人の不安をよそに、この計画は決まってしまう。

彼らがピクニックに出かける前、「小説」(第十章)、「戯曲」(第一幕、第十場)でも犯罪を予告するような布石がなされているのに気附く。木曜日の集まりで雑談がもちあがり、闇に葬られる犯罪について論議され、昔の小話が披露される。それは召使いが食器を盗んだと疑われ投獄されたが、ポプラの木を倒したとき、かささぎの巣の中からその食器が発見され、召使いは釈放されたという。そこで罪のあるものは必ず罰せられるとグリヴェは主張する。ここに罪と罰の問題が提起され、ローランは「ところで、多くの犯罪が罰せられないでいると思いますか」とミショオに問いかけ、テレーズには「たしかに、わからないことって、なかったということよ[註8]」と言わせている。ここで作者は二人の恋人は罰せられない罪の存在を確信し、彼らの実りのない恋の出口を殺人に求めていることを読者や観客に示唆しようとしているのだろうか。

ピクニック、カミーユの溺死、ボートの偽装転覆事故は「小説」第十一章に、事後処理は第十二章に詳しく述べられている。さらに第十三章の死体公示場の描写について、フェラーグは「腐敗の文学」と題する批評の中で、「作者はこの機会を利用して死体公示場の逸楽やその愛好者たちをわれわれに語ろうとした[註9]」と論じている。これまで文学作品に死体公示場がとり上げられたことはなく、この描写でのゾラの筆致は精彩を放っており、滑稽味さえ帯びてはいるが、それはまさに地獄絵である。しかも一個の物体と化した死体を毎日見に来る愛好者がいることは、驚きに値するし信じ難い光景である。ローランは一週間死体公示場に通い、ついにカミーユの変わり果てた姿を発見する。「戯曲」で「小説」第十一章、第十二章、第十三章に相当する場面を再現することは不可能であって、後にローランとテレーズの台詞のやりとりから全てが知らされる。

木曜日のドミノが再開され（「小説」では第十五章、「戯曲」では第二幕、第一場）もとのメンバーが集まるが、カミーユの席だけが空いている。ゲームの間、シュザンヌがテレーズに「青いプリンス」の話をする。それは青い服を着て、美しいひげをつけ、栗色の髪の毛をした若い男をリュクサンブール公園で見初め、毎日望遠鏡で眺めるという夢のような物語である。この件は「戯曲」のためにゾラが考えたもので、舞台でドミノをしている場面だけでは観客が退屈するのではないかとの配慮であろうか。またカミーユの死後、暗くなった木曜日の集まりに若い娘の話題を入れて、舞台を明るくしようとする苦肉の策なのだろうか。

他方、ローランとテレーズは徐々に幻覚や不眠に悩まされるようになり、カミーユの亡霊から逃れるために二人が結婚することを願う。しかもその話は周囲からもち上がらなければならない（「小説」第十七章、第十八章）。「戯曲」（第二幕、第三場）ではラカン夫人が夫を失ったテレーズに同情し、この上テレーズがいなくなればこの店で独りぼっちになると不安になる。テレーズはラカン夫人に陰気に、ローランは優しく振る舞い、彼らの計画は功を奏することになる。事実を知らない周囲の人々は二人を結婚させようと動き、婚約が成立する（「小説」第十九章、「戯曲」第二幕、第四場、第五場、第六場）。しかも彼らは慎重であって、結婚話を決して喜んで受けるふうではない。

結婚式の朝、ローランはカミーユに噛み付かれた首の傷痕にかたいカラーがあたり痛みを覚え、そこが赤くなっているのを見て怯える。結婚式は区役所と教会でとり行われ、一同はレストランでささやかな会食をする（「小説」第二十章）。しかし、「戯曲」では初夜の場面の会話に結婚式や宴会の様子が語られるのは（「戯曲」第三幕、第二場）妥当な方法である。

初夜とそれにつづく夜はテレーズとローランにとって地獄である（「小説」第二十一章、第二十二章、第二十三章）。二人が暖炉の前に無言で座っていると、これまでのさまざまな情景が蘇り、彼らは恐怖に震えている。ローランはカミーユに噛まれた傷痕に接吻してくれとテレーズに言うと、彼女は「おお、いやよ、そこはいやよ、血が出ているわ」[註10]と答える。カミーユの肖像画は死体公示場で見た溺死体にそっくりなのだ。カミーユの亡霊が二人の間に居坐り、接吻しても亡霊を追い払うことはできず、二人は不眠の夜を過ごす。「戯曲」（第三幕、第二場）では、舞台は新婚夫婦を迎えるために部屋は白で飾られ、いたるところにバラの大きな花束がおかれている。ラカン夫人とシュザンヌがテレーズの花嫁衣装を脱がせるのを手伝っている。この場面は確かに舞台では華やかな効果があると思われるし、後に来る陰惨な場面と見事な対照をなしている。テレーズとローランは二人きりになり（第三場）、彼が甘い言葉で彼女を誘い、抱こうとするが彼女は彼をはねのける。話題が結婚式に及ぶと、テレーズは教会で葬列があり、小さい柩を見たと言う。ところで「戯曲」ではこれまで死体公示場については語られていなかったところ、彼女が「あなた死体公示場で彼を見たの、ね、ローラン」と問うと、ローランは「そうだ、彼はひどかった、蒼白になって水のせいでむくんでいた。そして彼はゆがんだ口元で笑っていた」[註11]と答えているものの、「小説」での描写の饒舌には遠くおよばない。二人はカミーユの幽霊を見たと錯覚するが、それはローランの描いた肖像画であって、恐怖に戦きながらローランは絵を壁の方へ裏返す（第五場）。

ラカン夫人が息子殺しの真相を知る件は「小説」と「戯曲」では多少違っている。まず「小説」ではラカン夫人の麻痺は徐々に進行し（第二十四章）、ある夜発作が起こり、全身不随の身となる。それでも彼女は見ることと、聞くことはできる。亡霊に悩まされて狂ったようになったテレーズとローランはラカン夫人の前で不用意にも告白めいた言葉を発したので、彼女はことの真相を知ることになる（第二十六章）。「戯曲」ではラカン夫人が叫び声を聞いてドアのところに現われると、ローランがカミーユの肖像画を見つめながら「おぞましい…彼がそこにいる。おれ達が彼を水に投げ込んだ時のように」[註12]と言っている。これを聞いてラカン夫人は全てを知り、「殺人者」と発し、痙攣に襲われて倒れる。彼女の身体は麻痺し、硬直し、口がきけなくなるが、彼女の目だけは殺人者たちをじっと見つめている（「戯曲」第三幕、第六場）。舞台効果という観点から、前者より後者の方が動的であって観客に解り易い。

この後、「小説」と「戯曲」では筋の上で細かい違いがみられるので、それぞれについて簡単に述べておこう。「小説」第二十五章でローランは会社を辞めて、アトリエを借り、絵を描いている。街で画家である昔の友人に逢い、その友人がアトリエを訪れた時、彼の描いた肖像画はみんな同じ表情をしていると言う。ローランにはそれがカミーユの顔だとすぐに気がつき、恐怖のあまりもう絵筆をとることができない。「戯曲」第四幕第一場でテレーズは陽気に振る舞い、シュザンヌと例の「青いプリンス」の話の続きをしている。シュザンヌは叔父ミショオがローランのアトリエを訪れた時、カンバスに描かれた肖像（子供、女、老人）を見て、それらは全てカミーユに似ていると言っていたことを告げる。この場面で「小説」「戯曲」共に肖像画が無意識的に死者の顔に似てくるのはローランの潜在恐怖をあらわしているといえよう。

　ラカン夫人は息子の殺人者を告発しようとする執念で奇跡を起こす。木曜日の集まりで指を動かしたのである。「小説」（第二十七章）、「戯曲」（第四幕、第五場）で彼女が全身の力を振り絞ってテーブルの上に文字を書く。すなわち「テレーズとローランは（もつ）…」（Thérèse et Laurent ont...）[註13] とまで読めて、後は続かず、手が萎えてしまう。「小説」の中では、グリヴェはラカン夫人が「テレーズとローランは私の世話をよくみてくれる」（Thérèse et Laurent ont bien soin de moi）[註14] と言いたかったのだと推測する。「戯曲」では、ミショオは「テレーズとローランはとてもこころ優しい…、私はテレーズとローランにとても感謝している」（Thérèse et Laurent ont un cœur excellent... Thélèse et Laurent ont toutes mes bénédictions）[註15] と続けたかったのだと。ここで原文の「テレーズとローランは（もつ）…」（Thérèse et Laurent ont...）の後続語を読み取る問題が生じる。ラカン夫人はおそらく「テレーズとローランは私の息子を殺した」（Thérèse et Laurent ont tué mon fils）と書きたかったのであろうと、簡単に想像がつく。すなわちラカン夫人は「もつ」（ont）を助動詞として使おうとしたが、グリヴェと、ミショオは現在形と早合点し、勝手に言葉を補ったにすぎない。しかし翻訳する場合、こうした細かなニュアンスを訳すことができない。作者はなぜ「テレーズとローラン」（Thérèse et Laurent）でとめないで、「もつ」（ont）を書き加えたのか、後続語に対するゾクゾクするような期待がある。しかしテレーズとローランにとっては身の毛もよだつ恐怖の一瞬だったにちがいない。ゾラは読者や観客がもつであろうこの緊張感をきっと予期していたのであろう。

終盤に入った「小説」と「戯曲」を段階的に追ってみよう。「小説」第二十八章でテレーズとローランは相手を殺人者だと罪をきせあい、ラカン夫人はその光景を無言で見つめている。第三十章には苦しみから飢え死にしようとするラカン夫人が描かれている。しかし彼女の死後、二人の殺人者たちが平和で幸福な日々を楽しむのではないかと思んぱかり、その計画を断念する。「死ぬのは卑怯だ。このひどい事件の結末に立ち会うまで、死ぬ権利はないと思う。その時になって、彼女はカミーユに、おまえの仇をとったよ、と言うためにこの墓場の闇に降りてゆけるだろう…」と考えている。[註16] ここには言葉を失ったラカン夫人の内心が書き表されていて、小説ならではの伝達方法である。他方テレーズは妊娠しているのを知り、驚き、慌てる。溺死体を生むのではないかと怖れて、夫には内緒で、喧嘩をもちかけ、わざと彼に腹を蹴らせて流産する。この行為は殺人にひとしいといえよう。またローランにとっての最大の苦痛はカミーユに噛まれた首の傷であり、鏡の前に立つと傷痕が目に入り、それが彼を怯えさせ、責めるのだ。ある夜、彼は苛立ち、常日頃から憎らしく思っていた猫のフランソワを窓から投げて殺した。

「小説」第三十一章では、ローランは外出の多くなったテレーズに不信の念を抱き、尾行すると、若い男と安ホテルに入る妻を目撃する。彼女が警察に行くのではないかと疑っていたので彼は一安心する。その夜、ローランはテレーズに五千フラン要求し、その金を酒と女に浪費する。しかし、二人にとって放蕩も快楽も忘却をもたらす刺激にならない。彼らは何十回となく警察の門まで行き、思い直して引き返した。争いが激化すると彼らは互いに疑い深く狂暴になる。遂に疲れ果て、前後のみさかいもなく彼らは相手を殺そうと考え、ローランは友人から青酸を入手し、テレーズは料理用の包丁を砥がせる。

「小説」第三十二章でこのドラマは結末を迎える。その夜の木曜日の集まりは格別陽気である。ラカン夫人は二人の不和を毎日目のあたりにし、宿命的な帰結としての破綻が近いのを予感し、その凄まじい結末にいあわせることができるようにと密かに神に祈っている。来客が帰った後、ローランはテレーズが飲む砂糖水の中にフラスコの毒薬を注ぎ、テレーズはエプロンのポケットに包丁を隠す。しかし次の瞬間、二人は相手の意図を直感し、抱き合って嗚咽する。その場面は次のように描かれている。「彼らは包丁と毒薬を前にして、最後の眼差し、感謝の眼差しを交わした。テレーズはコップをとり半分飲み、ローランに渡すと彼は一気に飲み終えた。それは一瞬のことだった。彼らは雷に打たれたように重なり合って倒れ、やっと死に安らぎを見出した。[註17]」そこには一晩中硬直したまま、無言で二人の死体をじっと見詰めているラカン夫人の姿があった。

「戯曲」第四幕第六場はいよいよ大団円である。テレーズはローランがカミーユを川に突き落としたと罵ると、ローランはテレーズも共犯だとやり返し、またもやカミーユ殺人の場面が再現される。

ローランは警察に出頭し全てを告白すると言うが、実行できないし、ポケットから毒薬の小ビンを出し服毒を仄めかすが、飲めないで、テレーズに暴力を振るおうとする。テレーズは「あの人のように私を殺して、殺って…カミーユは決して私に手を上げなかったわ。あなたは怪物だわ…けれどもあの人のように私を殺して！[註18]」と叫ぶ。その時ラカン夫人がテーブルの上にあったナイフをテレーズの前へ落とす。それを見たテレーズは「これを落としたのはあなたなのね。あなたの目は地獄の二つの穴のように輝いているのね…　私はあなたが何を言いたいのかよく分かるわ…[註19]」と言って、ナイフをとって立ち上がる。ローランはコップに青酸を注いでおり、テレーズはナイフを持って腕を上げる。二人は互いに凶器を放つように牽制し、椅子の上に倒れる。ローランは「同時に、二人共に、同じ考えが、恐ろしい考えが…[註20]」と発する。傍にいたラカン夫人の唇が動き、彼女は微笑し、喋り始める。

以下にラカン夫人とテレーズのやりとりを解説を加えながら引用してみよう。[註21] 警察に引き渡さないでくれと懇願するテレーズに向って、「お前たちを引き渡すって！　そんなことはしないよ。さっき私に力が戻った時、私は自分のやることを考えついた。このテーブルの上でお前たちの起訴状を書き始めたが、止めたのだ。私は世間の裁きは早すぎると思った。しかも私はお前たちがゆっくりと贖罪するのに、ここでお前たちが私から全ての幸福を奪ったこの部屋で立ち会いたいのだ」と断言する。これにテレーズは哀れみを請うが、ラカン夫人は厳然として彼らを裁判所に引き渡すのを拒否し、「お前たちは私のものだ、私独りのものだ、私はお前たちを見守る」と答える。テレーズは「罰を受けないことは重過ぎる…　私たちは自分自身を裁く、そして私たちは自分自身に有罪を宣告する…」

と叫んで、毒薬を飲み、ローランも彼女に続き、二人は雷に打たれたように倒れた。ラカン夫人の台詞「彼らはとっても早く死んだわ」で幕が下りる。

以上が「小説」と「戯曲」の結びの部分である。それぞれを再度まとめてみると、「小説」第三十章で「息子の仇をとるため」、第三十二章で「二人の殺人者の結末に居合わせること」と、ラカン夫人の心中が描き表されている。さらに二人が幸せになるのは許せず、どんな罰を受けるかを確かめないでは自分は死ねない。すなわち彼女には二人が罰を受けるという確信があり、その罰に自分が立ち会うことが息子への復讐なのである。二人の殺人者は散々後悔し、苦しみ悶えた末、死んだし、ラカン夫人はその場にい合わせたのだから、彼女の復讐は成就したことになる。しかしここでの復讐は他力本願であって、自ら手を下さないが、罪を犯したものは必ず罰せられるという人間社会の道徳から全く当然の帰結である。殺人者が死の中に安らぎを見出しているが、それは単なる現世の苦悩からの逃避に過ぎず、死に至るまでの後悔や錯乱、そして死そのものによって彼らは罰せられたのである。小説は幸いにもこうした人間心理の内奥、背景の思想、事件の経緯などを克明に描くことに適していて、読者は作者の発信を自由に受信することができる。

「戯曲」第四幕第六場でラカン夫人が言葉をとり戻している場面は奇異に思われるかもしれない。現実に麻痺した病人が言語復帰するケースがないわけではないが、希有なことであって、観客はどう反応したであろうか。ゾラが「小説」を脚色するにあたって、ラカン夫人の台詞を入れずにドラマを終わらせることはできない必然性があったのだ。ラカン夫人は「お前たちがゆっくり贖罪するのに立ち会いたい」と言っており、裁判による死刑、たとえばギロチンは早すぎる処置であると考えている。「ゆっくり贖罪する」とは蛇の生殺しのように長い時間をかけて罪人に罪を償わせることである。それだけ代償は長引き大きいということだ。しかもラカン夫人はそれに立ち会わなければならない。無言の登場人物がどのように演技したら観客に心中を理解してもらえるのだろうか。作者は麻痺した病人の言語復帰が不自然であっても、あえてそれをしなければ、この「戯曲」の趣旨を伝えることができなかったのである。

「小説」では贖罪という語は使われていないが、二人の殺人者の結末を見届けることと、罪人の贖罪に立ち会うことでは表現こそ違っていても、両作品の流れから類推すると、同じ帰結に導かれる。ここで「小説」と「戯曲」には贖罪の問題、とりわけ司法機関に（警察、裁判所）よって罰せられなくても、人間として犯した罪は償わなければならないという問題が提起されている。また前述の罪と罰の問答に対する答えが明らかにされている。すなわち犯罪が闇に葬られても、犯罪者は生涯罪を償わなくてはならない。作者は勧善懲悪を作品の前面に押し出してはいないが、背徳のドラマを展開しながら、作品の深部では道徳を説いている。

さて、「小説」から「戯曲」へという問題を考察してみよう。自明のことであるが、小説家は独自の構想を作品の中で比較的自由に表現することができる。しかし劇作家の場合、戯曲は読まれることはあっても、本来は上演が目的である。しかも演劇は台本、俳優、衣装、舞台装置、照明・音響効果、裏方などによる総合的芸術である。場景は舞台のうえに限られているが、生きた人間が演ずるという演劇ならではの迫力がある。劇作家はこうした総合的要素を想定しながら戯曲を執筆しなければならない。小説家が同時に劇作家である場合、こうした問題を考慮しているはずである。小説を脚色する時、戯曲が単に小説に忠実であれば良いという問題ではない。逆に戯曲（あるいは舞台）の効果を重視するゆえに、オリジナルである小説の価値や本質から遊離するかもしれない危険がある。また妥協点をみつけることでは解決しない。小説は小説なりに、戯曲は戯曲なりに優れた作品でなければならないからである。

『テレーズ・ラカン』の場合、先に「小説」が存在していたことは「戯曲」にとって宿命的であったといえる。いつもオリジナルである「小説」が引き合いにだされる。しかもその「小説」はゾラの文壇デビュー作であり、今なお評価の高い作品である。そうした意味で「小説」から「戯曲」へを論じることは「戯曲」に不利な条件がないでもない。しかしあえて本論で試みたこのテーマの結論を述べよう。

アンリ・ミトランは「戯曲のテレーズ・ラカン」[註22]と題する論文の冒頭で、これまであまり知られていなかった劇作家としてのゾラの才能を高く評価している。本章でゾラの「小説」から「戯曲」への翻案の過程を辿ってゆくと、彼がどんな問題に直面し、それらにどう対処してきたかを検証することができた。そこには劇作家としての彼の技量の偉大さが認められる。ゾラは脚色にあたって、常に「小説」を傍に置いていたことは疑いない。各場面を照合する時、作家の息遣いが聞こえてくるようである。私見によれば、「小説」は小説として、「戯曲」は戯曲として、均整がとれ、適切な表現が選ばれ、テーマの追求という点から共通の目的に到達しており、極めて密度の濃い内容の作品である。いわばゾラは小説から戯曲への難関を見事に乗り越えたのである。

註1　Thérèse Raquin, Garnier-Flammarion, 1970, p.14-17　註2　Ibid p.65　註3　Ibid p.66
註4　Ibid p.87　註5　Emile Zola, Œuvres complètes XV, Cercle du livre précieux, 1969, p.127
註6　Ibid p.137　註7　Ibid p.141　註8　Ibid p.147-148
註9　Thérèse Raquin, Garnier-Flammarion, 1970, p.42　註10　Ibid p.177
註11　Emile Zola, Œuvres complètes XV, Cercle du livre précieux, 1969, p.178　註12　Ibid p.182
註13　Thérèse Raquin, Garnier-Flammarion, 1970, p.217　註14　Ibid p.217
註15　Emile Zola, Œuvres complètes XV, Cercle du livre précieux, 1969, p.194
註16　Thérèse Raquin, Garnier-Flammarion, 1970, p.235　註17　Ibid p.253
註18　Emile Zola, Œuvres complètes XV, Cercle du livre précieux, 1969, p.200　註19　Ibid p.201
註20　Ibid p.201　註21　Ibid p.203
註22　Revue des sciences humaines, octobre-décembre, 1961, p.489-516

参考文献

—Les Œuvres Complètes Emile Zola. François Bernouard 1928, La Cenfession de Claude suivi de Le Vœu d'une Morte. Les Mystères de Marseille.
Thérèse Raquin suivi de Madeleine Férat.
—Les racines du Naturalisme par John C. Lapp Collection Etude Bordas, 1972.
—Thérèse Raquin, Garnier-Flammarion, 1970.
—Emile Zola, Œuvres complètes XV, Cercle du livre précieux, 1969,
—Emile Zola, Œuvres complètes I, Cercle du livre précieux, 1962.
—Emile Zola, Œuvres complètes IX, Cercle du livre précieux, 1968.
—Revue des sciences humaines, octobre-décembre, 1961.
—幻想の美学　ルイ・ヴァックス著　窪田般彌訳　白水社　一九六一年

—幻想論　アンドレ・モーロワ著　三輪秀彦訳　新潮選書　昭和四十六年
—幻想の解説　天澤退二郎　筑摩書房　一九八一年
—幻想の変容　高橋英夫　講談社　昭和五八年
—フランス幻想文学傑作選（全三巻）　白水社　一九八二年
—現代フランス幻想小説　M・シュネデール編、窪田般彌訳　白水社　一九七〇年

ポン・ヌフ小路

テレーズ・ラカン像

死体公示場と見物人

テーブルに字を書くラカン夫人

『クロードの告白』より

『マドレーヌ・フェラ』より

『死せる女の願い』より

『居酒屋』に描かれた「宿命」の道

『居酒屋』（一八七七年）の構想は早くからゾラの念頭にあり、若い頃パリで貧しい生活をした経験にその起源を求めることもできるが、実際には一八六九年にラクロワ書店に出されたプラン中に「労働者の世界を枠組みした小説」との記載があることから、『叢書』企画の当初から予定していたものである。ゾラは小説を発表するにあたって、まず新聞や雑誌に連載し、その後に単行本にしていた。『居酒屋』も例にもれず一八七六年四月十三日より六月七日まで日刊新聞「ビャン・プュブリック」に前半が連載されたところ、労働者を侮辱するものであるなどの非難が読者より起こり、一時中止されたが、同年七月九日より翌年一月七日まで週刊誌「レプュブリック・デ・レットル」に後半が掲載された。

本章では『居酒屋』をとりあげ、ヒロイン、ジェルヴェーズ・マッカールがどのような女性であり、どのような生き方をしたのかを考えてみたい。併せて、その生き方を根底で動かしている人間の本質的問題にも触れてみたいと思う。

『居酒屋』には、ジェルヴェーズが二十二歳（一八五〇年）でパリに出て来て、四十一歳（一八六九年）で死ぬまでの二十年間の女の生涯が描かれている。この二十年の人生には三人の男性が深く係わっている。この男性たちの存在こそジェルヴェーズという女性やその生き方を知る鍵であるとも言えよう。先ず愛人ランチエ、次に夫クーポー、そして心の恋人グージェがいる。以下にこれら三人の男性とジェルヴェーズとの係わりを、エピソードを混じえながら述べてゆきたい。

ランチエ

ランチエとの係わりの発端はこの小説以前に遡り、共同洗濯場で交わされるボッシュのおかみさんとジェルヴェーズの対話の中で明らかにされている。ジェルヴェーズは南仏プラサンの出身、生家は洗濯屋、四歳年上のランチエと知り合い、正式に結婚しないで十四歳の時長男クロード、十八歳の時次男エティエンヌを生んでいる。ランチエは母の遺産を相続し、ジェルヴェーズと二人の子供を連れてパリに出て、帽子屋の仕事をするつもりであったが、遊興に明け暮れ、金を使い果たし、先の見通しのつかないまま、母子が途方にくれる場面からこの小説が始まる。

ジェルヴェーズは帰宅しないランチエをボンクール館の窓辺で明け方まで待っている。ようやくランチエが帰宅して一悶着した後、ジェルヴェーズが共同洗濯場に洗いものに出かけた隙に、ランチエはトランクに自分のものを詰めて出奔する。ジェルヴェーズはそれを知り、二人の息子と共に置きざりにされ、金もなく、棄てられた孤独に打ちのめされる。折しも同じ洗濯場にランチエの浮気相手の姉ヴィルジニイが来ていて、ジェルヴェーズが彼女を認めると、狂わんばかりに憤り、かっとなって、水の入った桶を彼女めがけてぶちまける。次に染料や熱湯の入った桶を投げつけ合い、身体でもみ合い、棒で殴るなど、洗濯場は女同士の激しい乱闘となる。この場面の描写は真に迫り、読者をはらはらさせるが、他方、ジェルヴェーズが腹いせに理由のない喧嘩を売り、エネルギーを消耗させているようでもあって、ユーモラスに読めないわけではない。

しかし、ランチエの出奔でジェルヴェーズと彼との係わりが終わったわけではない。物語の中で、ランチエはジェルヴェーズの前に再び顔を出す。七年後、彼女はクーポーと結婚し、女児を設け、洗濯屋を開業している。ランチエが彼女の前に忽然と現れると、彼女は激しい動揺を覚えてはいるが、ランチエが息子たちに会いたいのなら邪魔できないが、自分には指一本触れさせないと断言している。こともあろうに夫クーポーがランチエを店に引き入れたのである。最初のころ、ランチエは遠慮がちで、誠に紳士的であって、ジェルヴェーズの道徳意識も健全である。やがて、ランチエがクーポーの家へ住みつくようになると、ジェルヴェーズに対する態度が少しずつ変わってくる。ある夜のこと、二人きりになるとランチエは彼女を黙って抱き寄せ、慄える彼女に接吻しようとするなど、彼の本性を現し始める。

クーポーの飲酒がひどくなり、帰宅しない夜が二晩つづいた時、ランチエはジェルヴェーズをカフェに誘うと、彼女はせっかくの気晴らしの機会を失うのはばからしいなどと考えて、彼の申し出を承諾する。これまで彼女は健気に奮闘してきたが、ついに張りつめていた心の糸がプツンと切れ、道徳意識に狂いが生じ始めた。彼女は 絹のドレスをまとい、ランチエと肩を並べてカフェに行き、二人は閉店まで楽しく過ごす。その夜、クーポーは泥酔し、吐瀉物にまみれ、ジェルヴェーズには寝床がない。ランチエはそれを見て、彼女を巧みに自分の部屋に引き入れようと誘うと、ジェルヴェーズは仕方がないと言い訳をしながら彼に従う。こうして、あれほど堅固にみえた彼女の貞操観はもろくも崩れ去る。一度、堰が切られると男と女の間は元の木阿弥、二人の関係は公然の秘密となり、その上不可解なことに、ランチエとクーポーは仲が良く、二人の男はまるでゲームを楽しむようにジェルヴェーズを共有する。彼女にしても、二人の男との関係を苦にする様子はなく、むしろ自分の立場を自然であると思いこみ二人の男を受容している。しかし彼女が零落すると、ランチエは再び彼女を棄て、別の花を求めて飛び去るのである。

クーポー

ジェルヴェーズがランチエに棄てられ、途方にくれている時、ブリキ屋の職人クーポーに見染められる。彼は彼女を美しく、真面目な女だと思い、彼女に求婚する。クーポーとの付き合いが始まった頃、彼女は自分の理想を「働いて、パンをたべ、自分のねぐらをもち、子供をそだて、自分の寝床で死んだら、申し分がないでしょう……」と述べ、クーポーは「僕は決して飲まないもの、それからあんたを愛しすぎるくらいだもの……」と答えていて、これは二人の真摯で清純だった若い日の一ページを物語っている。ジェルヴェーズは二人の連れ子を気遣いながら、結局、クーポーの求婚を承諾したので、二人は夫婦になる。

結婚後四年間、彼らはよく働き、界隈では評判の良い夫婦になっていた。その上いくらかの貯えもできたので、グート・ドル新町の、納戸と台所のついた広い部屋に引っ越し、ナナと名づける女の児にも恵まれる。その子が三歳になった時、この平凡ではあるが、平和な家庭に不幸をもたらす要因となる事件が起こる。ジェルヴェーズはかねてから自分の店をもちたいと望んでいたところ、手頃な物件があり、夫と下見に行こうと約束していた。その日に、皮肉にも事件が起こったのである。事故の顛末を記しておこう。ジェルヴェーズとナナがクーポーを迎えに行った時、彼は屋根の上で仕事をしていた。ナナが「パパ！こっちをみて！」と呼び、クーポーは娘を見ようとして、身をかがめたはずみに、足をすべらせ、屋根から路上へと転落した。その様子が「彼のからだはゆるい弧をえがき、二度とんぼがえりして、高いところから投げられた洗濯物の包みのような鈍い音をたてて、道路のまんなかに落ちてつぶれた」とあり、クーポーの身体の落下する音を洗濯物の包みに譬えたのはジェルヴェーズが洗濯女であるからであろうが、この見事な比喩は彼らの生活の未来の転落を暗示しているように思われる。

ジェルヴェーズは重傷を負った夫を病院へ運ぶのを拒絶し、自宅へ運ばせ、献身的に夫の看病をしている。クーポーの傷は回復してゆくが、心の病が彼を冒し始めている。なまった身体に怠け心が芽生え、彼は仕事に嫌気がさし、労働意欲を喪失する。その上、ジェルヴェーズの夫への過保護が彼をますます無気力にし、暇にまかせてクーポーは飲みに行くようになるが、当時はブドウ酒しか飲んでいない。

やがて、ジェルヴェーズは念願の自分の店をもち、「高級洗濯店」という看板を掲げ、お客には愛想がよく、終日労働に励んだので、店は繁盛していた。彼女のかつての理想は「自分の寝床で死ぬ」ことを除いて、全て実現し、それどころかその理想を遥かにとびこし、立派になっていた。しかし、この幸福は束の間の陽炎のように、永く続かず、彼らの家庭に播かれた不幸の種は萌芽し、緩慢ではあるが確実な速度で成長していった。彼らはその密やかな不幸の接近にはまだ気付いていない。ジェルヴェーズはクーポーが飲む機会の多くなるのを、呑気にも妻の寛容さに置き換えて弁明さえしている。彼らに危機が迫るのを予知するかのように、酔って帰宅したクーポーがジェルヴェーズを求める場面は次のように描かれている。「彼は彼女をつかまえて、放さなかった。彼女は下着の山からくるかるい眩暈で茫然とし、クーポーの酒くさい息も気にかけずに、するままにさせていた。こうして彼らが、商売がらの汚れ物のなかで、口いっぱいにとりかわした大きな接吻こそは、徐々に崩れてゆく彼らの生活での最初の墜落のようなものだった」ジェルヴェーズの眩暈こそ、精神の錯乱であり、商売がらの汚れ物の中での接吻は彼らの仕事と生活の暗い未来の予兆であって、この表現の中に墜落との因果関係が明白に示唆されているように思われる。

クーポーの酒量は増えつづけ、飲み代は彼女の店の経営に穴をあける。その上、クーポーがランチエを家へ引き入れたので、遊び暮らす二人の男によって、稼いでも店の不振はつのる一方である。その頃からクーポーはブドウ酒では飽き足りないで、ブランデーを飲むようになり、泥酔して帰宅すると、ジェルヴェーズに暴力を振るう。彼女も気の張りをすっかり失い、いつかは幸福になれるという希望も消えかかっている。彼女はこれまで数々の夫の乱行に眉をひそめながら、妻の寛容さともちまえの忍耐力で夫を許し、常に前途に希望をもとうとつとめてきたが、彼女は前述のように「悪臭」という生理的嫌悪から空しくそれは萎えてしまい、ランチエと再び関係をもつようになってしまったのだ。その夜を境に、彼女は二人の男に夜を割り当て、夫はその事実に腹を立てている様子もない。

こうした道徳意識の狂いは、彼女の仕事に波及しないわけはない。かつて、彼女は働くことが好きで、きれい好きだったが、今では仕事が粗雑になり、期日を守らないので、注文は目に見えて減少し、借金は増え、店は倒産寸前になる。最盛期に、彼女は愛想がよく、鷹揚だったのに、あらゆることを鼻であしらい、人々を追い払うようになってしまった。このように、物質的にも精神的にも零落へ向かう下降線の力は巨大であって、最早留まることを知らない。

しかし、ここに小休止があった。店を追われたクーポー夫婦は七階に移り住み、彼は仕事に出るようになり、彼女もフォーコニエ夫人の店で働き、読者にはここで彼らが立ち直れるのではないかと、一筋の光明を抱かせる。だが、その期待は間もなく裏切られ、パリの空気がまたもクーポーを捕らえ、彼は深酒に溺れる。ところで、クーポー、ジェルヴェーズ、ナナの生活は空中分解し、崩壊に瀕した。その様相は「いちばん悲しいことは、愛情が籠から抜けだして、互いの思いやりがカナリヤのように翔《と》び去ることだった。この小さな社会が、互いに寄りそい折り重なって暮らすときには、父や母や子供としての温かい心が通うものだが、どん底に落ちると、そういう温かい心もなくなり、互いに離ればなれになって、寒さにふるえるのだ」と記されている。

ある日、クーポーはジェルヴェーズとの約束を違え、彼は酔っ払っていて、些細なやりとりの末、彼女もまた酒を口にするようになる。その酒が甘すぎるという理由から、辛口の酒を所望し、グラスを重ねる。「給料が強い酒になって溶けてしまっても、少なくともお腹のなかにいれたのだし、まるで金をとかしたように澄みきって きらきら輝く給料を飲むのだから、まったく、人がなんといおうとかまったことじゃない。人生はこれほどの快楽を彼女に与えたことがない。それに金を使いはたすのに、亭主ひとりでなく、自分も片棒をかつぐという慰めもある」と書かれていて、彼女がアルコールに溺れてゆく経緯を知ることができる。一度アルコールの魅力、いや魔力にとりつかれると、精神的に不安定なジェルヴェーズはまたたく間に押し流され、呑み込まれてしまうのは目にみえている。彼女は仕事先を転々と変え、次第に単純作業へと身を落とし、あらゆることに無気力、不感症になってしまう。

クーポーは三年間に七度も入退院し、ナナは早熟な娘で、家出を繰り返している。ジェルヴェーズは売れるものは売り払い、金があると酒を飲むので、空腹と疲労に打ちのめされ、街をさ迷い歩く。彼女は街の女にまで落ちてしまった。クーポーは酔っ払ってセーヌ河に身を投げ、一時救助されたが、病院で狂死する。夫の死後、彼女も気がふれたようになり、数か月後のある朝、彼女が死んでいるのが発見された。

ジェルヴェーズとクーポーの二十年に亙る結婚生活はこのように二人の死によって終焉を告げる。彼女の短く、惨めな最後で終わる女の一生はこの夫との波欄に富んだ結婚生活であったといえよう。

グージェ

ジェルヴェーズがナナを生んだ時、グージェの母親が一桶の水を汲んでくれたことが縁になって、この母子とつき合うようになる。息子のグージェは鍛冶工であり、ヘラクレスのような二十三歳の男である。日曜ごとに、クーポー夫婦はグージェ母子と遠足に出かけ、両家は友情あふれる交際をしていた。息子のグージェがジェルヴェーズを初めて意識したのは、クーポーが重傷を負った時である。「そこで鍛冶工は、この献身の雰囲気のなかで、家具のうえにちらばる薬のなかで、彼女がかくも真情のかぎりをつくしてクーポーを愛し世話をするのをみて、ジェルヴェーズへの大きな愛情を覚えはじめたのであった」とあることから、グージェの気持ちの動きが理解できる。その後、グージェは夫のけがで洗濯屋開店の資金を使ってしまったジェルヴェーズに資金を貸すなど、グージェ母子はジェルヴェーズに対して、絶えず好意を示している。また、当時十二歳だったジェルヴェーズの息子エチエンヌがグージェと同じ工場で働くようになり、このことがジェルヴェーズとグージェの愛を深めるのに一役買ったことは事実である。こうして、二人は日常的な雰囲気の中で大らかな愛を育てていった。

クーポーが事故の後、働く気力を失い、酒に溺れ、夫婦の間に亀裂が生じ始めると、ジェルヴェーズはグージェのことを考えるようになる。ある日、彼女はお得意様に洗濯物を届けに行った帰りに、息子に会いにゆくという口実で、工場にグージェを訪れる。これがきっかけになり、二人の愛はふくらみ、金曜日には鍛冶場で逢い引きするようになり、友情に似た牧歌的な愛が二人の間に次第に高まっていった。宴会の日、ジェルヴェーズは食いしんぼうの自分をグージェに見られることに少女のように恥じらいを感じるなど、ほのぼのとした光景もある。

グージェは度重なるお金の問題で躊躇している母からジェルヴェーズをかばい、精一杯の誠実さを示している。彼はランチエがジェルヴェーズに接吻しようとしているところを偶然に見てしまい、その衝撃から、突然ジェルヴェーズにベルギーへ駈け落ちしようと求愛する。しかし、彼女は彼のことが好きだが、自分は結婚していて、子供もあり、そんなことはできないとことわるが、これまで口に出さなかった二人の愛がここで確認されたのである。この折、ジェルヴェーズは一歩踏み出す勇気はなく、事態もそれほど切迫していない。後になって、ジェルヴェーズは彼の申し出を受け入れ、どこかへグージェと駈け落ちしようかと心が揺れるが、今度は彼の方がことわっている。このように二人の愛の歯車はかみ合わない。ジェルヴェーズが泥棒をするか、男をひっぱるかの思案の末、街の女となり、飢えと寒さに堪えながら街を彷徨する時、ふと呼びかけた男が何という運命の皮肉だろうか、こともあろうにグージェだった。彼は彼女を自分のアパルトマンに連れてゆき、暖かい食事を与える。食後、ジェルヴェーズはブラウスのボタンをはずそうとするが、彼はそれを優しく戒め、彼女に軽く接吻し、二人は永遠に別れる。

以上がジェルヴェーズとグージェの愛というよりむしろ男女の友情の軌跡である。彼らは互いに好意をもち合い、互いの感情が友情の域を越えようとすると、どちらかに抑制がはたらき、一線を越えるのを阻んでしまっている。こうした友情も男と女の愛の一様相であろう。

ジェルヴェーズと三人の男性との係わりを『居酒屋』の中から個々に拾い上げ、多少の解釈を加えてきたが、以下に要約を試みよう。

ランチエは周知のように、怠け者であり、寄生虫のような習性があり、その上女誑しであって、ジェルヴェーズを騙すことなどわけもない。彼は女が男の誘惑に弱い点に目をつけ、獲物を狙う野獣のように彼女を虜にした。ジェルヴェーズは抵抗したが、回避不能の事情が度重なりついに道徳意識に狂いを生じ、ランチエになびいてしまった。しかし、ランチエは利用価値がなくなると女を棄てる常習者なので、ジェルヴェーズは彼に二度も棄てられた。ランチエとの係わりにおいて、彼女は若年で二人の男児を生んだが、他にはその人生を豊かにし、仕合わせを感じさせるものを彼から得ていないばかりか、彼は彼女を惨めにし、破壊へ導いたのだった。

クーポーとは二十年という生活の歴史がある。二十年という歳月は人を変えてしまう。二十二歳で美しく、生々としていた若い女は、二十年後、どん底の赤貧から、飢えと疲労のために野垂れ死にしてしまった。ジェルヴェーズがクーポーと結婚した頃、真に幸福を願い、ささやかながら真面目に生きる意欲にあふれ、実際にも仕事に精を出していた。そのような時、クーポーは屋根から転落するが、この小説の中では事故そのものは重要ではなく、それをどのように受け留め、どのように生きてゆくかが重要な問題なのである。夫の事故の直後、ジェルヴェーズは前向きに人生と取り組み、理想が実現されたかを自認する時期がなかったわけではない。

クーポーは根は律義な職人であるが、人間として弱さをコントロールし難く、意志とか意欲、あるいは理想というものが比較的希薄である。運命に揺り動かされると、抵抗しきれず、流されてしまう。事故後、彼は怠けるようになり、何度か立ち直ろうとするが、中途半途であって、アルコールに逃避してしまっている。ジェルヴェーズは愛情と善意に充ちた行為で夫を支えてきているが、彼女もまたアルコールに浸り、夫と同じペースで零落の渦の中に巻き込まれてゆく。クーポー夫婦をアルコールに毒された狂人であると考えれば、結論は簡単である。アルコール中毒患者の症例として片附けることができる。しかし、幸福な出発点から、紆余曲折を経て、その悲劇的終着点に至る過程を辿った彼らを、一症例とのみ決めるのはあまりにも短絡的であり、この緩慢な破壊に至る過程には、あわれな人間の生活の歴史があり、厳しい人生の不条理を認めざるを得ないのではないだろうか。

ジェルヴェーズにとって、クーポーはランチエのように、彼女の身体の上を単に通り過ぎて行った男ではない。ある時は愛し、またある時は憎んだかもしれないが、共に夢を見て、共に生き、共に死んだ人生の伴侶であった。

グージェのことを書かなければならない。彼との係わりは、精神的愛情が優先し、その精神性ゆえに二人は結ばれなかった。しかし、ジェルヴェーズはグージェのことを思うだけで幸福を感じている。彼女の生活に亀裂が生じ始めると、グージェの存在は彼女を心の内側から支えている。例えば、彼女が工場で働く彼を訪ねた時、二人で春の野原を散歩し、タンポポを摘んだ時、路頭に迷う彼女を暖かく庇護してくれた時など、彼女はグージェの大きな愛にどれほど感動したことだろう。互いを尊び、愛ゆえの怖れを抱き、肉体の愛を拒絶したわけではないが、通俗的な愛欲の泥沼に溺れるのは拒否している。精神的な愛はくい違い、その歯車が容易にかみ合わないが、女にとってこうした愛、異性との友情は偉大なものである。

『居酒屋』の中で、ある時期におけるジェルヴェーズと三人の男性との係わりは次のように述べられている。「ランチエという名は、いつも彼女のみぞおちに焦げつくような感じをあたえた。まるでこの男がそこの皮膚のしたに何か自分のものを残していったようだった。—（中略）— 彼女はこの一件では、夫に対してやましいことを何もせず、心に考えさえしなかったから、クーポーのことを全然考えなかった。それよりむしろためらいがちに、心をいためながら、鍛冶工のことを考えた。ランチエの思い出が胸によみがえって、だんだんと心をつかまれて行くのは、まるでグージェを裏切るような気がした。」この引用文はジェルヴェーズの気持ちを率直に表現しており、夫を他の二人と区別し、ランチエとグージェとを対比している点、興味深い。

ジェルヴェーズをめぐる三人の男性たちは、物語の中では筋と複雑に絡み合い、交錯し、あるいは重複していて、互いに影響を与え合っているのはいうまでもない。しかも、ジェルヴェーズという一人の女性の中に、三人に対する異質の愛が共存するのも否定できない。現実の人間はある図式にのみ支配されて生きられるのではなく、ジェルヴェーズも現実の人間の活写であるならば、その例外ではないといえよう。「いいかげんであること」、これが最も人間らしいことでもある。ジェルヴェーズの三人の男性に対する愛は三人三様であるが、その区分には不鮮明な部分があってもそれでよいのではないだろうか。

次に、ジェルヴェーズがどのような女性であったかについて考えてみよう。前述のように、彼女の理想や幸福観は控え目であり、即現実である。これらは作者の創り上げたジェルヴェーズ像に宿すものであるが、第二帝政下の小市民たちの典型が描かれているのかもしれない。ともかく、彼女は理想が適わないことを深く後悔したり、反省したりしないばかりか、その現実を容認し、理想はさらに低くなっている。グージェと別れた後で彼女は次のように言っている。

「まったく、この世ではいくら慎ましくしていてもだめだ。どんなにささやかな願いだって叶やしない！　パンもなければ巣もない。それが人間共通の運命さ。彼女は苦々しい笑いを更に声高に笑った。二十年鏝かけの仕事をやったら、田舎に引きこもろうという、あの美しい希望を思い出したからだ。せめてペール・ラシェーズの共同墓地に、緑の一角が欲しい。」これを諦めと解することもできるが、決して悲痛な諦めではない。運命を容認する厳然とした何かがあるようだ。

ジェルヴェーズの生涯において「馴れ」が重大な要素をしめている。特に下降線を辿る時、そのマイナスに対する「馴れ」は不断の力でマイナスを助長する。これは現実肯定観とも深く繋がり、この「馴れ」こそ彼女を破滅のどん底まで引き摺り込んでいった。具体的には男（ランチエ）との関係、飲酒、怠惰、貧乏、不潔さなど、彼女が一度身を染めると、感覚が麻痺し、獣のみちをゆくように、往来してしまう。しかし、ゾラはリアリストである。「不幸なことには、すべてに馴れることができても、食べないという習慣だけはつかないものだ。ジェルヴェーズを悩ましたのは、それだけだった」と書いており、こうした「馴れないもの」を含めて、人生にはより大きな力、「運命」とか「宿命」が存していて、人間を揺さぶっているように思われる。

ここで、ゾラの「宿命」に少し触れておこう。彼が唱えた「遺伝」や「環境」の理論は「宿命」とは切り離し難い。すなわち「遺伝」は血を継受し、人は生まれながら回避できないものであり、「環境」もまた人為で選べない点、「宿命」である。人はみな何らかの「宿命」を背負ってこの世に生を享け、その「宿命」に翻弄されて生きてゆかなければならない。祖先の血や生まれ育った環境を呪っても、不幸を幸福に塗り変えることは容易ではない。その最大の原因は人間の弱さにあるのだろうが、その弱さを克服し、運命を変えることができる勝者は数少ない。冒頭でも述べたようにゾラの作品は「遺伝」や「環境」の理論そのものの実現ではないが、家系樹にもみられるように、「遺伝」や「環境」をゾラがその作品に意図的に盛り込もうとしたことは疑い得ない。

前述のように、ジェルヴェーズは三人の男たちによってその人生は攪拌された。視点を転ずると、これら三人の男たちは単にあやつり人形であり、これらの男たちをあやつっている目に見えない力が作用しているように思われる。それが「宿命」であって、作家ゾラはジェルヴェーズの悲劇的生涯を借りて「宿命」を描こうとしたのではないだろうか。ゆえに、物語の表面に現れた数多くの事件や登場人物の言動にのみ目を奪われることなく、これら具象のヴェールにかくされた抽象を読みとることが肝要である。

作品には独自の作風がある。ゾラは登場人物の外面的行動に重点を置いて描き、それらの人物の内奥について多くを語らない。そのためジェルヴェーズが単純かつ卑猥な女であるとのみ結論づける傾向がないでもない。彼女の言動を根底で動かしている「宿命」を認め、その不可視の力を凝視する時、ジェルヴェーズの生涯を単に堕落した女の悲劇としてのみ読むことはできないであろう。

最後に、グート・ドル通りはジェルヴェーズの「宿命」を示唆して止まない。この通りは道幅が狭く、坂になり、いつも石鹸水があふれていた。彼女の二十二歳から四十一歳までの生涯はグート・ドル通りに密着している。三人の男たち、フォーコニエ夫人の店、住居、洗濯屋、酒場など、彼女の生活の場はすべてこの地理的区分内に包括されている。ジェルヴェーズは母が妊娠中に酔った父から乱暴されたため、びっこになった足をひきずりながら、二十年間、グート・ドル通りを数えきれないほど駆け上ったり、駆け下りたことだろう。この通りは彼女の全てを、彼女の人生の全てを知っているのではないだろうか。

参考文献

—筑摩世界文学大系46　ゾラ「居酒屋」　田辺貞之助／河内　清　訳　（筑摩書房昭和四十九年）
—Emile Zola, Les Rougon-Macquart Tome II Bibliothèque de la Pléiade 1975.
—Emile Zola, Œuvres Complètes, Cercle du Livre Précieux, Fasquelle Paris 1967.

○引用文は『筑摩世界文学大系46 ゾラ「居酒屋」』によった。

ジェルヴェーズ像

洗濯場での乱闘

ジェルヴェーズとクーポー

区役所での結婚

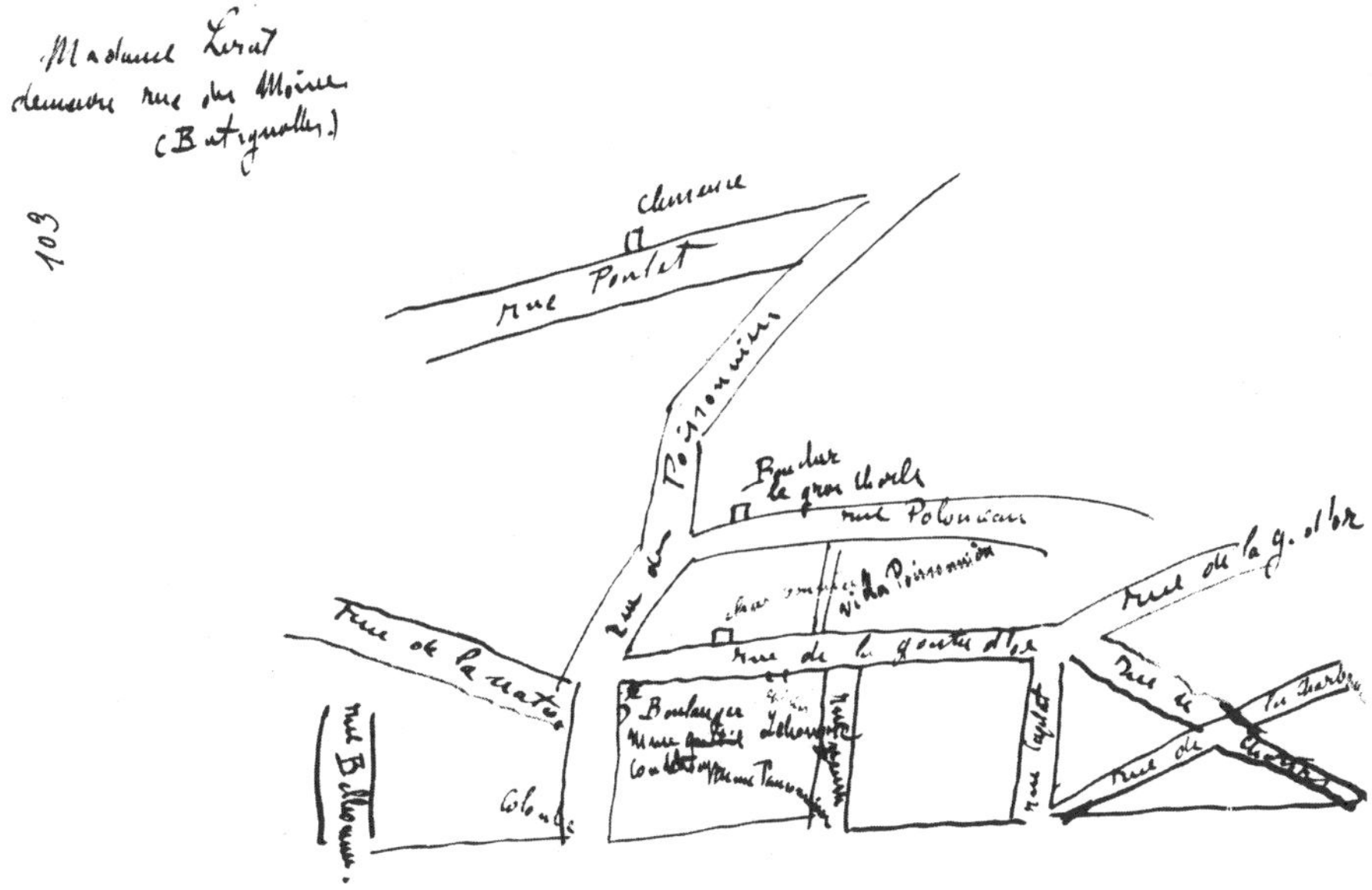

ゾラの描いたグート・ドル通り近辺の略図

クーポーの転落

ナナ像

『ジェルミナール』をめぐって

(一) 愛と革命

『ジェルミナール』は一八八四年十一月二十六日より翌一八八五年二月二十五日まで、「ジル・ブラ」紙に連載されたのち、同年単行本として出版されており、『ルーゴン・マッカール叢書』の第十三巻目の作品である。この小説は資本家と炭坑労働者の対立という階級闘争が主要テーマになっている。主人公エティエンヌ・ランチエは社会主義思想に目覚め、運動に身を投じるが、カトリーヌとの愛の問題が絡み合い、これが作品の叙事詩的側面にいっそう悲壮感を盛り上がらせている。本論では、エティエンヌとカトリーヌの愛の様相を辿りながら、その愛と社会主義革命との係わりを検討してみたい。

エティエンヌが初めてカトリーヌに会うのは、仕事を探しにル・ヴォルー坑へやって来たときである。入坑する一隊の先頭に「少年のように優しい様子をしたカトリーヌ」[註1]を認めて、声をかけるが、このとき、カトリーヌが女であるとは思っていない。その彼女が彼の肩に手を置き、仕事があると、知らせてくれる。

竪坑を降下するケージの中で、エティエンヌはカトリーヌが女であると気がつく。彼が彼女に体をつけていると、温もりが伝わってくるので、「『こんなに暖かいのは、おまえの皮膚の下はどうなっているのだ』」[註2]と尋ねる。カトリーヌは自分を男の子だと思っているエティエンヌをむしろ面白がって、真実を告げない。しかし、再び体を寄せたとき、咽喉もとからふくらみかけている丸味に気づき、彼の体に浸み込んでいた温もりが、とっさに理解でき、「『それでは、おまえは女なのか』」[註3]と問い返す。このように、体の接触により、女の体温の温もりから、エティエンヌはカトリーヌに異性を感じ、お互いに意識し始めるのである。

二人はその容姿を見つめ合っている。

カトリーヌの方からは、「彼らのランプが、二人の間で、彼らを照らした。カトリーヌは黙って、ちょっとの間、彼を見つめた。ほっそりした顔で、黒い口ひげのある彼を美男子だと思ったにちがいない。」[註4]と述べられている。

エティエンヌの方からは、「二つのランプで照らされている彼女を、彼のすぐ側で見た。なぜ彼女を不器量に思ったのだろう。今、彼女の顔に細かい石炭の粉がついて、黒くなっているが、彼には、彼女が不思議な魅力があるように思われた。顔に影が広がり、大きすぎる口から歯が白く輝いていて、目は猫の目に似た緑がかった光沢があり、大きく見開かれていた。」[註5]と述べられている。

ともに、坑内でランプの光に照らし出されたときの二人の視線に映ったもので、この部分はお互いに、相手の意外な点を発見し、好感をもち合ったことが表されていると同時に、読者には彼らの容貌の特徴を明らかにしてくれているともいえる。

それ以後、エティエンヌはカトリーヌを抱きしめ、接吻したいという欲望を感じるが、生来臆病であって、リールでは娼婦の経験しかなく、素人の女にはどのように振る舞ったらよいのか分からない。

彼は二度も彼女の唇を見ている。坑内でランプの光を浴びて「色腿せたバラのような厚ぼったい唇[註6]」を凝視するが、躊躇し、思い留まる。二度目に「バラ色の厚ぼったい唇[註7]」に接吻したいという抑え難い欲望がこみ上げてきて、苦しむが、敢えて何もできない。

ついに、決心したときは既に遅く、シャヴァルがエティエンヌの目前でカトリーヌの唇を奪ってしまう。その光景を目のあたりにして、「エティエンヌはぞっとして震えた。待ったのは馬鹿だった。たしかに、今は駄目だ。彼女に接吻しないでおこう。というのは、彼女が自分もあいつと同じことをしたがっていると思うだろうから。彼は虚栄心を傷つけられて、本当の絶望を感じた。[註8]」とあり、シャヴァルへの対抗意識とカトリーヌへの見栄を表しているが、絶望は一時的なものであって、真に絶望したのではない。坑内で二人きりになると、彼は落ち着かない気分になり、「彼女に接吻しないのを馬鹿馬鹿しく思い、あの男のことを思うと、彼は何もできなくなり、―（中略）―あの男は彼女の情夫なのだ。[註9]」と妄想をいだく。しかも、二人はお互いを強く意識し、折にふれて、じっと見詰め合う。カトリーヌは新米のエティエンヌに何かと親切にしてやる。

地下での仕事は厳しく苦しいので、一日目の労働を終えると、エティエンヌは炭坑を去ろうかと考える。「しかし、若い娘の前で、彼は何だか恥ずかしかった。彼女は彼をじっと見詰めていた。おそらく、彼女は彼が仕事に不満を示していると思ったのであろう。[註10]」と述べられ、さらに、「そのとき、エティエンヌは不意に決心した。彼はあそこの坑夫街の入口に、カトリーヌの澄んだ目を再び見たと思ったためかもしれない。[註11]」と、彼が鉱山に留まる決心をした理由の一つに、カトリーヌの存在があったことは否定できない。

ちなみに、この小説は第二帝政（一八五二―一八七〇）末期が背景になっている。この時期には女性や子供が鉱山の地下で働いていた。一八七四年五月十九日、法第七条により、女性の坑内労働が禁止された。[註12] ゾラはこの小説を一八八四年から執筆し始めているので、すでに女性の坑内労働は行われていないことになる。

炭坑の若者たちは早熟であり、娘たちは貧困による自暴自棄から、早くから身をもち崩すことが多い。これは一種の社会悪ともいうべきであろうか。エティエンヌは、暗闇の廃墟の中で、若い二人連れの行為を見てしまい、あとになって、それがシャヴァルとカトリーヌであると知る。カトリーヌは十五歳、女の兆しはまだなく、男との経験は初めてである。シャヴァルの暴力に抵抗はするが、結局、屈してしまう。そのカトリーヌの閉じた目の中を「今朝会った若者、もう一人の男の影[註13]」が横切る。その男とは、いうまでもなく、エティエンヌその人である。二人の情事を見たエティエンヌは「このことが彼を気狂いのようにし、彼は拳を握った。殺人の欲望が起こってくるかっとなるときだったら、彼はこの男を食い殺していたかもしれない。[註14]」と、将来の殺人を予知する布石がなされているともいえる。

マウの家へ移り住むようになってから、エティエンヌはカトリーヌと向かい合うと、一種の遠慮を感じる。同じ部屋で寝起きを共にすると、着替えの度に相手の体を見てしまい、欲情をそそられる。また、彼女の体を見ない日が続いていて、「突然、彼が真っ白な彼女の体を見ると、その白さで彼は身震いし、彼女を奪いたい欲望に負けてしまうのを恐れて、顔を背けざるを得なかった。[註15]」とある。彼女もこの気配を十分に察していて、ローソクの火が消えても、お互いに、彼らは眠れぬ夜を過ごすことがある。

毎晩のように、エティエンヌはマウ一家や近所の人々を集め、貧富の差による不平等や正義などについて語り合い、二階に上がってからも、その興奮が覚めない。そんな夜、「二度も繰り返し、彼は立ち上がり、彼女を奪おうとした。お互いにこんなにも激しい欲望をもちながら、我慢しているのは馬鹿げている。彼らは欲望に逆らって、なぜこんなにすねているのだろう。―（中略）―一時間近くが過ぎた。彼は彼女を奪いにゆかなかった。彼女は自分から彼を呼ぶのをおそれて、振り向かなかった。彼らは側で暮らせば暮らすほど、壁は高くなり、彼ら自身にも、羞恥、嫌悪、友情の思いやりを説明できなくなっていたのであろう。[註16]」

その反面、エティエンヌは自分の行動をカトリーヌに見て貰いたいと思う。それは三千人の集会で、エティエンヌが木の幹に立ち、聴衆に呼びかけるとき「カトリーヌがそこにいるに違いないと考えると、新たな情熱が、彼女の目の前で喝采されたいという欲望が彼を刺激した。[註17]」とあり、彼は群集の中にカトリーヌを目で探し求める。

抗夫たちはストライキを呼びかけ、炭坑から炭坑へ行進し、ガストン・マリ坑でシャヴァルの裏切り行為が発覚する。これに、エティエンヌが怒り狂うと、カトリーヌはエティエンヌに平手打ちをくわす。この行為は、酒を飲むと人を殺したくなるエティエンヌの性癖を知っているカトリーヌがシャヴァルを危険から守ったかのように、ここでは読みとれるが、実際には愛するエティエンヌに殺人をさせたくなかったのだ。これはあとになって、坑内に閉じ込められて、死に瀕したカトリーヌが「『それは私があんたを愛してたからよ』[註18]」と打ち明け、事態が明らかになる。

カトリーヌはエティエンヌの危機を二度救っている。最初は、ストライキの呼びかけに激昂する群集が、メグラを襲ったとき、シャヴァルが密かに憲兵に通報したことを知ったカトリーヌは「『逃げて、逃げて、憲兵が来るわよ！』[註19]」と素早くエティエンヌに知らせている。つぎは、酒場ラヴァンタージュでまたもやエティエンヌとシャヴァルが格闘になったとき、カトリーヌは『気をつけて！彼はナイフを持っているわよ！』[註20]」とエティエンヌに知らせるかのように、大声で叫んでいる。

その後、彼らの愛は相変わらず欲望を駆りたてられたり、あるいは絶望的になったりして、行きつ戻りつ、進展をみせない。一度など、彼らはボタ山の下で、接吻を交わそうとするその瞬間、月が再び現れて、機を逸してしまう。自然現象までもが彼らの恋路の邪魔をし、彼らは羞恥心にさいなまれ、別れ別れになってしまう。しかし、出口がないかのようにみえた彼らの情欲に、通気孔が開けるときが到来する。

カトリーヌはストライキで入坑を拒否していた坑夫たちの誓いを破り、早朝そっと寝床を抜け出し、炭坑へ働きにゆこうとする。エティエンヌはそれを素早く察知し、彼女にわけを尋ねながら、「彼は悲しみと憐れみの愛撫で彼女の体を抱いていた[註21]」のである。この引用文が示すように、彼は欲望から彼女を抱いたのではない。貧乏と飢えのどん底にあり、何もしないで暮らすことの辛さが、彼女を裏切り行為へと追いやり、彼はこんな彼女が哀れに思えたのだ。狂ったように、エティエンヌはカトリーヌを抱きしめながら、「彼は平和への欲求、幸福であることへの抑え難い欲求で満たされた。彼は結婚して、小綺麗な家に住み、二人で一緒にそこで暮らし、死ぬこと以外に野心のない自分を想像した。パンがあれば満足するだろう。たとえ一人前しかなくても、それは彼女の分になるだろう。その他のことが何になる？　人生はそれ以上の価値があるだろうか？」と、とっさの考えが述べられ、直後に「『待ってくれ、俺も行くよ』[註22]」と重大な発言をすることになる。

　これまで、エティエンヌは正義のためという大きな目標を掲げて、ストライキの闘士として戦ってきたのに、一人の女のために、その女を愛したがために、自分の過去を否定するばかりか、こんなにも容易にプチ・ブル思考へ傾倒していったのだ。理論的矛盾が指摘され、人間的卑怯さを誹謗する声が起こるかもしれない。ここで、周囲の情況にひとまず目を向けてみよう。ストライキも長びくにつれ、人々は疲れをみせ、窮乏は深刻化し、次第に不満が募り、それが非難へと変わっていった。エティエンヌの当初の人気は地に落ち、人々から煉瓦を投げつけられ、彼の理論に揺れがきていた時期でもある。エティエンヌとて、しょせん、弱さや愚かさを備えた一人の人間であり、女のため、自分自身のため、幸福を求めても不思議ではない。誰しも愛には排他的、利己的な側面があることを否定できないであろう。ゾラはエティエンヌを闘士として描きながら、刻々と変化する心の動揺をとらえて、彼が並の人間であることも見逃していない。

　エティエンヌは前述のように決心はしたものの、「彼自身、そんなことを言ったのに驚いた。彼は入坑しないと誓っていたのに、昏から出てしまったこの決心はどこからきたのだろう。考えたこともなかったし、ちょっと検討したこともなかったのに。今や、彼の心の中はこんなに平静になり、疑惑からこんなに完全に脱出した。彼は偶然によって救われ、苦悩の唯一の出口をやっと見つけ出した男として、頑強に主張した。[註23]」と決心前後の錯綜する心境はこのように説明されている。カトリーヌが炭坑で罵倒を浴びるであろうと案じても、彼は意に介そうとはしない。

しかし、同時に、彼は「掲示が許しを約束していた。それで十分だった。『俺は働きたいのだ。これは俺の考えなのだ[註24]』」と言っており、私見によれば、この部分は容認し難い。今回の掲示では、会社側の条件の軟化がみられ、明日入坑する坑夫に労働手帳の受領を約束し、凡てを水に流し、危険分子にも許しが提案されている。つい先刻、エティエンヌはこの掲示を見て、「飢え死にする群集には力がない。―（中略）―自分は入坑しない。だが入坑する者は許してやる。[註25]」と仲間を弁護し、自らの入坑は強く否定している。入坑の決心は前述のように個人的理由が優先したもので、人間的側面の反映として理解できるものの、その妥当性を会社の掲示に結びつけるのは、あまりにも短絡な思考ではないだろうか。裏切り行為にはいかなる弁解も存しない。ただ、自らの非を認め、謝罪するしか方法はない。ここでは「会社の掲示の許し」が彼にある安堵感を与えているようにも読みとれる。

入坑しようとするエティエンヌとカトリーヌは、スヴァリーヌに出会い、ここでもう一度、エティエンヌの裏切り行為の理由が明らかになる。「確かに、彼は誓っていた。ただ、百年後に起こるかもしれないことを、腕を組んで待っているのが生き方ではない。その上、個人的理由が入坑を決心させたのだ。」[註26]と述べられている。これまで描いていた労働者のユートピアとは百年待たなければならず、たとえ待ったとしても、架空の世界にすぎないのだろうか。これではエティエンヌがストライキの無力を自ら認め、その敗北を生き方にすり替えて弁明しようとしていたように思われる。

スヴァリーヌはエティエンヌがカトリーヌと一緒であるのを見て、「男の心の中に女がいるとき、その男は終わりだ。死ぬがいい。」[註27]と思い、一度は彼を止めたものの、彼らの入坑がほぼ確実に死をもたらすと知りながら、行かせてしまうのである。

前夜、スヴァリーヌは密かに入坑し、ネジを弛め、木に穴を空け、鋸を使って細くするなど、浸水、落盤事故を誘発するような工作をしている。事故は確実に起こり、エティエンヌとカトリーヌは他の坑夫たちと共に生き埋めにされる。出口を求めて右往左往するうちに、エティエンヌはまたもやシャヴァルと対決しなければならない。

シャヴァルはカトリーヌを愛してはいないが、エティエンヌに奪い取られたと思うと、嫉妬心が湧き起こる。彼が持っていたタルティーヌを見せびらかし、彼女を自分の方へおびき寄せようとする。空腹のカトリーヌが戸惑っていると、エティエンヌは彼女を自由にしてやるために、わざとそっぽを向き、ついに「『お行き、お前』」[註28]と言ってやる。ここには、カトリーヌをシャヴァルに取り返されても仕方がないという諦めがあるが、エティエンヌの愛する人への優しい思いやりもこめられている。

シャヴァルはカトリーヌに食べ物を与えておいて、残酷にも、エティエンヌの目の前で彼女に乱暴を働こうとする。このとき、エティエンヌは正気を失って、床の片岩を剥ぎ取り、シャヴァルの頭蓋骨めがけて打ち降ろし、ついに、彼を殺してしまう。

地底に残された二人は、救援隊の打つ岩のかすかな反響を聞き、ひどい飢えに苦しみ、想い出や夢、そしてたわいのないことを語り合う。「『私たちはこんなに長く待って馬鹿だったわね。すぐに、私はあんたのものになりたかったのに、あんたは分からなくって、すねていたのよ……それから、あんた覚えているかしら、私たちの家で、夜眠らないで、顔を上に向けて、お互いに抱き合いたいという大きな欲求をもちながら、息をこらしていたわね』[註29]」とカトリーヌが言うと、エティエンヌは前述の平手打ちの件を「『お前は一度俺をぶったっけ、そうだ、そうだ、両方の頬に平手打ちをくわしたっけ』[註30]」と続ける。このように、ゾラはある事柄を回想する場面を挿入し、読者の印象を呼び起こす手法を度々、使うのである。

シャヴァルの死骸が水流の加減で彼らの近くに流れて来て、カトリーヌを怖がらせ、「彼女はとび上がって、彼にしがみつき、彼の唇を探し、自分の唇を熱烈に押しつけた。暗闇が明るくなり、彼女は太陽を再び見て、うっとりとした静かな微笑を取り戻した。彼はぼろぼろの上着と半ズボンを身につけた半裸な彼女を、自分の体にこんなにも感じて震えながら、処女から目覚める彼女を抱いた。[註31]」と述べられ、ここで二人は完全に結ばれる。カトリーヌはシャヴァルに犯されたとき、まだ初潮を迎えておらず、エティエンヌが女になった彼女を最初に抱いたのだ。

その様子は次の引用文にこう述べられている。「そして、この墓場で、泥のベッドの上で、彼らの初夜が行われた。それは幸福になるまでは死なないという欲求であり、生きることの、最後に思うように生きてみたいという執拗な欲求だった。彼らはあらゆるものへの絶望の中で、死の中で愛し合った。[註32]」これまで紆余曲折を経て、やっと彼らの愛は結実するが、人並みの幸福を願うものの、現実には死と隣り合わせの儚い一瞬である。彼らはこぼれ落ちようとする時をむさぼるように、絶望と死の恐怖にさいなまれ、愛の種を蒔いたのである。

愛の契りのあと、どの位の時が流れたのであろうか。衰弱したカトリーヌはエティエンヌの膝の上で冷たくなっている。彼は彼女の死を認めながらも、「彼女が目を覚まさないように、動かなかった。彼は女になった彼女を自分が最初にものにし、彼女が妊娠するかもしれないと考えると、ほろりとした。[註33]」と結ばれている。これは、彼の感性ではまだ彼女の死を現実のものとして受け止められない一種の精神錯乱状態をリアルに観察したものであろう。これが彼らの愛の終局である。

以上のように、エティエンヌとカトリーヌの愛、そして革命運動との接点を指摘し、解説を加えてきた。カトリーヌは無学であって、一見弱々しい十五歳の少女にすぎないが、いくつかの引用文が示すように、エティエンヌと外的にも内的にも係わってきたその存在は重要かつ偉大であるといわなければならない。エティエンヌがル・ヴォルー坑に迷い込んでから、坑夫たちの生活を目のあたりにし、その困窮、悲惨さに目を見張り、社会主義思想に目覚める。その過程において、カトリーヌへの愛が交錯し、あるときは彼女の存在が彼の闘争意欲をいやが上にも煽り、ストライキ敢行へと彼を駆り立てる。また、カトリーヌが契機になって、エティエンヌは自らの信条や仲間を裏切るが、その曲り角にカトリーヌが立っていて、抵抗し難い力で、エティエンヌを導いている。エティエンヌの社会主義運動の上昇線にも下降線にもカトリーヌが厳然と存在していることを忘れてはならない。とはいえ、エティエンヌは盲目的にカトリーヌに引き摺り回されたのではなく、事にあたって、彼はためらい、自責の念にさいなまれていることも見逃してはならない。ゾラはこうしたエティエンヌの内奥をリアルな目で観察し、綿密な筆致で書き表している。

ゾラは作品執筆前の準備「ノート」に、「カトリーヌへの愛が芽生える。しかし、プラトニックで、哀れっぽいグージェへの愛とは異なる。彼はカトリーヌを欲している。―（中略）―彼は鉱山の中で彼女を奪う。[註34]」と記されている。この「ノート」によると、ゾラは作品を書く前には、カトリーヌをエティエンヌの欲望の対象と想定していたのであろう。前半部分はそのようにも読めないことはないが、後半になるに従って、情欲の面は影をひそめ、むしろ成熟のおくれた、少年のようなカトリーヌへの慈しみ、憐れみの情が描き出されているように思われる。

この小説には、愛と革命のエピソードがもう一つ織り込まれている。それは前述のスヴァリーヌにまつわる壮絶な物語である。今ではル・ヴォルー坑で働いているが、彼にはモスクワでアナーキズム運動をしていた謎めいた過去がある。エティエンヌとは交友関係にあり、スヴァリーヌは自分の過去を打ち明けている。

スヴァリーヌはモスクワで恋人のアヌーシカたちと皇帝の列車の転覆を企てた。アヌーシカは女であり、女の方が目立たないという理由から、彼女が百姓女に変装し、導火線に点火した。しかし、転覆したのは普通の列車であり、彼女は捕らえられてしまった。スヴァリーヌは群集にかくれて裁判を傍聴した。彼女が絞首刑の判決を受けたとき、彼は彼女と一緒に死のうかと何度も動揺したが、「男が一人減れば、兵隊が一人減ることだ。[註35]」と確信し、彼女を遠くから見守った。彼は彼女と目が合うと、彼女がいけないといっているのが分かるのだった。死刑執行の日、彼女は群集の中で彼を探し、二人の目が合うと、お互いに目をそらさず、そして、彼女が死んでも彼女の目は彼の方をじっと見つめていた。彼は帽子を振って別れた。これが彼の語った物語のあら筋である。

スヴァリーヌとアヌーシカは別々の道をとっても、思考は同じ方向を向いている。相互には完全な了解があり、あらゆる感情を克服し、二人は同化している。男が一人死ぬことは国家もしくは共同体の損失であり、個人的理由はそれがいかに重要かつ妥当であっても考慮の余地は許されないのであって、いわゆる団体優先の思想を貫徹している。スヴァリーヌはこの考えを裏付けするかのように、「これが俺たちの罰なのだ。俺たちが愛し合ったのが罪深いことなのだ。そうだ、彼女が死んだのは良いことだ。彼女の血から英雄が生まれるだろう。そして、俺は、俺はもう心に卑怯さはない。[註36]」と断言している。

ここに、愛と革命をめぐる異なった二つの生死観がみられる。それらの相違を指摘するためには、根底にある世界観、人生観に言及しなければならないであろう。エティエンヌの場合は個人主義思想に基づき、スヴァリーヌの場合は全体主義思想に基づいているといえよう。両者は拮抗する思想ではあるが、小説の中では思想は重要ではなく、その現象の方がより一そう重視され、共に悲劇的結末で彩られていることが読者の胸を打つ。

作者はこの小説の主人公にエティエンヌを選び、その愛と社会主義運動の推移を全篇にわたって、怒涛のような激しさで描き尽くしている。それに較べると、スヴァリーヌの物語はつけたしの感を免れない。そのことからも、ゾラに二つの異なる殉死を真正面から対照させようという意図があったとは思われない。

さて、愛と革命は共に燃え上がる「火」のイメージにつながり、色ならば「赤」を連想させる。エティエンヌとカトリーヌの愛の情熱、そしてパンを求めて蜂起する群集を準えた「革命の赤い幻」[註37]は、「火」や「赤」を象徴している。それらは『ジェルミナール』の中で、「炎」となり、ル・ヴォルー坑の空を赤々と焦がし、やがて燃え尽きてしまう。しかも、「炎」は灼熱のものであり、その激しさゆえに、平和や幸福などの日常性へ帰結することなく、最期を遂げる。

最後に、文学史を通して、古今東西を問わず、多くの作家たちが詩、小説、戯曲のテーマに愛と革命をとり上げているが、大多数の場合、それらの作品は劇的展開をみせ、作中人物は真摯に平和や幸福を念願しつつも、結末は悲劇的である。悲劇的とは「死」によって、愛と革命を完成させているといっても過言ではない。そこで、「死」の介在は愛と革命のテーマにおいて、宿命といえるのかもしれない。

註 1　Œuvres Complètes Tome　V. Cercle du Livre Précieux, 1962. p. 41
註 2　Ibid p.46　註 3　Ibid p.48　註 4　Ibid p.55　註 5　Ibid p.56
註 6　Ibid p.57　註 7　Ibid p.57　註 8　Ibid p.58　註 9　Ibid p.63
註 10　Ibid p.69　註 11　Ibid p.75
註 12　Les Œuvres Complètes, Germinal, François Bernouard, 1928. p.549
註 13　Œuvres Complètes Tome　V. Cercle du Livre Précieux, 1962. p. 118
註 14　Ibid p.119　註 15　Ibid p.142　註 16　Ibid p.149　註 17　Ibid p.234
註 18　Ibid p.393　註 19　Ibid p.291　註 20　Ibid p.318　註 21　Ibid p.355
註 22　Ibid p.355　註 23　Ibid p.355　註 24　Ibid p.355　註 25　Ibid p.351
註 26　Ibid p.356　註 27　Ibid p.356　註 28　Ibid p.387　註 29　Ibid p.392
註 30　Ibid p.392　註 31　Ibid p.393　註 32　Ibid p.393-4　註 33　Ibid p.394
註 34　Les Œuvres Complètes, Germinal, François Bernouard, 1928. p.560-1
註 35　Œuvres Complètes Tome　V. Cercle du Livre Précieux, 1962. p. 350
註 36　Ibid p.351　註 37　Ibid p.277

(二) エティエンヌ像

前章では『ジェルミナール』に描かれた—愛と革命—に焦点を絞って論考を進めたが、これは主人公エティエンヌ・ランティエの一側面にすぎない。ゾラは過激な階級闘争のるつぼの中にエティエンヌを投じているが、マッカール家の血統をひくそのエティエンヌとはいかなる人物であり、いかに描かれているかを本章で明らかにしてみたい。

そのために、ゾラが作品執筆前に作成している準備「ノート」と作品を照合しながら論を進めようと思う。「ノート」はエティエンヌに関するものに限定し、自筆原稿はパリ国立図書館（**Feuillets 4 à 12 BN 1038**）にあるが、本章ではベルヌアール版ゾラ全集『ジェルミナール』五六〇—五六一ページを参照し、主要事項をまとめて列挙し、作品中の各該当事項に互って、論証を試みたい。それによって、ゾラはエティエンヌをどのような人物に描こうと想定していて、実際、作品ではどのように描かれているかが明白になるであろうし、同時に、『ジェルミナール』に描かれたエティエンヌ像が照射され、究明されるのではないだろうか。

(1) 出生および身体的条件

一八四六年、プラサンでジェルヴェーズ・マッカールとランティエの間に生まれる。母に似る。好男子、小柄、茶褐色の髪、がっちりしている。丸味のあるあご、白い歯をみせて愛想のいい微笑、ブロヴァンス人、肌は少し黒味を帯び、髪の毛は中位の長さ、自然にカールしている。

出生に関して、エティエンヌはボンヌモールとの対話の中で『俺は南仏の出だ』[註1]と言っている。また、ストライキの群集の特徴をフランドル地方の人々と比較して「彼の故郷南仏では群集はもっと早く燃え上がるが、とにかくこんなにまでしない」[註2]と説明され、若い歩哨と「エティエンヌはごく幼いときに去ったプロヴァンス地方の話をした」[註3]とあり、彼が南仏出身であることは以上の引用文で明らかにされている。

母については「『俺が路頭に迷って困るのはおっ母さんのためなのだ』彼は一口呑み込んでから言った。『おっ母さんは不仕合わせなのだ。それで俺は時々百スー貨幣を送っているのだ』―（中略）―『洗濯女をして、パリのラ・グット・ドール街にいるのだ』」[註4]とエティエンヌ自身の口から述べられているが、彼女については飲酒癖のところで再度とりあげることにする。

身体的条件は「焔が彼を照らした。彼は二十一歳位だろう。濃い茶褐色の髪の毛の好男子であって、手足は細いが強そうな様子をしていた」[註5]「カトリーヌは黙って彼をちょっと見詰めた。彼女は目鼻立ちがすっきりしていて、黒いひげを生やした彼を好男子だと思ったにちがいない」[註6]「彼は小柄なので、いたるところに潜り込むことができた」[註7]と、ほぼ確実に物語の進展する場面に織り込まれている。

ゾラは一八八四年二月、アンザン炭坑のストライキを探査し、多数の資料を蒐集しているが、その当時肥満体であったため、狭い坑道をよじ登るのに困難が生じたといわれており[註8]、その体験から、エティエンヌを坑夫に仕立てるためには、小柄な男と想定したのかもしれない。

(2) 教育　知性

初等教育を受けていて、読むこと、書くことはできるが、それ以上ではない。炭坑夫の中では卓越している。かなり鋭利な頭脳、ただし、既成の思想をでない。

マウの観察眼をかりて「他の者と同様に、彼はこの若者が彼よりも高い教育を受けていると感じた。彼はこの男が読んだり、書いたり、ちょっとした図面を引いたりするのを見たし、彼が知らないことをこの男が喋るのも聞いた[註9]」と述べられている。彼の教育の程度を証明する客観的場面として、会社から事実上賃金値下げを告げる掲示板が出されても、坑夫たちはわけが分からず戸惑っていると、エティエンヌが集まった坑夫たちに掲示板の文字を読んでやっている[註10]。

教育を初等教育としたのは、抗夫たちと教育程度があまり隔たっていると、彼らと断絶が生じ、地域労働運動の指導者としては適さない。坑夫の中では卓越している程度の教育は双方に近親感を喚起させ、適切な設定といわなければならない。また、教育に関しては、エティエンヌが社会主義関係の新聞、雑誌、書物を読み、その方面の知識、教養を身につけることになるが、社会主義運動のところで後述するので、これに関しては今は触れないでおく。

(3) 飲　酒　癖

母（『居酒屋』のジェルヴェーズ）から受け継いだ酔っぱらいの遺伝は、殺人という狂気へ向かう。彼は少量の酒に酔い、酔うと争いごとが起こる。これはドラマに役立つ。

エティエンヌがこの遺伝的飲酒癖を暴露するのは、前の職場を解雇された理由を明かすとき「『俺は上役を殴ったからさ』―（中略）―『実は飲んでいたんだ。飲むと気がおかしくなり、自分に食いついたり、他人に食いつくかもしれないのだ……そうだ、俺は小さなコップ二杯も飲めないのだ。人に食いつきたくなってしまうからさ……それから二日は病人のようになるのだ』[註11]」と言っている。そして、パリで洗濯婦をしていた若く美しかった母、男たちとの遍歴を経て、酒に溺れ、不幸になってしまった母、その母へ、彼は想いをめぐらせる。読者も『居酒屋』のジェルヴェーズのあの悲惨な物語を忘れることはできないであろう。『ルーゴン・マッカール叢書』は一巻一巻独立した物語として読めるが、作品のどこかに、他の作品の人物との血縁、あるいは遺伝関係が記されているのである。

その後、エティエンヌは禁酒したであろうか。いや、物語の進行に従って、彼が酒を飲む場面は十回以上に及ぶ。[註12]坑夫たちは過酷な労働の後で、酒を飲み、憂さ晴らしをし、現実逃避を計るばかりか、酒場は彼らにとって唯一ともいえる社交場なのである。エティエンヌが社会主義運動に参加するようになると、酒場は仲間のラスヌールやスヴァリーヌとの会合の場所になり、そこで彼だけが酒を飲まないのは雰囲気づくりや、仲間たちとの和という面からも不自然である。

エティエンヌはシャヴァルと三度対決するが、その最初だけが飲酒ゆえに「彼の目は殺人の狂気に輝き、酒を飲んだことが、彼の体内で人を殺したいという欲求に変わった[註13]」とあり、二度目には「これまで発作がこんなに彼を揺さぶったことはなかった。しかしながら、彼は酒に酔ってなかった[註14]」となり、シャヴァルを実際に殺した三度目には「殺人の欲求が抵抗し難く彼を捉えた―（中略）―しかしながら、彼は飢えにしか酔ってなかった。両親の昔の酔いだけで十分だった」[註15]と述べられている。前述の「ノート」の中で、ゾラは飲酒癖と殺人の関連性を示唆しながら、物語の中ではそれを使っていない。この作品では、飲酒の遺伝はそれほど重要な要素にはなっていないように思われる。

(4) カトリーヌへの愛

カトリーヌへの愛は冒頭でも述べたように前章で革命との係わりとして扱ったので、今回、この部分は全面的に削除し、言及しないが、エティエンヌ像を形成する上に必要不可欠な一側面であることを強調しておく。

(5) 社会主義運動

『ジェルミナール』の中で、社会主義教育を受ける。それまで本能的に抵抗心をもっていたが、ここで本格的に抵抗ということを学ぶ。ストライキの首謀者の一人となり、改革しようとする。野心、純真な思い上がり、疑惑、人気の失墜、遺恨、動揺など。

物語の発端で、エティエンヌは仕事も寝ぐらもなく、飢えと寒さにおののきながら、モンスーへ向かって歩いてくる。彼は遠くから赤い火を見て「ちょっと手を暖めたいという痛ましい欲望」[註16]しかもたず、その火が炭坑であると知っても、「彼は恥かしさに捉われた。何になるのだ？ 仕事はあるまいよ」[註17]と、極めて消極的、悲観的意識しかもっていない。彼は路上を放浪するのに疲れ、どんな仕事でも引き受けようと決心して、ル・ヴォルー坑に近づくが、炭坑は「穴の底で邪悪な動物のように」[註18]思われ、恐れを抱き、躊躇する。この他にも炭坑を動物に準えた表現は多数みられ、[註19]その巨大な地下構造は資本家を象徴し、その機能は毎日数千人もの坑夫たちを呑み込み、食い物にし、それによって資本家は私腹を肥やしているかのような比喩が用いられている。これはエティエンヌの目に映ったイメージの拡大であり、同時に作家自身の語りの件りでもあって、作品中、描写は写実を越えていて、その様相はロマンチックでさえある。

ル・ヴォルー坑に雇われたエティエンヌが社会主義理論を学び、ストライキの指導者になる過程は、筋の進行と相俟って、伏線を設け、可能な限り無理のないよう工夫されているように思われる。以下にその経緯を綿密に辿ってみたい。

まず、マウがエティエンヌのために部屋と前借金をラスヌールに依頼する場面が設定され、この依頼は即座に拒絶されるが、その折も折、ラスヌールのところへプリュシャールから手紙が届く。プリュシャールはエティエンヌがリールで働いていたときの職工長であり、こうした偶然の縁故関係から、下宿や前借金の問題がすんなりと片付き、そればかりかエティエンヌは坑夫たちの指導的立場にある人物たちと知己をえる。ラスヌールはもと優秀な坑夫であって、三年前のストライキで会社を首になり、今は酒場を経営しているが、背後で労働運動の糸を引いている。さらに、エティエンヌの隣の部屋には、後に係わりをもつロシヤ人のアナーキスト、スヴァリーヌがいる。このように、エティエンヌが社会主義思想に目覚め、それを育成するのに適した住居、知人といった環境がまず準備される。

地下で坑夫たちが働いているとき、炭坑技師、ネグレが見回りに来て、支柱の不備を指摘し、罰金を科すのを目のあたりにして「エティエンヌがおそらくもっとも震えていたのであろう。この地底に来てから、反抗心が彼に徐々に起こってきた。―（中略）―この死のような暗闇の中で、こんなに辛い仕事で身体をすりへらし、日々の何スーかのパン代さえも儲けられないなんて、あり得べきことだろうか[註20]」と初めて疑問と反抗心がエティエンヌに湧き起こったのはこのときであり、彼は炭坑を辞めようかと思い悩む。しかし、時と共に、エティエンヌは坑内の作業に慣れ、次第に仕事の技量も認められ、人望を高めてゆく。彼は毎夜のようにラスヌールの酒場でラスヌールやスヴァリーヌと酒を飲み、議論を交える。彼はプリュシャールとの文通でインターナショナルの存在を知り、生来の反抗的素質は掻き立てられ、知識欲に燃え、社会主義関係の書物、雑誌、新聞を渉猟する。

前述の支柱に関する会社側の要求はエスカレートし、実質的に坑夫たちの生活は脅かされ始めたので、エティエンヌはストライキが近いのを予知し、それに備えて予備基金を貯えておく必要性を説き歩く。彼は酒に酔い「俺は正義のために、すべてを、酒も女もくれてやろう。俺の心を熱くするものは一つしかないのだ。それは俺たちがブルジョアどもを一掃しようと考えていることだ[註21]」と叫び、これは社会主義理想を抱いた初期の頃の無邪気な精神の高揚を表明したものである。

八月半ば頃、ザカリの結婚を機に、エティエンヌはマウ家に引っ越す。彼の支払う下宿代がこの一家の助けになるというのが名目上の理由であるが、これは筋の展開上、重大なターニング・ポイントになる。ラスヌールやスヴァリーヌと知り合い、社会主義思想の感化を受ける最初の段階は終わり、以後は場所を変え、エティエンヌは坑夫たちの日常生活の中に身を置き、実践運動へと邁進する。そこで彼が学んだのは「なぜあるものたちが貧乏なのだろう？　なぜ他のものたちは金持ちなのだろう？[註22]」といった社会構造における矛盾の一つである貧富の差である。彼は自らの無知を悟り、この疑問を解くために読書に専念するが、知識を十分消化しきれず、万人の平等を実現する手立ては見出せない。当時、彼の夢想は「一枚のガラスも壊さず、一滴の血も流さずに人民の根本的再生に居合わせること[註23]」であるが、他方において「彼の本性が洗練されてくると、彼は坑夫街の雑居生活が不快になった。畑の真ん中で、お互いにこんなに閉じ込められ、隣のものに尻を見せずにシャツを着替えられないほど重なり合っているなんて、まるで動物ではないか！[註24]」とその感想が述べられている。ここには生活の実感が滲み出ているが、坑夫たちの生活に一種の生理的嫌悪を感じていると、読みとれないでもない。

また、エティエンヌは「今や坑夫が地底で眼を覚まし、本物の種子と同じように、大地に芽を吹いてきた。ある朝、畑の真ん中にどんなものが生えてくるかが分かるだろう。そうだ、正義を再建する人間が、人間の軍団が育つだろう[註25]」と労働者たちの目覚めを認め、正義を唯一かつ最高の標語として、彼らを啓蒙してゆく。マウ家の人々はエティエンヌの説に魅せられ、感化をうけ、たとえ一瞬であっても現実を忘れることができる。そしてこの雑談の輪は近所へ波及し、エテイエンヌの人気は高まり、教養のある男だと知られ、人々は彼に代筆や相談ごとを依頼するようになったので、彼は僅かずつではあるが礼金を受け取り、懐ぐあいは良くなる。前述の予備基金勧誘の功労から、組合の書記に任ぜられており、エティエンヌは慎ましいながらも富と名誉を掌握するのである。

このように社会主義運動の指導者としての根回しは着々と行われてゆく反面、ゾラはエティエンヌの内面にも目を注ぎ、それは準備「ノート」の中で「純真な思い上がり」と予測していたものである。「それ以来、エティエンヌの中に徐々に変化が起こった。貧乏なときに眠っていたお洒落と安楽への本能が現れ、彼は羅紗の衣類を買った。上等の長靴を一足奮発し、それで彼は親分になり、この坑夫街全体が彼の回りに集まった。それはえもいわれぬ自惚れを満足させるもので、彼は人気を初めて得たことに酔った。彼はこんなに若く、つい先頃まで一介の労働者にすぎなかったのに、人々の上に立ち、命令することは彼を思い上がらせ、間近い革命への夢を大きくした。彼はそこで一役演じることになるであろう。彼の顔つきは変わり、威厳をもち、自分の言葉に酔ったようにゆっくり話した。野心が芽生えて、彼の理論には熱がこもり、彼の考えは戦闘的になった[註26]」と、その変化が詳述されている。

ここにみられるのは、物質欲の現れとして、「羅紗の衣類」「上等の長靴」があり、名誉欲の現れとして、「人々の上に立ち」「命令すること」の快感がある。これら二点は成り上がりもの根性を露見していて、前述の準備「ノート」の知識がなかったならば、エティエンヌという人物に対する評価に係わってくる。しかし、作者がこうした人間的側面を描こうと意図していたとすれば、また別の解釈が生じる。すなわち、ゾラは完全無欠な社会主義者としてのエティエンヌよりも、むしろ並の人間としてのエティエンヌに興味があり、視点はその方向へ向けられているということである。

会社側は種々の趨勢を考慮し、早くストライキを起こさせようとしている。エティエンヌはストライキに反対していたが、さきの支柱に関する会社側の要求や罰金により、坑夫たちの生活は苦しくなる一方であって、こうした窮状を見て、準備基金はまだ十分ではないが、遂に彼はストライキ敢行を決意する。

ストライキが勃発し、炭坑主エンヌボーとの団交に際して、エティエンヌは代表者になるのを強く辞退し、マウを前面に押している。マウは地元のもので、優秀な坑夫として仲間から信頼され、尊敬されているので、モンスーに来て日の浅いエティエンヌより適任である。しかし、エンヌボーは背後でエティエンヌが坑夫たちを煽動しているとみて、議論の矛先を彼に向けてくるので、彼は支配人と正面きって堂々と対決することになる。

書記の要職にあるエティエンヌは、ストライキ突入後、坑夫たちに予備基金を分配するが、もともと不十分な額しかなく、間もなく底をついてしまう。しかし、エティエンヌの地位は不動のものとなり、指導者として意見を述べ、人々が彼の回りに集まると、彼はいつかは自分も代議士に選ばれるのではないかと思う。その反面、彼は自分に教育のないことを常に痛感し、読書に没頭したり、プリュシャールとの文通を通じて、教育を身につけようとするが、所詮そうした効果は緩慢なもので、彼自身の中で不消化のまま混乱をきたしている。坑夫たちの生活の困窮を目のあたりにして「彼はパンのない坑夫街、夜になって食べるもののない女や子供たち、腹を空かして闘っている全ての人々のことを思い出した。時おりかすめる疑惑が黄昏の恐ろしい憂鬱さの中で、彼の心に目覚め、これまで感じたことがなかったような激しい不安感で彼を苦しめた」[註27]とあり、エティエンヌは早くもストライキの暗い結末を予知していたのであろうか。

ここで、坑夫たちを飢餓から救う唯一の方法は彼らをインターナショナルに加盟させることだと信じ、エティエンヌはプリュシャールをモンスーに招き、一万人の坑夫たちをインターナショナルに加盟させることに成功する。その後、三千人の坑夫たちの集会で、エティエンヌは木の幹に立ち演説をする。「『君たちはストライキを続行する気か？』―（中略）―『正義だ！　その時が来たのだ！　正義だ！』[註28]『俺たちの番が来たのだ。権力と富を握るのは俺たちの番なのだ！』[註29]」などと坑夫たちに呼びかけ、エティエンヌの人気はその頂点に達している。

以上は、ストライキを背景にして、ゾラが準備「ノート」に記しているように、エティエンヌが社会主義の教育を受け、ストライキの首謀者の一人になる経過が述べられ、併せて、彼の心に起こる野心、思い上がり、疑惑などが描き出されている。

しかし、これ以降、彼の運はつきを落としたかのように下降線を辿ってゆく。暴動、裏切り、ケーブル切断、炭坑から炭坑へストライキは波及し、事件は続発する。ストライキを呼びかけ、「『パンを！　パンを！　パンを！』[註30]」と叫びながら、行進する坑夫たちの数は次第に増し、二千五百人にも達し、その先頭でエティエンヌは指揮をとっているが、蜂起した暴徒たちは彼の言葉に耳を傾けようとはしない。ただ、群集がエンヌボーの娘セシルを襲おうとしたとき、ブルジョアに敵意をもっていても婦女への暴行は卑劣であるとして、エティエンヌはメグラの家へゆけと命じて、暴徒の流れを変えている。憲兵隊の導入によって、暴徒たちは散乱し、エティエンヌは行方不明になるが、実はジャンランの設けた秘密の穴に身を隠している。彼はジャンランの盗んできた食糧品や日用品に囲まれて、安全にしかも豊かに暮らしている。この暗闇の中で、エティエンヌの思考は矛盾し、あるいは錯綜していて、一貫性に欠けている。つぎにその代表的なものを、まとめていくつか掲げてみよう。

逃避行を弁明するものとして「彼の方から離脱することは卑怯の最下等と彼には思われたのであろう。彼がこうして身を隠しているとしたら、忠告したり、活動したりするために、自分が自由でいなければならないからだった[註31]」とある。

ブルジョア趣向の夢想を語るには「さしあたり、プリュシャールのような人間になり、労働を棄て、政治のみに専念したいと望んでいたのであろう。しかも頭脳労働は全生活を投入しなければならず、静かさを要求するという口実から、清潔な部屋で一人で仕事をしたいと望んでいたのであろう[註32]」となっている。

労働者への嫌悪は「何という嫌悪感、共同の手桶で生活し、重なり合っているあの惨めな人々！真面目に政治を語るものもおらず、家畜のような暮らし、いつも息詰まるような玉葱の悪臭のする同じ空気！[註33]」と述べられる。

ストライキ勝利への不信感は「彼は勝利が危うくなったと思った。ストライキの前から結果を疑っていた。単に事態に譲歩したのであって、反抗に酔った後の今では、会社に譲歩させる望みを失って、最初の疑惑に戻った[註34]」と表明される。ストライキの結末を思案するとき、エティエンヌは再びブルジョア打倒の希望に燃えているかと思えば、つぎの瞬間、資本の底力に驚異し、勝利を絶望している。

まさに情緒不安定型の症候を呈していて、こうした心理的動揺を描いているのは、入坑決意という来る事態に備えての手配りであろうか。

情勢がいくらか落ち着きをみせた頃、エティエンヌは秘密の穴から出て来て、マウ家を訪れると、アルジールが飢餓から死に瀕している。彼は「『さあ、これは続かない。俺たちは駄目だ。降参しなければならない』[註35]」とストライキ続行に初めて弱音を吐く。ときに、インターナショナルの評判は思わしくなく、資金の援助もなく、エティエンヌの敗北感は強まる。それに反して、坑夫たちはまだ戦闘意欲が旺盛であり、警備隊の兵士たちと渡り合い、ついに発砲事件へと進展する。エティエンヌは興奮する坑夫たちを静め、話し合いをしようとするが、群集の推進力は彼を押し流し、警備隊の発砲により、坑夫側にはマウを含む数人の死者を出す。この事件で、エティエンヌは死を免れたものの、彼の人望は地に落ち、人々は彼に猜疑の目を向け、投石する。

仲間たちを裏切り、エティエンヌが入坑を決意する事情は前章で述べたので省略するが、入坑の直接の原因がカトリーヌにあったとしても、周囲の情勢の切迫により、エティエンヌ自身の心の中にもストライキ勝利への確信は希薄になり、曖昧模糊とした夢想が広がっていたことを付言しておかなければならない。そこで、社会主義の理念は脆くも崩壊し、個人的理由が優先し、結局、彼は抵抗を断念するのである。

以上が社会主義運動において、エティエンヌが下降線を辿る一連の事件と彼の心に起こった疑惑、動揺を物語る顛末である。二度に亙る軍隊導入による双方の衝突で、エティエンヌの人気は完全に失墜し指導者の地位も失われてしまう。

入坑後、スヴァリーヌの破壊工作により、落盤、浸水事故が起こるが、エティエンヌは九死に一生をえて救出される。彼は仲間たちに別れを告げ、プリュシャールの待つパリへ向かうために駅への道を急いでいる。そのとき、「彼は地底での、苦しい経験から、自分が力強くなり、成熟したと感じた。彼の教育は終わった。―（中略）―プリュシャールと一緒になる喜び、プリュシャールのように人々が耳を傾けてくれる指導者になる喜び―（中略）―もう彼は民衆と共に演壇にいる自分の姿を思い描いた」[註36]と、その心境が書き記されている。エティエンヌにとって、ル・ヴォルー坑は教育の場であり、ストライキによって社会主義の教育を受け、その終結は教育の終わり、卒業を意味している。小説の冒頭で腹を空かし、職を探していたエティエンヌと、一年余の滞在を終えて、ル・ヴォルー坑を後にするエティエンヌとは別人物である。しかも、パリへ向かうエティエンヌの足下の地底では、仲間たちが働いていて、彼の蒔いた種子が至るところで発芽し、やがて大地をはじけさせるという未来への明るい願いをこめて、ゾラはこの長篇を閉じている。エティエンヌの試練は彼個人の教育に留まらず、その効果はル・ヴォルー坑の労働者、ひいてはフランス全土で貧しく、下積みに働く人々に波及し、正義がもたらされ、彼らは人間としての仕合わせを享受することができるであろうとの展望が示唆されている。コレット・ベケールはエティエンヌを「種子を蒔く人」[註37]と評しているが、これはまさに名言であると思う。

以上でエティエンヌに関する準備「ノート」と作品との照合は終わるが、「ノート」に記されている素描は作品の中で大きく脹らみをみせ、エティエンヌ像を作り上げている。多くの引用文を導入して証明してきたように、作中のエティエンヌ像は「ノート」の忠実な小説的実現である。換言すれば「ノート」の基本像に生命が与えられ、作品の中で人間として生きている。「ノート」における人物に関する一行の記述を作品の中で表現するために、数多くの紙面を要さなくてはならない。たとえば、エティエンヌが「ストライキの首謀者になる」とあっても、その過程を述べるのに筋との兼ね合いで無理なく進行させなければならず、その他の関連事項を加味すると、膨大な量になってしまっている。

こうした表現段階を経てくると、場合によっては、作者が描き出そうとした人物像が読者に正確に伝わらなかったり、誤って伝わってしまうこともある。これは作家の表現の技量のみに転嫁できず、読者も自分の言葉やイメージなどのフィルターをかけて、作品を読んでしまうからである。本章でも「出生、身体的条件」など外的項目は比較的容易に作中にその表現形態を求めることができたが、「野心、思い上がり、疑惑、動揺」などの内的項目の表現形態を作中に求めるとき、判断に迷いや疑義が生じ、重大な誤謬を犯しているのではないかと、自問してみるのである。

ところで、二、三の声に耳を傾けてみよう。ポール・ルジュンヌは「このリーダーは坑夫ではなく、堅固な社会的、政治的経験のある地元のものでもない。そうだ、彼は何よりもルーゴン・マッカール家のもので、他国ものであり、工場で働いていて、南部出身、その上若い男である」[註38]と述べており、ストライキの指導者としての条件、資格といった通念があるとしたら、エティエンヌは失格なのかもしれない。さらに、ルジュンヌはエティエンヌの揺れ動く思考を「自然主義巨匠の手中でエティエンヌはだんだん哀れな操り人形になる。彼はある思考から他の思考へとさ迷う」[註39]と皮肉をこめて非難している。最終的に「闘う労働者の典型にしようとしたこの肖像は、人々の急進社会主義革命のため、この時代に闘った幾千の労働者たちの肖像として知られているものとは全然符合していない」[註40]と結論づけている。ルジュンヌは実在の闘士像とエティエンヌを比較し、その矛盾を突いたものであり、社会主義、共産主義陣営からの批判にはこの種のものがある。

作家は小説の中で、実在の人間像を描くことが義務づけられているわけではなく、作中人物の選択ならびに創造は作家の自由裁量に委ねられているのはいうまでもない。ここで、ルジュンヌの指摘するように、エティエンヌが社会主義運動の闘士として不適格であっても、ゾラの執筆前の「ノート」の要件を十分に満たす人物であり、少なくとも、作家の意図するところは作品の中で生きているのである。すなわち、ゾラが想定していたエティエンヌ像は社会主義運動の闘士でありながら、本能や欲望に翻弄される一個の人間であり、また完成された作品で、これら両面を備えた人間像が見事に実現されている。

つぎに、ピエール・マルチノはゾラの描写に関して「これらの様々な人物の行動や思想は、その個性の表示として産み出されていない。つねに、欲求、本能、物質的条件、そして職業が最も重要なのである」[註41]と述べている。『ルーゴン・マッカール叢書』を通して、ゾラの描く人物は強烈な個性を備えているというよりは、それらの人物はいつも彼らを取り巻く種々の事情、あるいは環境といったものの中に埋没してしまっている。

最後に、個性とは個人に特有な特徴であって、個人主義は個人に重点をおく生き方の問題である。個性を備えた人間が個人主義的態度をとることがあっても、個人主義の生き方をしている人間が必ずしも個性的人間であるとはいえない。エティエンヌにしても、個人主義に基づく生き方や考え方がよく描かれているが、彼の行動や思考は個性を表示していない。逆説的に、もしエティエンヌが真に個性的な人物だったら、むしろ生え抜きの社会主義者の典型として描かれていることになろう。

註1 Œuvres Complètes Tome V. Cercle du Livre Précieux, 1962. p. 26
註2 Ibid p.281 註3 Ibid p.301 註4 Ibid p.56 註5 Ibid p.24
註6 Ibid p.55 註7 Ibid p.122
註8 Les Œuvres Complètes, Germinal, François Bernouard 1928. p.548
註9 Œuvres Complètes Tome V. Cercle du Livre Précieux 1962. p. 123
註10 Ibid p.154 註11 Ibid p.56 註12 Ibid p.114,125,126,129,133,134-135, 137, 141, 267,347
註13 Ibid p.269 註14 Ibid p.318 註15 Ibid p.388 註16 Ibid p.223
註17 Ibid p.24 註18 Ibid p.25 註19 Ibid p30,39,40,43,47,48,71,120,277,353-354,368.
註20 Ibid p.61 註21 Ibid p.141 註22 Ibid p.142 註23 Ibid p.143
註24 Ibid p.143 註25 Ibid p.144 註26 Ibid p.148-9 註27 Ibid p.193
註28 Ibid p.229 註29 Ibid p.231 註30 Ibid p.262 註31 Ibid p.296
註32 Ibid p.296-7 註33 Ibid p.296 註34 Ibid p.297 註35 Ibid p.309
註36 Ibid p.403 註37 Emile Zola Germinal, Par Colette Becker PUF, 1984 p.128
註38 Germinal, un Roman Antipeuple, Nizet Paris, 1978 par Paul Lejeune, p.152
註39 Ibid p.168 註40 Ibid p.170
註41 Le Naturalisme Français Collection Armand Colin, 1923 par Pierre Martino, p.75

(三) 炭鉱の女たち

『ジェルミナール』[註1]（一八八五年）はエミール・ゾラの傑作の一つである。筆者はすでに二度この作品に論及してきたが、本章において今一度階級闘争に身を投じた炭鉱の女たちに着目し、その生きざまを明らかにしてみたい。ちなみに「ジェルミナール」とは共和暦七月（三月二十一日〜四月二十日）、「芽生え月」のことであって、これが作品の題名になっていることは、すでに象徴的である。作者は主人公エティエンヌ・ランティエに指導される炭坑夫たちの労働運動を主要テーマにし、その闘争を通して彼らの意識の芽生えと未来での勝利の願望を示唆しようとした。

『ジェルミナール』はこれまでに七度映画化されている。[註2]とりわけクロード・ベリ監督による最近作（一九九三年）の「ジェルミナール」におけるカトリーヌとマウードはまだ記憶に新しい。この映画での彼女たちの存在、そして真に迫る演技は精彩を放っており、小説の人物に生命が与えられた感がある。群集を描くことが得意であるゾラはこの作品の中にも多数の女たちを登場させているが、本章では作者が炭鉱街の模範的家族として選んだマユ家のカトリーヌとマウードについて考察してゆきたい。

論に入る前にマユ家の構成人員と本稿に関係する登場人物を紹介しておこう。モンスー鉱山会社は創業以来百六年になり、その当時からマユ家のものは代々この炭鉱で働いている。

―ヴァンサン・マユ（通称ボンヌモール）　三代目 八歳で坑夫、現在は健康を害し車引き人夫　五十八歳
―トゥサン・マユ　ヴァンサンの息子　坑夫　四十二歳
―コンスタンス・マユ（通称マウード）　トゥサンの妻　七人の子供の母親　三十九歳
―ザカリ・マユ　坑夫　二十一歳
―カトリーヌ・マユ　運搬婦　十五歳
―ジャンラン・マユ　少年見習坑夫　十一歳
―アルジール・マユ　身体障害児　九歳
―レノール・マユ　六歳
―アンリ・マユ　四歳
―エステル・マユ　三か月

その他
―エティエンヌ　坑夫　二十一歳
―シャヴァル　坑夫　二十五歳

カトリーヌ・マユ

彼女の容姿に関して、作品中に多くの描写があり、それらを引用すると長くなるので、ゾラが作品執筆前に認めた準備「ノート」[註3]を要約し、作品中の場面と照合してみようと思う。

華奢な顔、カリ石鹸で荒れた赤褐色の見事な顔色、大きすぎる口に美しい歯、ややこわ張っているが、こわ張りすぎない美しい赤毛、赤褐色の顔の下にひじょうに美しい白い首、彼女が着換える時、ミルクのように真っ白に見える、なぜなら石炭はそこに侵入していないから、要するに整ってはいないが、魅力のある顔、とくに彼女が石炭で黒くなると、灰色の目と白い歯は輝く、黒ずんだ顔の中で、深淵な目は

牝猫の目のように光る。

これらの記述はつぎのような場面で忠実にしかもゾラ流の描写を伴って書き表されている。

—午前四時家族の中で一番早く起床し、朝の支度をしているカトリーヌ[註4]

—昼食時、ランプの光に照らされて、エティエンヌにタルティーヌを差し出すカトリーヌ[註5]

—エティエンヌがマユ家に住むようになり、狭い部屋で着替えをするカトリーヌ[註6]

カトリーヌは十五歳であるが、物語の始まった時、彼女はまだ初潮もなく、エティエンヌは彼女を男の子だと信じていたほど男の子のような娘である。エティエンヌがこの炭鉱街に来るまで、カトリーヌは地元の坑夫シャヴァルを憎からず思っている。しかしエティエンヌの出現で彼女の心は揺れ動き始める。するとシャヴァルの方は早くもそれを察知し、エティエンヌの眼前で彼女に接吻しようとする。シャヴァルは彼女に飽きてきていたが、ライヴァル意識から彼の独占欲が刺戟されたにすぎない。カトリーヌはシャヴァルの接吻を拒絶する。彼女の心の中に変化が生じ、立ち去るエティエンヌを優しい気持ちでじっと見つめている。

ある闇夜、シャヴァルはカトリーヌに青いリボンを買ってやる。その時彼女は断った方が良いと思いながら、魔がさしたというのだろうか、借りておこうという安易な気持ちになる。そして彼と寝なければその金を返すという奇妙な約束を交わす。彼は彼女を廃墟へ連れ込み、抵抗する彼女を暴力で奪ってしまう。その時彼女は自分が若すぎる、大人になってからと叫んでおり、閉じた瞼の中には別の男（エティエンヌ）の影をみている。作者はシャヴァルに屈したカトリーヌの従順さを「遺伝的」と説明しているが、ここには彼女の深層心理を読み取ることができるのではないだろうか。

エティエンヌがマユ家に下宿するようになり、同じ屋根の下、狭い寝所で若い二人が過ごすようになると、家族の目があっても、二人には名状し難い感情が湧き起こってくる。エティエンヌは着換えをするカトリーヌの白い肌を見て、目をそらし、寝苦しい夜二人は互いに求め合いながら息をひそめている。どちらかが手を延ばせば届くところに相手がいるのに、羞恥心、嫌悪感、友情の心遣いなどが入り混じり、彼らは欲情を抑制し、結局なにも起こらない。

日頃シャヴァルは自分のものにしたカトリーヌを殴ってばかりいる。しかし坑内で彼女が倒れた時、彼は珍しく一度だけ彼女を優しく介抱する。彼女はそんな彼に接吻してくれとねだり、もっと優しくしてくれと頼んでいる。これは彼女の本心からではなく、彼女の屈折した心象風景なのである。作者は、もう一人の男の影が彼女の脳裏を横切り、この優しさがその男の方だったらどんなに良いだろうと考えて絶望したからだと、説明している。カトリーヌの中で二人の男が二重写しになり、自分自身も二人を見分けることができなくなっている。そうした錯綜した心理状態から、つぎのような場面の展開もある。シャヴァルとエティエンヌが争いになると、カトリーヌはエティエンヌを平手打ちにしてシャヴァルをかばっている。カトリーヌはシャヴァルに奪われたのだから、彼のものだという固定観念に縛られて、エティエンヌに反抗したのである。

カトリーヌがシャヴァルの女房気取りで、いつも彼に加担していたのかというと、決してそうではない。例えばメグラの事件の時、カトリーヌはシャヴァルが警察に密かに通報したのを知り、早速その裏切り行為をエティエンヌに知らせている。また酒場で二人の男が格闘になった時、シャヴァルがナイフを持っていると彼女が叫んだので、エティエンヌは身を守ることができたのである。このようにカトリーヌはエティエンヌの危機を二度も救っている。これまでのカトリーヌの矛盾する行為をどのように説明したら良いのだろうか。これは彼女の心の無意識の揺れを示唆しているとしか考えられない。前述の錯綜する心理状態の証しでもある。

最終的に、カトリーヌをめぐって二人の男が対決するのは落盤事故で三人が坑内に閉じ込められた時である。水位は徐々に増し、シャヴァルは水に濡れたタルティーヌをカトリーヌに差し出す。空腹を我慢していたカトリーヌは泣き、半狂乱になり、ためらい、うろうろしていると、横あいからエティエンヌが彼女に食べるように促す。結局、彼女はシャヴァルからタルテイーヌを受け取り、口にすると、この僅かな食料に高い代償を支払わなければならなくなる。当時シャヴァルは彼女を追い出し、二人の仲は冷えきっていたにも拘らず、エティエンヌの面前でシャヴァルに嫉妬心が起こり、再びカトリーヌを奪おうと飛びかかる。彼女が悲鳴をあげたので、エティエンヌとシャヴァルは凄まじい格闘になる。エティエンヌの中で、これまで抑制されていた肉体の欲求が殺人の欲求となり、爆発し、遂に彼はシャヴァルを殺してしまう。カトリーヌは立ち上がり、大声をあげて、エティエンヌの腕の中にとび込む。二人は長い間抱き合い、彼女は彼に一緒に死にたいと言う。

シャヴァルの死によって、カトリーヌは自分で意志を決定することなく、もう一人の男を選ぶことになったのである。彼女は足枷から解放され、三角関係にはこうして幕が降ろされることになる。シャヴァルから永遠に自由になったカトリーヌはエティエンヌと初夜を過ごす。閉ざされた地底で彼らの愛が芽生え、彼らは束の間の幸福の夢をみる。なぜなら彼女は間もなく極度の疲労から精神錯乱状態になり、エティエンヌの腕の中で冷たくなっていたのである。

カトリーヌの愛の軌跡を辿ってみると、彼女は二人の男の間を操り人形のように揺れ動いていたようにみえる。それはシャヴァルが粗野で積極的な男であるため、彼女の肉体を奪うが、彼女の心は奪うことができない。彼女の瞼には常にもう一人の男の影がちらついていたからである。女として、彼女はその男が彼女を奪ってくれるのを待っていたのかもしれない。しかし彼は彼女をそんな風に奪うには知性がありすぎ、優しすぎたのであろう。こうした長いためらいを経て、二人は真に結ばれたのである。

つぎにカトリーヌがこの作品の主要テーマである階級闘争、つまりストライキとどのように係わってきたのであろうかを調べてみよう。坑夫たちの間にストライキ実行の機運が熟し始めた頃、エティエンヌはマユ家の人々を集めて、正義のための闘争を説いている。カトリーヌは彼の話を聞き、頬杖をつき、大きな澄んだ目で彼を凝視している。これはカトリーヌが社会主義思想に共鳴しているというより、エティエンヌその人に興味をもっているのである。三千人の集会でエティエンヌが群集に呼びかけた時、彼女の姿はない。ストライキは彼女の日常からはおよそ犬の遠吠えのようなものであったに違いない。

坑夫たちの群と兵隊が真正面から衝突した時、なぜか彼女はやっと「憎悪」に目覚めたのである。彼女はただ自分の不幸な生活を終わらせたい、あらゆるものを一掃したいという欲求から、無我夢中になって煉瓦を砕いて兵隊たちに投げつけている。十五歳の少女は自暴自棄になり、前後の見境もなく、殺人者のように血迷っている。戦を終えた時、この興奮からであろうか、カトリーヌに初潮がきて、一人前の女に成長していたのだ。彼女にとってこの日は二重の記念日となったのである。

カトリーヌの入坑に触れておこう。シャヴァルに追い出されて、マユ家に戻ったカトリーヌは稼ぎもなく、ぶらぶら暮らすことに堪え難く、母マウードに入坑の意向を打ち明けると、母から強く反対される。カトリーヌは密かに入坑を決意し、早朝出かけようとしていたところをエティエンヌに発見されてしまう。彼は深い悲しみと憐れみからカトリーヌを強く抱きしめながら戒めるが、彼女の入坑の決意を変えることはできない。エティエンヌは立ち去ろうとする彼女に向かって、彼自身も入坑すると、告げてしまう。それは咄嗟の衝動的な発言であったかもしれないが、そこにカトリーヌがいたからだということは疑い得ない。カトリーヌは大きな山を動かしたのである。エティエンヌにとって、彼の主義、主張よりも個人的事情、ここでは貧しい娘への憐れみと愛の方が重かったのである。「男の心の中に女がある時、その男はお終いだ、死ねばいい[註7]」とスヴァリーヌが発した言葉が全てを言い尽くしているように思われる。ともかくカトリーヌの存在はエティエンヌに転向を決断させる直接の動機であったことは事実である。そして二人は運命共同体となって破壊へ向かって進むことになる。

コンスタンス・マユ（通称マウード）

彼女のファーストネームであるコンスタンスはゾラの準備「ノート」からとったもので、作品の中では通称の「マウード」の方で呼ばれている。

彼女の容姿に関して、作者は目鼻立ちがはっきりした面長な顔、重厚な美しさはあるが貧乏な暮しと七人の子供を生んだため、三十九歳でもうくずれた姿になっている、と書いている。彼女は九歳で坑内に入り、十六歳で長男ザカリを出産し、二十歳で長女カトリーヌを妊娠した時、医者から入坑を止められ、以後子育てと家事に専念し、今では生後三か月の七人目の赤子がいる。

前述の表で明らかなように、マユ家は十人家族で構成され、家計は極めて苦しい。その様子はマユ夫婦の会話で語られている家族の収入額からも容易に理解できる。すなわちマユとザカリが三フランずつ、カトリーヌとボンヌモールが二フランずつ、ジャンランが一フラン稼ぎ、この家の日給は合計十一フランである。しかし仕事の無い日と日曜日があるため、実収入は一日九フランにしかならない。それで一家十人が賄われているため食べるだけが精一杯、僅かな臨時支出があると忽ち家計は赤字に転落する。

給料日まで六日あるのにマウードはもう文無しでパンやコーヒーが買えず、食料棚は空っぽ、この家族はキャベツを煮て食べ飢えを凌いでいる。夫が二スー持っていると答えると、彼女は仕事の後で一杯やるのに取っておくように言っている。これは夫への細やかな心遣いであると共に、彼女は自分がどうにかしなければなるまいという心積りからでもある。そこで彼女の金策が始まる。乳飲み子のエステルをアルジールに預け、レノールとアンリの手を引いて、彼女はまず食料品店メグラのところに赴く。二年前からメグラには六十フランの借りがある。その借金を毎月四十スーずつ返済する約束であったが、それも滞ったままである。その上今月は靴屋に差し押さえると脅され、一度に三十フラン支払ったため生活費に事欠くようになったのである。マウードはこうした窮状をメグラに訴え、毎日三ポンドのパンを二個ずつ分けてくれるように哀願するが、彼は冷たく断る。

つぎに彼女はグレゴワール邸へ向かう。この家族は地元で広く果樹園や菜園を経営し、裕福な暮らしをしている。夫人と娘セシルは日頃から慈善に興味を示し、貧しい人々に施し物をしている。彼らの前でマウードは百スーあればと思わず口籠りながらもプライドがあって物乞いをすることはできない。グレゴワール氏は彼女の真意を察するが、彼には独自の考えがある。それは労働者たちに金銭を与えると飲んでしまう、だから金銭ではなく物品を施すことにしている。誠に立派な考え方であって、マウードと子供たちは焼きたてのブリオシュと衣料を貰って、早々に立ち去らなければならない。

マウードは素手で帰宅できず、再びメグラの店に行き、いくらかの食料と百スーを手に入れる。しかしこの取り引きには裏があり、好色な男メグレはカトリーヌを狙っている。貧しい坑夫たちは妻や娘をメグラのもとに送り、掛け売りの支払い延長をして貰っている事実があるからだ。しかしマウードはこんなことでカトリーヌは決してメグラの思い通りになどならず、彼を殴りつけると信じている。

この当時のマウードは極めて従順な考え方をしている。従順というよりは、むしろ保守的と言った方が適切なのかもしれない。夫が会社側からの坑内の支柱に関する一方的な要求について話しても、彼女は会社と衝突することは得にならないと答えている。確かに働く者の立場は弱く、主人に反逆すると解雇、減給などの仕打ちを受けるのは必至である。彼女も長い生活の知恵から、この現実を認め、やがてそれが自分たちの身の上にふりかかるのを恐れていたのである。彼女は一日の仕事を終えて帰宅した夫の労をねぎらい、狭い住居で夫の入浴を手伝っている。その後夫婦は子供たちを遠ざけ、彼らのいわゆる「金のかからないデザート」を楽しむ、これは貧しいながら坑夫の平和で微笑ましい家族とそれを支える健気な主婦の日常の光景である。

エティエンヌがマユ家に引っ越してくる経緯はザカリが結婚して家を出たため彼の場所が空き、その上貸すと下宿代がマユ家の収入になるからである。一家のものはエティエンヌを囲んで宵を過ごし、そこで様々なお喋りが繰り広げられる。とりわけ貧乏に関する話題は生活と直結していて、皆は真剣に意見を交換する。マユ夫婦も貧乏を憎悪し、神を信じず、司祭も彼らを貧困から救ってくれるとは思っていない。エティエンヌは坑夫たちが目覚めなければならず、それこそが正義であると説く。マウードの考えに変化が起こり始めたのはこの頃からであって、彼女もエティエンヌの夢に良い気分になり、正義を信じるようになる。彼女とて最初からエティエンヌに信頼感を寄せていたわけではない。彼は下宿代をきちんと払うし、酒や賭博をやらないことで彼を信用するようになったのである。

ある時、エンヌボー支配人のところに支柱の件で交渉にゆく仲間の一人にマユが選ばれた。彼女は夫が首になるのではないかと不安になったところ、エティエンヌはマユこそは模範的な坑夫であり、彼の要求には決定的な重味があると説明し、彼女を説得する。そこで彼女はやっと積極的に同意している。この頃、彼女はまだ自分で物事を考えるまでに至っておらず、他者から感化を受け、教えられ、納得する段階である。

会社との交渉が難航し、坑夫たちがストライキを決定すると、マウードも直ちにその賛成者となる。彼らは自分たちに正しい権利があり、その権利を会社が認めない限り仕事に就かないと決議している。しかしストライキの続行は坑夫たちの生活に少なからず影響を及ぼす。なぜなら予備基金が充分に集まっていなかったため資金はすぐに底をつき、インターナショナル加盟による援助金も三日間のパン代にしかならない。再度の会社側との交渉も決裂し、坑夫たちはそれでも降参するより死を選びたい気迫である。マウードも近所の女房たち二十余名を集めて、メグラのところに掛け売りの交渉に出かける。それが失敗に終わった時、彼女は復讐心に燃え、メグラの死を願うほど怒り狂う。

ストライキは深刻化し、解決の糸口がないまま時が過ぎ、人々は物を売り尽くし、飢餓に瀕している。エティエンヌが人々の窮状を察して、降参しなければならないかと弱音を吐くと、彼女は激怒する。彼女はこれまでの犠牲が無意味になり、不公平を容認することに腹を立てている。もし夫が入坑するならば彼女は待ち伏せていて、唾を吐きかけ、卑怯者と罵る、とまで言っている。この段階でマウードの憎悪はつのり、血気にはやり留まることを知らず、闘志は盛り上がる。機を一にして遂に坑夫たちは暴徒と化しル・ヴォール坑の入口に押し寄せる。真っ先にやって来たのはエステルを抱いたマウードであって、彼女は大声で叫んでいる。夫が後方にいるのを見ると臆病者と怒鳴り、煉瓦をつきつけ、彼を叱咤激励する。彼女は火の玉となり突進し、まるで戦場の兵士のようであり、彼女のこの変貌振りは驚嘆に値する。

マユが前方に進み出た時、待機していた兵隊たちが発砲し、彼は銃弾に心臓を打ち抜かれて即死する。この時何人もの犠牲者が出て、以後坑夫たちの団結は徐々に乱れ始める。娘カトリーヌが入坑の意向を打ち明けると、マウードは猛烈に娘を罵倒する。彼女の心の中で戦は終わっていない。一途な彼女にとって妥協はあり得ず、入坑するくらいならば死の方を選ぶであろう。また物事を論理的に思考できない彼女は果てしない矛盾を分析できないので、時折繰り言をこぼし、エティエンヌを非難さえしている。

「カトリーヌ」のところで述べたように、カトリーヌとエティエンヌの入坑、そして落盤事故があり、エティエンヌだけが無事救出される。時が過ぎ、エティエンヌは入坑しようとしているマウードに出会う。その時彼女は以前に入坑するものを痛烈に非難したことを認め、その上で彼女の今回の入坑理由は家族の生活のためであると正直に告白する。彼女は炭鉱を去ろうとしているエティエンヌに向かって数々の事件のことや思いを語り長い別れを惜しんでいる。そして別れの堅い握手に、彼女は彼との再会を約し、今度こそ彼らに打撃を与えてやろうという信念を込めるのである。彼女の胸の中に芽生えた正義の意識は地底で次のチャンスを待ちながら生きつづけるのであろう。

以上はマウードが貧しさから世の中の不平等と正義に目覚め、ストライキに身を投じ、敗北に至る過程を段階的に追ったものである。彼女は多くの不幸に遭遇しながらも、それに堪え、強くなり、最終的には未来に夢を託す女に成長している。そこで彼女にとっての最大の不幸ともいえる身内のものの死がどのように描かれているであろうか。物語の筋の順序では娘アルジール、夫マユ、息子ザカリ、娘カトリーヌと四人もの家族を彼女は失っている。

九歳の娘アルジールは生まれながらの身体障害児である。アルジールは母を助け、家事をよく手伝い、エステルの世話までしている。ある寒い日、ボタ山に燃料になる炭殻を探しに行って高熱を出す。瀕死の状態になり、医者が到着した時には手遅れで冷たくなっている。医者は彼女は餓死したのだと言う。マウードはこんなに優しい娘が自分より早く亡くなったことを悲しみ、長い間むせび泣いている。そして彼女は神に向かって自分自身、亭主、その他の人すべてを奪ってくれと叫んでいる。

夫マユは暴動の際、兵隊に撃たれて水溜りに倒れた。マウードは夫が死んでいるとは知らず呼びかけている。ようやくその死を認めると、彼女は茫然自失、永年連れ添った夫をじっと見つめている。

ザカリはカトリーヌが坑内に閉じ込められた折、救出作業での事故死である。彼は誤ってランプの蓋を開けておかなかったため、充満していたガスが爆発し、全身にやけどを負う。目を覆う姿と化して担架で運び出されると、母親は真っ黒な炭になった息子の死体を見て、熱い涙がこみ上げてくるが、一滴の涙もこぼしていない。

カトリーヌは坑内でエティエンヌの腕に抱かれて死亡。地上に運び出された時、マウードは娘の傍に打ち倒れ、泣き叫び、一声また一声、絶え間なく悲しみの号泣を続けている。

これらの様相はマウードの悲しみを描写する段階で捉えたものである。どの家族のだれの場合でも彼女の哀悼の念に変わりはないであろう。しかし娘アルジールの死は彼女にとって最大の心の痛みであったようだ。エティエンヌとの別れ際に身内の死について語り、アルジールの名を口にすると、彼女の眼に涙が浮かんでいるからである。この娘は医者に診せることもなく餓死してしまった、貧しさゆえの死であった、彼女の罪ではないとしても、薄幸な娘が不憫でならなかったのであろう。

さてこれまでカトリーヌとマウードを個々に検証してきたが、マユ母娘に共通するテーマとしてエティエンヌとの係わりがある。彼がこの炭鉱へやって来たことは、すべての坑夫たちと同様にマユ母娘に多大の影響を及ぼしたことはいうまでもない。坑夫街では子供たちの性の目覚めは早く、男女とも早婚である。子供が生まれ、家族が増えるに従って生活は苦しくなる。人々は黙々と働き、貧乏に堪え、年を取り、やがて死ぬ。むろんそれ迄に事故死や病死もある。こうした日常生活の繰り返しの流れに、突然エティエンヌという人物が現れ、彼らに「夢」を運んで来たのだから、これは坑夫街ではまさに青天の霹靂である。貧しさに絶望していたカトリーヌは彼への初恋の甘い憧れから、彼の考えに染まってゆく。マウードも貧乏から脱出するために、彼に救済を求め、彼の思想に傾倒する。このようにマユ母娘はそれぞれエティエンヌに感化され、階級意識に目覚め、そして実践行為へと駆り立てられて行ったことは明らかである。

ここで関連するいくつかの批評を紹介しておこう。十九世紀フランスにおいて、女が職業をもつことは稀であり、働く女がテーマになっている小説も極めて少ない。しかしゾラは働く女をテーマにした小説をいくつか書いている。ロベール・J・ニースの「エミール ゾラ、働く女」[註8]と題する論文がある。彼はゾラの五作品を取り上げ、彼女たち（働く女たち）の職種、労働、賃金等に言及する。その結果彼女たちの多くが肉体労働に従事し、仕事は過酷であって、低賃金しか支払われず、そのため彼女たちは貧しいと指摘している。

つぎにポール・ルジュンヌはマウードを評して、「彼女は義父ボンヌモールを労っていない。やさしい言葉がない。子供たちに邪険であって、頬を張り、母親らしい愛情がない[註9]」と述べている。これは愛情表現の問題であって、愛情の有無ではないように思われる。坑夫の家庭ではブルジョア的な愛情のコミュニケーションは不自然であって、作者は意図してマウードをそのように描いたのであろう。さらにルジュンヌによると、第二帝政期にリヨンで起きた製糸工場の女工たちのストライキがヒステリックでばかげた活動であるとし、『ジェルミナール』の女たちの闘争はそれを範にしているとする。これは『ジェルミナール』の女たちの闘争を間接的に誹謗しているといえよう。そしてゾラの描いた女たちの闘争を「文学的フィクションと歴史的事実の単なる並列がメダンの自然主義大家の客観性と判断することができよう[註10]」と結論づけている。この点に関して、フィクションと歴史的事実が作品の中で並列され、小説に客観性を与えるのは自明の理であって、むしろ歴史的事実がどのように小説の中に組み込まれ、フィクションとどのように並列されているかを問題にすべきではないだろうか。

フェミニズムの立場からの批評がある。ジャン＝ポール・アロンは『路地裏の女性史[註11]』の中で「一九世紀の女性は、排斥された、隷属的な、くだらない存在であった[註12]」という論に疑問を投げかけ、バルザックの小説の女主人公ビロトー夫人とゾラのマウードを引き合いに出している。マウードのところを引用すると「虐げられた階層にあっては、抵抗の中心人物であり、生きのびることの証しであったのか？　ゾラの小説『ジェルミナール』のストライキの場面における、一徹で崇高なマウードのように……」[註13]となっている。十九世紀フランスにおける女性像の固定観念からすると、マウードは飛躍していて、時代の先鋭的な存在であったのであろう。

最後に「『ジェルミナール』は憐れみの作品であって、革命の作品ではない」[註14]と作者は書いている。彼は貧しい人々の不幸を描きながら、こうした人々へ限りない憐れみの気持ちをこめていたのである。そしてこの悲惨と暗黒から彼らは正義の意識に芽生え、間もなくその発芽が大地をはじけさせると、予言している。本章で述べてきたカトリーヌとマウードの生きざまは苦悩に充ちているが、そこには作者の彼女たちへの哀憐の情を読みとらなければならない。そして彼女たちも意識にめざめ、明るい未来を信じていたことも。

註1　『ジェルミナール』をめぐって(一)(二)参照
註2　Germinal, par Colette Becker, Edition illustrée de 8 reproductions 1989. p.20
一九〇三年、一九〇五年、一九一二年、一九一三年、一九二〇年、一九六三年の六回が記されている。さらに一九九三年の映画を加えて七回になる。
註3　Ibid p.715-716　註4　Emile Zola, Œuvres complètes V. Cercle du Livre précieux, 1967. p.32
註5　Ibid p.56　註6　Ibid p.141　註7　Ibid p.356
註8　Les Cahiers naturalistes No. 50, Société littéraire des Amis d'Emile Zola Editions, Fasquelle p.40-58
註9　Germinal, un Roman antipeuple par Paul Lejeune, A. -G. Nizet Paris, 1978. p.175-176
註10　Ibid p.191

註11　『路地裏の女性史』ジャン＝ポール・アロン編、片岡幸彦訳　新評論　一九八六年

註12　同　書　八ページ

註13　同　書　八ページ

註14　Correspondance, Emile Zola Tome V. Les Presses de l'Université de Montréal et Editions du C.N.R.S. 1985, p.347

参考文献

– Œuvres Complètes Tome V. Cercle du Liver Précieux, 1962.

– Germinal, un Roman Antipeuple, Nizet Paris, 1978 par Paul Lejeune.

– Germinal de Zola, Hachette, 1973, par Marcel Girard.

– Germinal et le "Socialisme" de Zola, Editions Sociales 1975 par André Vial

– Emile Zola Germinal, P.U.F. 1984, par Colette Becker

– Germinal (extraits), Librairie Larousse 1973

– Le Naturalisme Français Collection Armand Colin, 1923 par Pierre Martino

– Emile Zola, Œuvres Complètes V. Cercle du Liver précieux, 1967.

– Les Rougon Macquart Ⅲ. Pléiade, 1978

– Les Œuvres Complètes, Germinal, François Bernouard, 1928

– Germinal par Colette Becker, Edition illustrée de 8 reproduction 1989

– Emile Zola, La fabrique de Germinal, par Colette Becker, Presses universitaires de Lille, 1986.

– Correspondance, Emile Zola Tome V. Les Presses de l'Université de Montréal et Editions du C.N.R.S. 1985

– Les Cahiers naturalistes nos. 36, 39, 42, 44, 49, 50 et 59, Société littéraire des Amis d'Emile Zola, Editions Fasquelle

– Europe, Zola, avril-mai 1968, Editions François Réunis, 1968

– 『路地裏の女性史』ジャン＝ポール・アロン編、片岡幸彦訳　新評論　一九八六年

ル・ヴォール坑へ向かうエティエンヌ

3,000人の集会

マウード像

坑内

エティエンヌにタルティーヌを差し出すカトリーヌ

エステールを抱いてル・ヴォール坑に
向かうマウード

スヴァリーヌの破壊工作

『大地』をめぐって

(一) 農民像

『大地』(La Terre) は『ルーゴン・マッカール叢書』第十五番目の作品として、一八八七年五月二十九日より九月十六日まで日刊紙「ジル　ブラ」に連載され、同年十一月十五日単行本として発行された。この作品は連載中より物議をかもし、同年八月十八日付「フィガロ」紙上にポール・ボンヌタンらによる「五人の宣言」が掲載され、作品の露骨な描写が非難された。

作品には農村における農民たちとその生活のドラマが息もつかせない緊張と興奮でもって描き出されている。本章ではこれらのテーマがいかに描かれ、両者がいかに絡み合っているかを登場人物や事件を具体的に検討しながら考えてみたい。

『大地』の背景となっているのはパリの西南、ボース平野に位置するローニュ村（実際の地名はロミー・シュール・エーグル村）である。ゾラの母方はこの地方の出身なので、作者自身もかつてこの地方に滞在したことがあった。[註1] 彼は作品を執筆する時の慣例に従って、実地踏査を行ない、多数の資料を収集した[註2]ことはいうまでもない。また彼が毎年春から秋にかけて過ごしていたパリ近郊、メダンの別荘附近には多くの農民が住んでいたので、彼らを観察し、モデルにしたともいわれている。しかしそれらの資料や情報を作品の中でいかに処理し、ドラマを構成してゆくのかは作者の技量であり、芸術家としての才能である。そこにはゾラの農民像が創り上げられ、現実の農民たちと異なっていたとして

フーアン家の家系図

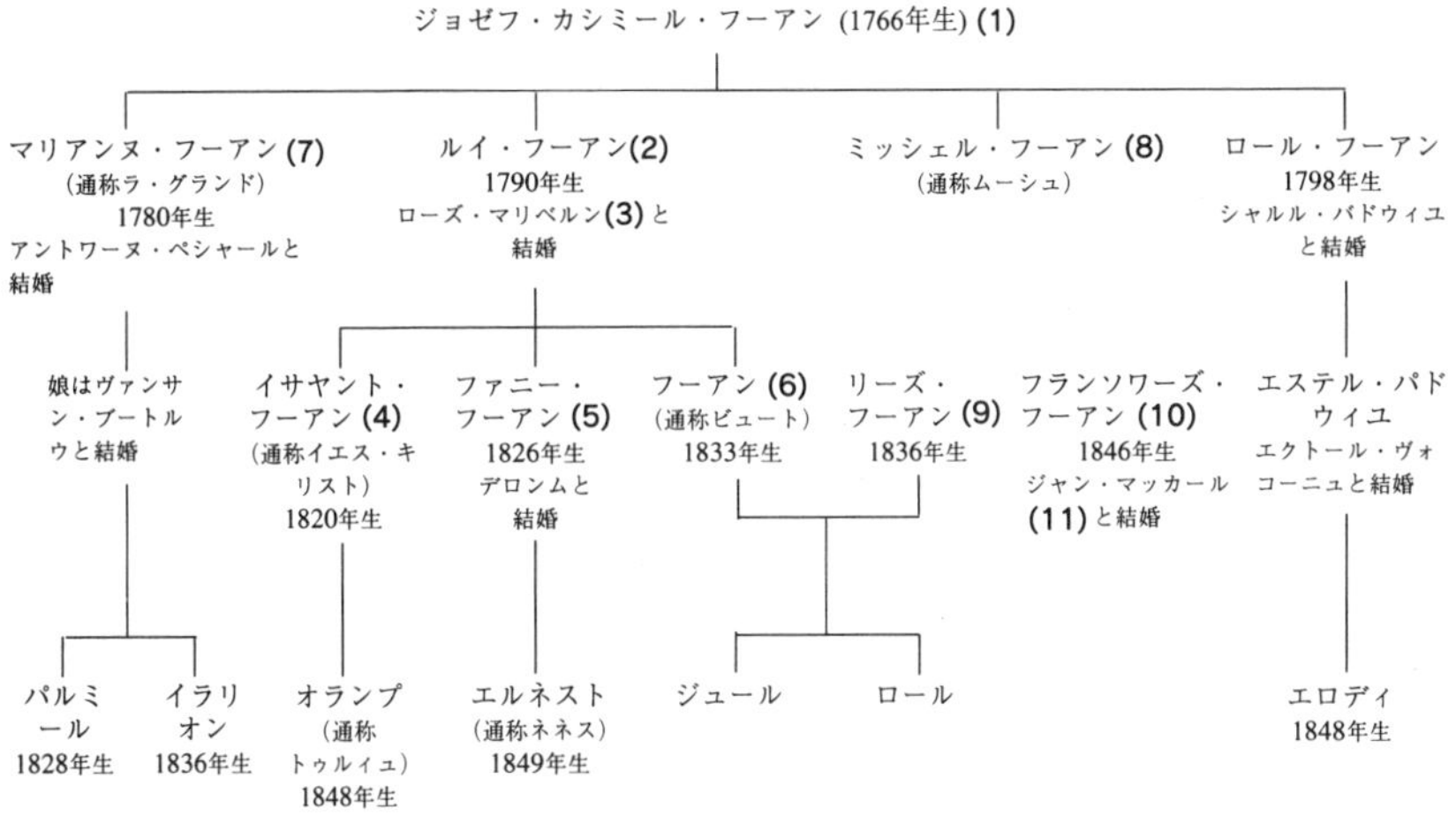

Zola, Les Rougon-Macquart V, Cercle du Livre Précieux 1967 (p.1152) 参照

も、責めるにはあたらない。それにもかかわらず、一八八七年六月二十四日付「ガゼット・ド・フランス」紙上には「ゾラの描いた農民たちは『全く卑劣』である[註3]」との評が寄せられている。他方「ルヴュ・アンデパンダント」五巻誌上では「ゾラ氏は一般の人との関係でなく、農民たち同士の関係の中で、私的、社会的生活を営む農民を初めて書いた[註4]」との讃辞もある。

作品には多数の農民が登場しているが、本章ではフーアン家の人々とジャン・マッカールを中心に述べることにする。人間関係を明白にするために、フーアン家の家系図を上に掲げて説明を試みる。家系図に付された番号は本文中の番号と一致するので、参考にされたい。

(1) ジョゼフ・カシミール・フーアン

家系図のルーツであるジョゼフ・カシミール・

フーアンは作品中に生存する人物ではない。彼や彼の先祖がいかにして土地を所有するに至ったかの経緯が述べられているので、要約しておく。四世紀前、フーアン家の先祖は一介の農奴であって、苦しい労働の末、僅かな土地を手に入れ、その後子孫がその財産を守りながら、少しずつ土地を増やした。折しも一七八九年にフランス大革命が起こり、土地の所有権が確定し、当時ジョゼフ・カシミール・フーアンが所有していた二十一アルパンの土地が彼のものになった。それは農民たちが永い屈辱と貧困に堪え忍んで、いかにして土地を所有するに至ったかの闘争の足跡であり、同時に旧制度から大革命後までのフランス農民史の一断面でもある。

ここで少々横道にそれるが、大地主になったもう一つの例がある。ウールドカン家の場合、現在の農場主の父、イジール・ウールドカンは十六世紀に中産階級に成り上がったクロワの農家の出であり、塩税署に勤めていた。大革命後、荘園領の残りの土地が国有財産として地価の五分の一の価格で競売に出され、彼はそれを買った。百姓は持ち金がなく、目先がきかないので借金をしてまで投機をしなかった。折角大地主になれる機会があったにもかかわらず、彼らはそれを逃したのである。ウールドカン家の先祖はこのどさくさに乗じて土地を手に入れ、新式の農法を取り入れ、大農場を経営し、土地貴族にのし上がった。ジョゼフ・カシミール・フーアンは競売の土地が買えず、ウールドカン家の成功をいつも羨望の眼差しで眺めていた。

家系図に見るように、ジョゼフ・カシミール・フーアンには四人の子供があった。末娘のロールは仕立屋になり、街に出たので、彼は娘に現金をやり、残る三人（マリアンヌ、ルイ、ミッシェル）には二十一アルパンの土地を七アルパンずつ分けた。

(2) ルイ・フーアン

ルイ・フーアン像は作者が残している登場人物の草案と基本において一致している。〈一八五九年には七十歳、一八七〇年に八十歳で死亡。中背、頑丈、以前は四肢健全、働き者、歳と共に小さくなる、縮まり、やせる、だんだん大地の方へ身体が屈む、そこへ帰るかのように。メダンの農夫マルタン爺さんかむしろオーギュスト・ヴォワイエの顔、細面、長い鼻、乾燥肌で皺が切れ込む、白髪まじりの顎ひげがきれいに手入れされている。声はよく通り、ぶっきらぼう。性格は激しく、横暴、働き者、節約家。彼の唯一の情熱は土地、土地を保ち、増やすこと。土地への情熱と性格の激しさを受け継ぐのは次男のビュトー、息子との間にドラマがある。〉以上が草案の一部を要約したものである。これらのメモ的な骨組みから、作者はフーアンという人物を創り上げたのである。

小説の中でルイ・フーアンは「フーアン」と姓で呼ばれ、他のフーアン家の人々はそれぞれ名もしくは通称で呼ばれているので、本章でも作品中の呼び名に従うことにする。

前述のように、フーアンは父から七アルパンの土地を譲られ、結婚により妻の相続した十二アルパンを加え、さらに労働と倹約によって土地を少しずつ買い増し、今では九ヘクタールの土地をもっている。しかし七十歳に達すると、彼は妻と共にこの九ヘクタールの土地の四分の一しか耕作できない。小作人を雇うことによる採算、子供たちへの不信感、自分が土地を耕せないことの罪悪感、すなわち体力の限界などの事情が彼の脳裏を交錯する。その上限りない土地への愛着は執念となり、彼は簡単に生前譲渡に踏み切れなかったが、ようやく決断したので、公証人の事務所に当事者たち（フーアン夫妻、三人の子供たちと娘婿）が集まる。

元来財産は個人の勤労や才能の報酬であって、その個人に属するのが原則である。国家政体の変化、死亡、婚姻、そして生前譲渡などの法律行為によっても財産は流動する。人の命が有限である以上、死亡相続は認められ、ここではそれに準ずる生前譲渡が発端になって、物語は親子、兄弟の死闘へと進展する。一家族における財産譲渡にまつわる恨みつらみは一世一代に留まらず後世へと尾を引き、あるいは周囲へも波及して様々なドラマを生む。

公証人の事務所での話し合いで、遺産相続の税金が財産譲渡の税金を上廻り、これによって相続人たちは五、六百フラン得をすることが知らされる。作者はメダンの公証人マレ氏を二度に亙って訪れ、法律関係の専門知識を入手したとの記録がある。[註6] 公証人バイアッシュは歎かわしい例として、生前譲渡によって子供たちの親に対する振る舞いが悪くなる場合があると、指摘している。フーアンの姉グランドもこの譲渡には絶対反対である。

フーアンの子供たち（イサヤント、ファニー、ビュトー）はいずれも信頼に価する人間ではなく、両親は彼らに期待をしていない。フーアンが生前に子供たちに土地を譲る代償として、子供たちの方はフーアンに年金を支払うことに決まった。金額の査定にあたって、親子間には醜い口論が起こる。子供たちは親の財産を過少評価し、生活費の削減を要求している。すでにゆく末が案じられる子供たちの心根である。

フーアンは妻の死後、家を売り、まず娘のファニーの家に落ち着こうとするが居心地が悪い。つづいて兄息子イサヤント、弟息子ビュトーの家へ移り住むが、いずれの家でも彼の生活は快適とはゆかない。フーアンは僅かな臍繰りを隠しもっていたところ、見つけられ、取り上げられてしまう。ビュトーの家から追い出され、彼は寒さと空腹に震えながら、広野を彷徨する。一夜野宿したものの、彼は行くあてがなく結局ビュトーの家へ戻る。しかしそこは地獄であって、彼は息子夫婦に首を絞められ、挙句のはて焼き殺される。彼は体力の限界まで農業にいそしみ、僅かな財を築き、子供たちにその財を譲ると子供たちからは冷たく扱われ、命まで奪われてしまう。彼の唯一、最大の生き甲斐は土地への愛着である。しかもそれは土地を「所有する」ことの狂おしいばかりの執念であるといえる。考えを転ずると、土地は大自然であり、人類の共有財産であり、個人の専有物ではない。たとえ土地の区分が存在したとしても、それは便宜上であって、人間の愚かで狭い了見にすぎないのかもしれない。恐らく先祖伝来の苛酷な労働と屈辱の歴史が、フーアンのみならず多くの農民たちに執拗な土地所有欲を植えつけたのではないだろうか。最終的にフーアンは墓穴の底に小さくなって埋められ、あれほど愛した大地に飲み込まれてしまった。

(3) ローズ・フーアン

ローズは十二アルパンの土地を有して、フーアン家に嫁いだので、夫はこの結婚により土地を増やした。それにもかかわらず、彼女は夫の横暴にいつも脅え、家畜同然に扱われていた。朝は皆よりも早く起き、スープをこしらえ、掃除をし、家畜の世話をし、夜は一番遅く寝た。燈火もつけず、パンと水で我慢するなど倹約に心がけ、一人前の男以上に働きつづけた。

彼女は三人の子供を産んだが、子供たちに愛情をもって育てたわけではない。娘ファニーとは気が合わず、弟息子ビュトーも可愛いとは感じなかった。なぜか、兄息子イサヤントだけは憎からず思っていた。後になって、この偏愛が仇になり、間接的な原因になって、彼女の生命が奪われる。それは彼女とビュトーが金銭のことで争いになった時、彼は母が兄ばかりを庇うと怒り、手荒く突きとばすと彼女は壁にぶつかり、翌日死亡する。彼女の死はあっけなく、彼女の一生はフーアン家のために働くだけで、苦難と悲哀に満ち、快楽や至福からなんと遠かったことだろう。

(4) イヤサント・フーアン（通称イエス・キリスト）

フーアン夫婦の長男、四十歳。（以後、人物の年齢は物語の発端時のもので、物語の終結時は十年後になる）容貌がキリストに似ていることからつけられた綽名である。ただキリスト教国において、彼の人物や行動から、この名をつけたことには非難の声があった。作品中、イサヤントはイエス・キリストの名で呼ばれているので、本章でもその例に従うことにする。彼はアメリカでの戦に従軍し、除隊してから定職に就かず、飲んだくれ、密猟や窃盗を働いている。彼には街道の渡り女に産ませたオランプ（通称トゥルイユ）という名の十二歳の女の子があり、その娘と暮らしている。彼は娘の品行には厳格であり、人の知らせで娘の非行の現場に駆けつけ、家庭では屁をひり、執達吏を鉄砲で脅すなど、この道楽者には天真爛漫な憎めない面もある。

彼は一族のものとは一風変わっていて、土地に対する愛着はなく、むしろ土地の所有を認めず、土地が切り刻まれ、減ったり、増えたりする有様を客観視している。自分に譲られた土地も生活費や飲代へと次々に消えてゆく。子供たちの中で、イエス・キリストだけがフーアンの遺骸に涙を流し、真にその死を悲しんでいる。彼は一族の異端者であって、確かに農民らしくないが、しかし彼には人間らしい面は残されている。

(5) ファニー・デロンム

フーアン夫妻の長女、三十四歳。

彼女は二十五ヘクタール所有の裕福な地主、デロンムと結婚し、男子を産む。生活に困っているわけではないが、父親からは正当な分配を受けたいと思っており、そのことで兄弟にごまかされたくないのである。夫はいささか気が弱く、妻の言うなりになってしまう。ファニーは男まさりの働き者であって、母親とはよく衝突していた。

母親の死後、父フーアンが娘の家へ引き取られると、ファニーの性格が明らかになる。彼女は極端な潔癖性であり父の振る舞いが気に入らないと、父娘の間には争いが絶えない。例えば彼女はフーアンが痰を吐くと怒り、葡萄酒のコップの跡をつけると文句を言う。こうした日常の些細な出来事による軋轢は彼にとって拷問に等しく、フーアンは息子の家へ逃れる。ファニーは律儀で働き者の農婦であるが、融通のきかない頑固者なのである。

(6) フーアン（通称ビュトー）

作者の草案にはジョゼフとなっているが、作品中にはその名はなく、通称であるビュトーで呼ばれている。

ビュトーは子供の時から反抗的で、両親とは衝突し、家出をして、二・三の農場に雇われていた。肉体的条件や性格は父フーアンに似ており、土地に対する執着も父から受け継いでいた。公証人の事務所での会合の際、ビュトーは強欲な意見を表明している。土地分割のための籤引きで、彼は一番不利な土地を引きあてたため、土地の受領を拒否する。また彼は従妹のリーズに子供を産ませながら結婚を渋っていたところ、彼女が父親の死で遺産が入ることになり、その上相続する畑に沿って新道が開通するのを知って、俄かに彼女と結婚する。時を同じく二年半も拒んでいた彼の取り分に署名すると、リーズとの結婚によって彼の畑に隣り合った二ヘクタールが加わるので、彼は大いに満足である。土地と家はリーズとフランソワーズの姉妹が分配しなければならない財産であるが、ビュトーは一人占めしようと思っている。これは義妹が妊娠したのを知った時、彼は相続人を亡きものにしようと、妻と共に策を弄する。彼は義妹が同居中から度々彼女を誘惑しようと試みたが果たされなかった念願を遂げる。すなわち彼は妻に手伝わせて義妹を強姦する。さらにこの光景を密かに見ていた実の父を殺してしまう。しかもこの親殺しの極悪人は罪に問われることもなく、義妹の死で土地を増やし、生きのびるのである。

(7)マリアンヌ・フーアン（通称ラ・グランド）

彼女はルイ・フーアンの姉であり、この姉弟の年齢の開きは十歳である。通称ラ・グランドは八十歳に達した今でもかくしゃくとしてフーアン一族に采配を揮っている。彼女はかつてアントワーヌ・ペシャールと結婚し、一人娘を儲け、早くから未亡人になった。彼女の所有欲の旺盛さや吝嗇から彼女はかなり財産を蓄積しているらしい。そのため人々は彼女に一目おき、彼女を怖れさえしている。弟フーアンの生前譲渡に異議を唱えたのは前に述べたが、フーアンが息子の家から追い出され、彼女の家の扉を叩いた時、彼を家の中には入れず、門前払いをする。

孫について簡単に触れておくと、彼女は孫のパルミールとイラリオンの姉弟を牛馬のように働かせ、ろくに食べ物も与えないので、彼らは乞食同然の暮らしをしている。この姉弟は近親相姦関係にあり、姉が過労から死亡すると、弟は理性を失って、八十九歳の祖母を犯そうと襲いかかる。ラ・グランドは斧でイラリオンの頭を割って殺害する。

小説の終わり頃、彼女は九十歳になり、口先では甥や姪に財産の分与をほのめかしているが、本心では飽くまで自分の財産を手放すまいと決め、自分は永久に死なないと信じている。彼女は村の至るところに神出鬼没であって、魔女のような女である。

(8) ミッシェル・フーアン（通称ムーシュ）

ムーシュはジョゼフ・カシミール・フーアンの財産分配の際に行なわれた籤引きでごまかされたと信じ、永年不平不満をもちつづけている。彼は早くから男やもめになり、フーアン家代々の家に、リーズとフランソワーズの二人の娘と共に住んでいる。彼は怠け者なので、父から譲渡された土地を半分も失っている。

彼は馬車に乗っている最中、卒中を起こし倒れているところを家まで運ばれ、土間に放置されたまま死ぬ。彼の死と同じ頃、村には雹の大被害があり、農民たちは右往左往し、そのためにムーシュの死の影は薄くなる。農村において、作物の被害は農民にとって死活問題であり、ここで一農夫の死との重味について考えさせられる。

(9) リーズ・フーアン

ムーシュの長女、二十五歳。

丸味を帯びた体格から発散する持ち前の陽気さで、リーズはよく働く。家事ばかりか農作業に精を出す彼女の姿は作品中、至るところに描かれている。それは当時の農婦の労働状況を知るための資料となり得る。

彼女は婚前に従兄の男児を産み、結婚後に女児を産む。この出産は牝牛のコリッシュと同時進行し、ドラマチックな場面を展開する。ビュートとの結婚後、彼女は夫の感化を受けて別人のようになる。

妹フランソワーズとの姉妹愛にひびが入り、最終的には決裂する。夫の土地所有欲や吝嗇に影響され、彼女は夫の悪巧みに追従する。夫が度々、妹を犯そうとしているのを知っていて、腹を立てないどころか、妹が強情を張らずに夫を受け入れることを望んでいる。それは夫が妹に拒まれると荒々しくなるからであり、夫によって妹の若さが台なしになるのを願ってもいるからである。彼女は妹の妊娠中に夫が強姦するのを手助けし、その光景があまりにも衝撃的であったため、黒い嫉妬に燃え、妹に殺意さえ感じている。

フーアン殺しに関しても、彼女が積極的に夫に加担していることはいうまでもない。

リーズは結婚によって夫に同化し、ビュトー夫婦は全く似たもの同士になってしまった。

(10) フランソワーズ・フーアン

ムーシュの次女、十四歳。

姉リーズとは年の開いた妹であり、母親が早く亡くなったため、彼女は姉に育てられた。姉とは仲の良い姉妹であったが、前述のように姉の結婚後、二人の仲は険悪になる。フランソワーズは姉夫婦と同じ屋根の下に住んでいると、姉をビュトーに取られたような寂しさを覚える。様々な諍があり、彼女は自分の取り分の土地と家の半分を貰って家を出る決心をする。後述のジャンが彼女に結婚を申し込んだので彼女は彼を愛していないが、彼の求婚を受諾してしまう。なぜなら苦しい日常生活から脱却し、財産分与の要求をするのには彼女が結婚する以外に方法はないからである。フランソワーズは満二十歳になるのを待って、ジャンと正式に結婚し、姉の家で五年間無報酬で働いた給金として家を貰い、夫とその家に移り住む。

前述のように義兄に強姦された時、彼女は夫についぞもてなかった快感を覚え、ビュトーを愛していたことに気付く。彼女が夫を愛していなかった証拠は遺書の問題へと波及する。重傷を負って瀕死の床で、彼女は夫のために遺書を書こうとはしていない。それは夫が他人であるからだ。彼女の頭の中で、他人とは愛することのできない男なのである。自分の死を愛してもいない男と結婚した罰だと自責の念にかられ、なお彼女はビュトーの幻を追いつづける。こうして彼女なりの正義感から、夫にはとうとう財産を譲らなかったのである。彼女は自分に正直な人間なのだろうか。

(11) ジャン・マッカール

ジャンは前述のフーアン家の家系図では血縁関係がない、よそものである。しかしゾラが作ったルーゴン・マッカール家の家系図では『居酒屋』のジェルヴェーズの弟というれっきとした地位を占めている。

彼の身元やボース平野にやって来た経緯を簡単に述べておこう。彼はイタリヤでの戦いの後、除隊して指物師に戻り、たまたま仕事でボリドリーの農場に来た時、農場主に見込まれて職人から作男になった。彼の経歴からも分かるように、彼は根っからの農民ではないし、地元の人でもない。

小説の冒頭において、十月末のどんよりした空の下でジャンが麦の種を蒔いている。その光景はミレーのデッサン『種まく人』を彷彿とさせる。その時フランソワーズが牝牛コリッシュに引きずられてゆくのを見て、彼が走行する牝牛を止めた。それが縁で二人は知り合うのである。当時フランソワーズは十四歳であって、彼女には二十九歳のジャンが老人に見える。ジャンはこの界隈では「指物屋の伍長さん」で通っており、農場主ウールドカンのところで働いている。

冬の夜、牛小屋の土間の夜なべに、ジャンは文字が読めるということで、ボナパルト党の宣伝文書を皆の前で読まされている。この件は当時の農民にはまだ文盲が多かったことを想像させるものである。

彼はリーズとフランソワーズ姉妹の家へ出入りするようになり、リーズに結婚を申し込むが、彼女は従兄のビュトーと結婚してしまう。妹のフランソワーズをめぐって、ジャンはビュトーと度々争いを起こし、一度はビュトーと激しい殴り合いになり、ビュトーの腕の骨をへし折る。ジャンとフランソワーズは十五歳の年齢差があったが、彼はとうとう彼女と結婚することができた。彼はフランソワーズを真に愛していたが、彼女の方はその愛に応えてくれない。つまり結婚しても彼女にとって彼は他人であり、よそものなのである。前述のように妻は最後まで遺書に署名をしないので、彼は無一文になってしまう。妻は彼に心を開いてくれず、フーアン家の人々は彼を追い出してしまう。この完全な拒絶はジャンを打ちのめし、彼の心中では何かが砕け、崩れ落ちる。彼は畑を鋤きながら、もはや土の匂いは彼の心の隙を埋めてくれず、百姓の仲間になれないのを自覚する。ローニュで過ごした十年間は彼にとって苦痛と嫌悪の連続であった。ついに彼は自分がよそものであるのをむしろ喜び、この土地を去ろうとする。妻の死によって彼はこの土地から完全に解放され、自由になって、再び兵隊になろうと決心する。彼の百姓への憎悪は、百姓どもが悪党であるゆえ、互いに共喰いをして死滅すれば良いとさえ思うようになる。

亡妻の墓参を済ませ、彼はこの地にやって来た時と同様に飄然とこの地を去ってゆく。彼は一介の旅人にすぎなかったのである。

以上のように作品中に描かれている農民たちを個々に亙って解説してきた。フーアン家に代表される当時の農民たちはイエス・キリストのような例外はあるとしても、概して彼らは良く働き、倹約を旨として蓄財に励んでいる。しかし彼らは一見素朴で実直にみえるが、一皮むくと物欲の権化であって、己の欲得のために人殺しも辞さない悪党である。彼らの実像を明かすために、改めてその生活のドラマとの係わりを検証してみようと思う。

生と死のドラマ

ここでの生活のドラマとは「生」や「死」に係わる激しく、深刻なテーマを意味し、日常の心温まる光景や一抹の哀愁とは区別する。確かに作品中にはこうした「生」や「死」を描いたドラマが多出する。作者は一八五六年、一八七四年に発行されたユージーヌ・ポンヌメール著『農村史』の中でいくつかの農村犯罪を読んで、それらにヒントを得て、作品の中で犯罪場面を再現したのだといわれている。[註7]

まず「生」に関するドラマを二つ掲げよう。

(1) 家畜の交尾

フランソワーズが牝牛に交尾させる場面がある。文学作品の中に、こうしたテーマがしかも詳細な描写を伴って取り上げられるのは稀有である。動物界において、交尾は自然なことであるが、作品の中に書き表されると読者は強いショックを受ける。この時フランソワーズは十四歳の無邪気な少女なので、ことが卑猥さへと拡散せず、極く自然な現象としてこの場面を受け取ることができる。

(2) リーズと牝牛の出産

人間と家畜の出産が同時に進行するテーマはやはり強烈なドラマといわなければならない。リーズの念願に反して、彼女と牝牛は同時に産気づき、片や部屋で、片や牛小屋で出産が始まる。この時リーズは陣痛が自分のためであるか、牛のためであるか判断がつかなくなっている。牝牛は大変難産であって、獣医は親牛を助けるために仔牛を殺したところ牝牛の腹にはもう一匹仔牛がいて、双子だったことが分かる。その一匹は無事に産まれたので、悲喜こもごものドラマがあった。リーズは無事に女児を出産するが、彼女は男児が欲しかったと言うと、夫は双子の牛にひっかけて、明日また男児を産めばよいと答えて人々は爆笑する。出産場面が小説の中に登場しただけでは物足りないのか、人間と家畜の出産をダブルにし、さらに仔牛が双子であったと、ドラマはドラマを呼び、緊張と興奮の連続である。

つぎに「死」のドラマについて述べよう。これらのドラマは農民たちのところで断片的に述べているが、ここで再度まとめて取り上げてみる。

(1) ムーシュの死

彼の死は病気による自然死である。ただ土間に放置されたままになっていたことや同時に雹の被害と重なったことに、農村における病死の哀れさをみる。

(2) ローズの死

彼女は息子に突き飛ばされた時、恐らく打ちどころが悪く翌日死んだ。その因果関係は明らかではないが、彼女の口からは歳を取り、働きすぎたゆえだと言っていて、息子の過失は責めていない。

(3) パルミールの死

祖母にいじめられ、働きすぎ、血を吐いて炎天下で死亡する。彼女の死に直接手を下した者はいないが、遠因としては祖母の虐待があり、貧困と過労は社会の責任というべきかもしれない。

(4) イラリオンの死

彼は祖母を犯そうとして、逆に祖母に斧で殺される。彼は不具者であり、責任能力はなく、祖母には正当防衛が成立したのであろうか、判事の検問があったが、彼女は罪に問われていない。

(5) フランソワーズの死

姉と取っ組み合ったはずみに、放置されていた鎌が腹に刺さり、その傷が原因で死亡する。重傷の床にあって、彼女は事の顛末を明かさず、自分が誤って鎌の上に転んだのだと弁解する。彼女は妊婦だったので、その死は同時に子供の死である。

(6) ウールドカンの死

農場主は地下に掘られた穴に落ちて死亡する。これは彼の妾に思いを寄せる下男トロンが仕掛け、過失を装う殺人である。妾は財産の相続がふいになったことで涙を流す。

(7) フーアンの死

彼は息子夫婦の犯行を垣間見ていたために就寝中に彼らに首を絞められ、さらに焼き殺される。検死の医師は老人の死を火の不始末として疑っていない。ただジャンはフランソワーズの死とフーアンの死に犯罪の臭いを感知している。しかし彼は思い悩んだ末、憲兵に告発することを断念する。

これらの「死」のドラマ中、殺人の罪に問われる可能性のあるものには、フランソワーズの死、ウールドカンの死、フーアンの死がある。特にウールドカンの死とフーアンの死には作為があり、殺人罪として逮捕されても不思議ではない。しかし犯人たちはどこかで笑っている。農村の犯罪は陰湿であって、事勿れ主義の人々によって陰蔽される。作者はそれを「共犯心理」と呼んでいる。人の死に際して周囲のものは多くを語らず、悲しまず、涙を流さない。

農村における「生」と「死」のドラマは単調な農村の風景や日常生活に僅かに波風をたてたにすぎず、やがてこうしたドラマは彼らの生活の深淵に埋没してしまうのだろうか。するとドラマの緊張や興奮は希薄になり、ドラマ自体も人々の忘却の彼方へ消え去るのであろうか。よそもののジャンが全てを棄てて去ってゆくように。

作者は農民をテーマにした小説の中に、これほど激しいドラマを仕掛け、彼らにそれぞれ役を演じさせ、見事に花火をあげた。農民たちはドラマの盛り上がりに貢献し、『大地』という作品が完成したのである。すなわち農民を語らないでこの小説を語ることはできないし、逆にドラマの無い淡々とした農民たちの生活だけを描いたのでは小説としての醍醐味に欠けるであろう。両者の絡み合いにおいて初めてこの作品は大叙事詩を形成しているといえる。

註1　Les Rougon-Macquart, Emile Zola, Bibliothèque de la Pléiade, 1966, p.1493
註2　Ibid p.1521
註3　Ibid p.1525
註4　Les Œuvres complètes Emile Zola, Les Rougon-Macquart, La Terre, François Bernouard, 1929. p.547
註5　Ibid p.533-6
註6　Les Rougon-Macquart, Emile Zola, Bibliothèque de la Pléiade, 1966, p.1519
註7　Ibid p.1508-9

(二) 民俗学的考察

民俗学に同時代の文学作品や絵画が資料を提供しているとしても、それらの資料のいずれを事実と認定するのかには困難や危険が伴なう。なぜならば文学作品には作者の主観が投影されていたり、描写上の誇張があるため、客観的事実を誤認する恐れがあるからである。絵画においても同様にその解読に論議の起こる余地がある。こうした前提を踏まえて、本章ではゾラの『大地』を民俗学的見地から読み直してみたい。ここでは小説本来の筋の展開、描写、思想などの考察は論外であって、小説に描かれている事実関係にのみ着目し、十九世紀フランスにおける農民家族のどのような問題が作品にとりあげられているかを検証するのである。

そのためにマルチーヌ・セガレーヌ作『妻と夫の社会史』（"Mari et Femme dans la Société Paysanne" 片岡幸彦監訳　新評論　一九九〇年）とゾラ自身の実地踏査による資料をもとに構成された『カルネ　ダンケット』（"Carnets d'Enquêtes" Plon 1986）を参照しながら論を進めてゆきたい。本章では『妻と夫の社会史』は『社会史』と、『カルネ　ダンケット』は『カルネ』と省略することをお断りする。

『大地』はバルザックの『農民』（一八四四年）と共に農民を描いた十九世紀フランス小説の傑作である。『大地』に関しては前章「農民像」を参照されたい。

さて民俗学的考察を試みるために、まず年代を明らかにする必要がある。『ルーゴン・マッカール叢書』二十巻は一八七一年より一八九三年に亙って刊行されているが、ゾラは作品の背景を第二帝政時代（一八五二年～一八七〇年）に設定している。しかし作者は第二帝政時代に存在しなかった事物を作品の中に描くなど時代錯誤を犯している場合もあるので、今回問題にする時代を第二帝政の始まる一八五二年から『大地』の執筆される一八八七年までと広めに設定するのが妥当であろう。すなわち十九世紀後半の時代に相当する。

農民たちの生活を便宜上⑴労働について、⑵冠婚葬祭について、⑶集いについての三項目に分けて述べてゆく。この分類は民俗学的に必ずしも論理的とは思われないが、小説という特殊な構成上止むを得ない。そのため各項目の叙述が広範囲に亙ることも免れない。

⑴ 労働について

農村における労働とは農作業である。『社会史』では「男の労働の領域」[註1]と「女の労働の領域」[註2]を区別しながらも、大部分の農作業は男女が協力して行なわれ、「共通の領域と相互協力」[註3]という領域を導き出している。男女の労働の領域は区別できるものと、そうでないものがあり、家族総動員で行なう作業も少なくない。

『大地』の冒頭でジャンが麦の種子を蒔いている。馬方は二頭の馬に曳かせてすきをころがしている。種蒔機が普及し始めているが、面積の広くない畑では機械を使わずに農夫が腰に種子入れを結えつけて、手で種子を蒔く。また、ジャンが小麦の種子を蒔くためにすきを曳きながら元気にかけ声をかけて整地している場面もあり、さらに彼がボース平野を去る時、遠くに種子を蒔く人々の群を見ている。畑を耕し、種子を蒔く仕事は男の労働の領域であり、『社会史』にはこの他に燃料の確保や農具の修理があげられている。註4

男女共同の労働の種類は多く、まず草刈りがある。ジャンが草刈り機械を運転し、草が刈り倒されると、フランソワーズとパルミールが草の山を熊手を使って拡げ、太陽に干している。デンロムやローニュ村のすべての人々が草を刈り、干している。草が乾いたら草を積む仕事がある。ジャンとパルミールが草をかき寄せると、フランソワーズが輪のように並べている。その草の山はだんだん高くなり、やがて二メートルにも達すると、下から草が投げ上げられ、フランソワーズは草の山の中に埋まってしまう。

麦の刈り入れは八月の炎天下で行なわれる。キリストの昇天節が終わると、ボリドリー農場では収穫を手伝う人手がペルシュ地方から雇い入れられる。男女が一団になって荷馬車で到着する。昼間彼らは忙しく働き、畑の麦は次々に刈り取られ、夜彼らは羊小屋のわらの上で寝る。仕事が終ると、この期間の労働に対して雇主は男に百二十フラン、女に六十フランの給金を支払う。この件はゾラの『カルネ』に詳しく記されており、註5 すべては正確に一致している。

十月始め、家族全員が葡萄畑で働く。女たちは体を曲げ、腰をたてて鉈鎌で葡萄を切り、籠に入れる。男たちは籠の中味を負籠に移し、馬車の大樽まで運ぶ。それが一杯になると醸造桶に空けにゆき、再び積みに戻ってくる。この季節、村人は総出で葡萄の収穫に精を出す。人々は葡萄を食べすぎて、喉は糖分で粘り、腹の中で葡萄が発酵し、下痢をする。これは『社会史』にも記されていない余白の部分である。ビュトーの畑でもリーズとフランソワーズが懸命に働いている。『社会史』には葡萄の栽培に関して、土つくり、植付、接木、剪定、添木、硫黄の散布は男の労働であり、収穫には家族全員、あるいは葡萄造りに関係した男女全員が従事すると書かれてある。[註6]

ビュトーは麦を打っている。手動でのこの方法は独りでやっているとすぐに厭きてしまう。フランソワーズと共に、二人は息を合わせてリズミカルに麦を打つ。当時馬などを利用する回転装置つき脱穀機がすでに開発されていたが、小地主たちは必要に応じて麦を打てばよいと考えて、機械を購入しない。しかも皮肉なことに遠くの方で回転装置つき脱穀機の音が鳴り響いている。

冬の農作業前に堆肥を入れておかなければならない。ジャンが肥料を馬車に積んで運んでくる。隣の畑ではビュトーが前の週に運んでおいた堆肥を鍬でならしている。ジャンが馬車から堆肥を鍬でかき下ろしている時、元の雇い主であるウールドカンが通りかかり、ジャンになぜ肥料に燐酸塩を使わないのかと声をかける。この頃すでに化学肥料が使われており、二人の肥料談義にはその時代を感じさせるものがある。ウールドカンは新しいもの好きで燐酸肥料による収穫の増収を信じ、他方ジャンはその品質に懐疑的である。ウールドカンもジャンの言い分を受けて、専門の化学者による成分の分析を唱えている。十九世紀後半において肥料の成分分析が人々の口の端に掛かっていたことが知らされる。堆肥はすぐれた肥料らしいが、その作り方や使い方が当時問題になっていたことも教えられる。

そして話題はついにパリの下肥に及ぶのである。これを作者ゾラがどこからか仕入れた知識を小説の中に挿入したものであろうが、当時パリの下肥は一部は乾燥して肥料として使われていたが、大部分は流され、その量は三万ヘクタールの土地を肥やすほどであった、とウールドカンに喋らせている。

つぎに女独自の仕事として『社会史』では火をおこすことと水を汲むことが掲げられている。[註7] 十九世紀の農村では今日のように水道が完備していたわけではないので、女たちは生活の水を汲みに行かねばならない。雨水は水たまりに入り、家畜や灌漑に使われ、食卓の水は下の泉まで汲みに行くのである。夕方六時頃、泉は水を汲みにくる女たちで賑わい、そこは同時にお喋りや噂話の場となる。すなわち洗濯場や水汲み場は当時の女たちの情報交換の場所であり、社交場でもあった。

『大地』でも新道が開通する時、泉はその話でもちきり、女房たちは水を入れた壺を置いたまま噂話に聞きほれている。リーズとフランソワーズが新道の開通によって五百フランの補償金を貰うことが水汲み場で囁かれていた。

火は水と共に料理に関係がある。食事の準備は女の仕事であった。『社会史』によると日常の食事は単調であり、毎日似たりよったりであって、鍋でじゃがいもと豚の脂身が煮られていた。男が料理をする時は焼き、それはお祝いの日の料理であって、今日バーベキューという形で残っている。食事の回数は夏期には四〜五回、冬期には早めの朝食のカスクートとおやつが省かれる。[註8]

『カルネ』には農家の食事について詳しい調査がある。[註9]

夏　期

例1　**七時**　肉の入らないスープ、乳製品、グラス二杯の葡萄酒とチーズ　**正午**　水もしくはリンゴ酒、ミルクを浸したパンとチーズ　**四時**　グラス二杯の葡萄酒とチーズ　**八時**　水もしくはリンゴ酒、バター、キャベツと豚のスープ

例2　**七時**　スープ　**正午**　スープと豚の脂身　**四時**　パンとチーズ　**八時**　肉類

収穫期（五回）

五時　スープ　**九時**　パンとチーズ　**正午**　スープ、牛肉、葡萄酒　**四時**　ミルクに浸したパン　**八時**　豚の脂身、牛肉など

冬　期（三回）（食事の内容は記されていない。）

六時　**正午**　**六時**

この調査に些か変化を加えて『大地』ではウールドカン家の食事は次のメニューである。

通　常（四回）

七時　ミルクに浸したパン　**正午**　焼きパン　**四時**　パンとチーズ　**八時**　スープと脂身

収穫期（五回）

四時　スープ　**朝食**　パンとチーズ　**正午**　スープ　**おやつ**　ミルクに浸したパン　**九時**　脂身、牛肉、キャベツ、リンゴ酒や葡萄酒

フーアン家の食事に関しては特記はみあたらないが、食事に触れたいくつかの場面はある。以下に列挙してみると、

—四時になるとリーズが畑で働いている夫と妹におやつを運んでくる。

—リーズがフランソワーズに家に帰ってスープを作っておいてくれるよう頼んでいる。

—リーズとビュトーが夜業のためにキャベツのスープを食べ終ると、家出していたフーアンが帰宅し、スープとチーズをがつがつ食べている。

以上のように農家の食事のメニューを一瞥すると、スープはかなり重要な位置をしめており、次にチーズや脂身の肉がきて、調理が簡単であって、しかも栄養価の高いものが好まれていたようである。

料理以外の女の労働として『社会史』には家の維持管理、すなわち「家事」一般に亙り、掃く、ほこりを払う、ベッド作りが掲げられている。仕事に関連して衣裳たんすの金具をピカピカに光らせるのを自慢にする主婦もあるそうだ。糸を紡ぎ、機を織り、編物、裁縫・家畜の世話も女の仕事である。[註10]その上女には妊娠・出産・育児という重要な任務があり、その傍ら農作業を手伝わなければならない。

『大地』に描かれている女の労働を登場人物中心に仕事の内容を観察してみることにする。

ローズの働く姿は作品中に描かれていないが、語りの部分で知らされる。彼女は朝誰よりも早く起き、スープを作り、掃除をし、鍋を磨き、牛や豚、パン生地の練り桶の世話までして、腰を痛め、夜皆より遅く寝た。生涯働きづめで、不平も言わず、彼女こそ十九世紀の典型的農婦である。

フランソワーズは十四歳の少女だった頃、牝牛を引いて種付のためボリドリー農場へ向っている。

彼女は牛の交尾を手際よく手伝い、相手方に四十スーの種付料金を支払う。このように年端のゆかない娘が動物の性に関する行為に大胆であるのは驚異であるが、『社会史』にも農村では子供たらが動物の生態を見て早くから性に目覚める件が書かれてあるので、[註11]納得できる光景である。この牝牛コリッシュは十年前から彼女の家に飼われていて、フランソワーズは牛をかわいがるので牛の方も彼女になついている。彼女は種付の日を記してあったので、出産の日が予測できその日が近づくと温かいスープを飲ませたり、散歩に連れてゆくなど懸命に牝牛の世話をしている。この牝牛は五十ピストールの値打があり、牛にもしものことがあると、農家はミルク、バター、チーズを同時に失う。牛馬は農家にとって家族の一員であり、しかも家族の死活につながる存在でもある。『社会史』に家畜と人間に関する諺が紹介されているので引用してみよう。[註12]

「天なる神よ、妻を召したまえ。馬は残したまえ。」（オート・ブルターニュ）

「妻が死んでも馬が生きていれば、男は金持。」（ブルターニュ）

「妻の死は破滅ならず。牛の死は破滅。」（アルザス）

「妻が死んでも男は金持。驟馬が死んだら男は貧乏。」（ラングドック）

これらの諺を読んで妻を軽視もしくは侮辱していると怒るのは早計であろう。『社会史』ではこれらの諺の表現を文字通り受け取るべきではなく、家畜は高価であり貴重な財産だから諺は男たちの動物への愛着を述べていると註釈している。[註13]

リーズがビュトーと結婚すると、フランソワーズは彼らと同居し、姉の妊娠によってこれまで以上に農作業を手伝わなくてはならない。ビュトーが麦を刈ると、後から彼女がそれを集める。彼女はますます骨の折れる仕事を強いられ、朝から晩までまるで女中のようにこき使われる。『社会史』にも結婚していない女は社会的地位が低く、結婚している兄弟姉妹の女中として使われる旨が記されている。[註13]

菜園で働くリーズが描かれている。住居に近い菜園の仕事は主に女が従事し、彼女は傍の梅の木の下に息子を寝かせて、エンドウ豆の畑の雑草をとっている。彼女は尻を高くあげ、喉を地につきそうに屈み込み一心に働いている。幼い子供のある母親はこのようにして農作業をしていたのである。

パルミールは麦刈りの後、束を集めている。彼女は身体が弱く、年をとりすぎているので、雇主が若い娘と同じように一日三十スー彼女に支払うと損をする。ビュトーは彼女と百束で契約している。この方法によると、雇主は彼女の労働を監視する必要がない。極貧の上弟をかかえて、彼女は是非とも働かねばならず、このように割の悪い条件を呑む。ついにパルミールは炎天下での作業中、疲労から血を吐いて死亡する。

(2) 冠婚葬祭について

ここでの冠婚葬祭とは儀式そのものについてだけではなく、広く結婚や死、それにまつわる風俗、習慣に言及する。

『社会史』によると農村における結婚は一八〇〇年以降、人口一、〇〇〇人につき十六人から十四人の率を示している。平均結婚年齢は一八二六年～一八三〇年の間、男子は二八・四歳、女子は二五・八歳であって、結婚生活の平均継続年数は一八六一年～一八六五年の間、二十八年六か月である。[註14]これらの数字は統計であるが、作品中の人物の結婚を計る目安にならないわけではない。

『大地』では物語が始まった時、既婚者はルイ、ローズ夫妻、ファンニー、デロンム夫妻、ロール、シャルル夫妻である。作品中、結婚するのはビュトーとリーズ、ジャンとフランソワーズ、そしてエルネストはエロディに求婚している。『社会史』の一、〇〇〇人を対象とする婚姻率とこれらは比較できない。結婚平均年齢について、既婚の夫婦は不明であるが、作品の中で結婚する夫婦に関しては推定が可能である。物語の当初ビュトーは二十七歳、リーズは三歳年下の二十四歳であって、二年半後に正式に結婚する。その時彼らには三歳の子供がいるので実際の結婚は物語当初以前に遡り、男二十七歳、女二十四歳は統計の数字に近いことになる。ジャンとフランソワーズの場合、フランソワーズが二十歳の丁年に達して結婚しており、二人の年齢差は十五歳なのでジャンは三十五歳になっており、特殊な例といわなければならない。

『社会史』では同族結婚や血族結婚が指摘されている。[註15]その理由は農業経営の安定のため家族形成の目的は経済面を優先するのである。すなわち結婚によって土地を確保し、所有地を拡大し、土地の細分化を防止するのである。これは『大地』でも主要な課題であって、様々なドラマの要因となっている。ビュトーとリーズはいとこ同士であって、彼らの結婚は典型的な血族結婚である。そのため前述の土地確保、所有地の拡大、細分化防止に彼らは寄与している。ジャンとフランソワーズの場合、ジャンがよそものであるため、この結婚は周囲からあまり歓迎されていない。しかし十九世紀には離村現象が始まっており、ジャンが南仏プラサンからボース平野への移住者であるという設定には、新しい現象に目をつけて小説の中で再現させた作者の意図が読みとれる。

作者は他の登場人物たちの結婚による土地の分割、拡大について語っている。[註16] フーアン家のルーツ、ジョゼフ・カシミール・フーアンには四人の子供がある。彼は所有する二十一アルパンの土地を三人に七アルパンずつ分け、末娘には現金を与えた。三人の子供たち（マリアンヌ、ルイ、ミッシェル）はそれぞれ結婚によって土地を増やしている。すなわちマリアンヌは十八アルパンの土地を所有する男と結婚し、自分の分け前を加え二十五アルパンになり、ルイは十二アルパンを相続するローズと結婚し、十九アルパンになり、ミッシェルは二アルパンの葡萄畑しか貰わない女と結婚し、九アルパンにしかならない。長女マリアンヌだけが親の持ち分を上廻る土地の所有者になるが、他の二人の土地は配偶者の分を合わせても減少したことになる。これらの結果が示すように結婚相手の富次第でその後の生活の貧富が根本において決るといっても過言ではない。生涯働きつづけ、少しずつ所有地を増やしても、老齢や死によって再び子孫に譲らなければならず、土地の細分化は限りなく続くことになるのである。

『大地』の家族関係をまず述べておこう。ルイ、ローズ夫妻は老いて土地を耕す体力が減退したのを自覚して、三人の子供たちに土地を分割し、生前譲渡をしようとしている。長男イサヤントは四十歳、戸籍上独身、しかし十二歳の娘があり、働く意志はなく、父から土地を譲られると売り払って暮す風来坊。長女ファニーは金持のデンロムと結婚し、裕福な暮らしをしながら兄弟たちにごまかされたくなく、分け前の三ヘクタールの土地を辞退する積りはない。次男ビュトーは働き者の農夫であるが、土地所有欲は極めて強い。父の土地分割に際し、くじ引きで不利な地所を引き当てたため、協議書に署名しない。しかしリーズの畑が新道開通により彼女に補償金が入り、その上自分の土地と隣接するのを知るとビュトーは即座に彼女に結婚を申し込み、所有地の拡大を計る。

以上のように『大地』には土地分割と所有に関する農民たちのドラマが描かれている。ドラマといっても決して架空の物語ではなく、作者の克明な実地踏査に基づいたドラマである。ゾラは公証人マレ氏を二度尋ね、生前譲渡について質問をしている。[註17]それらの記録と『大地』の内容を比較すると、多少の相違が生じている。『カルネ』には分配のくじ引き後に署名を拒否しないように、事前に署名を義務づけられている旨が書かれてあるが『大地』では事前に署名をしなかったため、ビュトーはくじに不服を申し立て、二年半署名をしない。『カルネ』に同類のケースとしてボーグラン家の事件が記されており、ことによると『大地』はこの事件がヒントになっているのかもしれない。

他方、『カルネ』には費用に関する細かい記述がある。遺産相続と生前譲渡の費用は同額であった。『大地』では遺産相続の税金は財産譲渡より高く、五、六百フラン得することから生前譲渡が行なわれる筋立てになっている。さらに『カルネ』には次のように記されている。生前譲渡が簡単であったため、犯罪が続出したので生前譲渡を減らすために費用を二〜三パーセント増すと生前譲渡は減少した。生前譲渡に関する最初の法律は一八一六年四月二十八日付、費用の増加に関する法律は一八七五年六月二十一日付で公布されている。冒頭に述べたようにこの物語は第二帝政期を背景にしているので、第一回目の法律がまだ有効であって、生前譲渡が盛んに行なわれていた時代である。『社会史』によると、十九世紀には遺産相続は民法によって規定されておらず、伝統的な慣習によっていた。[註18]

農村で結婚相手を選ぶ第一条件は実利的、経済的な面を優先させることであったが、つぎには造形的な美よりも相手の健康や頑丈さを重視することであった。ビュトーとリーズはこれら二条件を満たしていて、農村での理想的カップルである。これに反してジャンとフランソワーズの場合様々なハンディがある。彼らの結婚によってフランソワーズが姉に土地の分配を要求できるが、ジャンが渡り者であるため、彼らの土地は増えることはない。しかもフランソワーズが瀕死の床に就きながら、ジャンへの遺書を書かなかったため、ボース平野の彼女のもち分はよそものの手に落ちず、姉夫婦の所有となる。二人の肉体的条件を考えても、多すぎる年齢差は当時としては社会秩序を乱すという風潮があった。[註19] またジャンには農夫の逞しさがなく、フランソワーズもやせた小娘のように描かれている。

つぎに結婚の儀式について述べよう。『社会史』は結婚の儀式をローカル色豊かに解説し、珍らしい形態や習慣を教えてくれる。[註20]『大地』では儀式そのものについてはごく簡単にしか触れられておらず、むしろ儀式に付随する人々の動きが捉えられている。

結婚式への招待の方法には独得の習慣がある。ビュトーとリーズは晴着を着て祖母グランドの家に赴き、式への列席をお願いする。彼らが招待の詞を十回も繰り返し述べると、ようやくグランドは不機嫌な様子をして承諾する。デロンム夫妻のところでも、しきたりの辞退と懇願の後で彼らはやっと申し出を受ける。要するに結婚式に招待されると一応は断り、その後しぶしぶ承知する習慣があったらしい。これは作者の単なる創作ではなく、農村に流布していた儀礼のようなものではないだろうか。

司祭が花嫁のリーズの家へ来てミサを行ない、夕方六時頃から宴が始まる。会食のメニューは脂っこいスープ、ソーセージ、焼いた鶏四羽、兎四羽のフリカッセ、牛肉と仔牛の焼肉であって、これらを家で作り、その他にパイとデザート（デコレーション　ケーキ、クリーム菓子二個、砂糖菓子四皿とプチ　フール）をクロワの菓子屋に注文している。招待された客たちは新郎新婦を祝福し、食べたり、喋ったり、踊ったりして、宴は夜中の一時頃お開きになっている。

服装についても述べておこう。男たちはフロックコートに黒いズボン、シルクハットである。リーズはブルー、フランソワーズはピンクの流行おくれのごわごわしたシルクのドレス、フーアン婆さんは四十年来結婚式に着るポプリンのドレス、ファンニーは緑色のドレスにあらゆる宝石類、時計、チェーン、ブローチ、指輪、イヤリング、ジャックリーヌは赤い水玉の簡単なクレトン地の肌をあらわに見せるドレスにイヤリングだけ、というのが結婚式に参列した女たちの正装である。

ジャンとフランソワーズの結婚式は簡素というよりは形式にすぎない。書類を作り、役場と教会の手続を済ませ、食事は出さず、ミサの後、集った人々だけで葡萄酒で乾杯をしている。

出産に関しては『社会史』に男の子が喜ばれる旨が記されている。[註21] これは当時、女の社会的地位が男よりも低かったことに由来しているのであろう。リーズが女の子を出産した時も男の子が欲しかったともらしている。彼女の出産の時には、産婆さんが呼ばれたわけでもなく、近所の女たちが手伝い、夫や妹もその場に居合わせている。しかもわらの上に毛布が敷かれ、二個の椅子が準備されたにすぎなく、これが恐らく健康な農婦の出産なのである。他方同時に産気づいた牝牛の方は難産であったこともあるが、獣医が呼ばれている。

結婚問題とは離れるが、愛情問題に関連して『社会史』に同性愛、近親相姦がとりあげられている。農村では住居が手狭なため子供たちは両親と寝室を同じくし、あるいは家畜の生態を見て、早くから自然な形で性に目覚める。子供同士、兄弟姉妹間に同性愛や近親相姦が生じる可能性が指摘されながら、民俗学者にとっても未踏の分野らしい。[註22]『大地』には同性愛はみられないが、近親相姦は描かれている。パルミール（三十二歳）とイラリオン（二十四歳）の姉弟は近親相姦である。祖母グランドは彼らにろくに食べ物を与えず、働かせ、夜になると彼らは狭い牛小屋で折り重なって寝る。パルミールは姉であるが、楽しみのない生活の中で弟の妻になってやるのである。閉ざされた農村の営みにあって、この姉弟の悲劇は責めることのできない暗い側面であるのかもしれない。

つぎに結婚と共に人の死、葬儀、埋葬は人生における厳粛な祭である。『大地』にそれらがどのように描かれているかを検討してみよう。ローズの死に際して、フィネ先生が三度目に往診に来た時、彼女が苦しんでいるのを見て、生前に埋葬許可証を書いている。そうすれば一度来る手間が省けるので、遠い部落でとられていた方法だそうである。

フーアンの埋葬に関しては、ローニュの人々の習性を明らかにしている。それは生存中激しく憎み合った農民たちは死後隣り合って眠りたくないというものである。墓には死んだ順に埋葬されるため誰が隣に来るのかは偶然に支配される。敵同士が続いて死ぬと、後から死んだ者の家族は文句をつけて、死体の埋葬を拒否する。フーアンの場合、埋葬場所がフランソワーズの左隣であるのは良いが、前列にソーシスの妻の墓があり、その隣にソーシスが自分の墓を予約している。フーアンは生前ソーシスと仲が悪く、ソーシスが死ぬとフーアンの頭に足を乗せることになる。ビュトーが役場に不服を申し立てるが、慣例を破るわけにはゆかないという理由から断られる。死後なお魂の不死を信じる家族たちの思いであろうが、こんな墓場騒動も起こっている。

フーアンのミサが終り、墓場までの葬列は次のように書かれている。聖水灌水器が手から手へ渡され、行列がつくられる。十字架を先頭に聖歌隊員、クルーとそのトロンボーン奏者、司祭、四人で運ぶ棺、家族の者、人々の列がつづく。これはフランスの片田舎の野辺送りの一光景である。

(3) 集いについて

『社会史』には「夫と妻と村」という章を設け、農民たちの社交面を解説している。[註23] 男の集るところは畑、鍛冶屋、カフェ、遊戯場、女の集るところは共同洗濯場、泉、パン焼き釜、食料品店である。話題にも特徴があり、社会のこと、公のこと、技術、経済、政治のことは男の領分であり、家庭のこと、内輪のこと、秘めごと、性に関することは女の領分としている。これらは総体的な区分であって、実生活では必ずしも区別できない事態も生じていたことだろう。

『大地』には農民たちの夜の集いが詳しく描かれている。フーアン家では冬になると牛小屋の土間で夜の集いがある。牛小屋は二頭の牝牛の体や寝わらから発する蒸気で心地良く暖まり、丸テーブルと十二脚の古椅子が並べられる。ローソクはやって来る人々が順番で持参する。明りの周りで女たちは編んだり、紡いだり、針仕事に精を出し、後ろで男たちは言葉少なく煙草を喫い、片隅で子供たちが笑い声をこらえて押し合ったり、つねり合ったりしている。時には誰かが昔話やこわい話をし、界隈の噂話に花が咲くこともある。ある夜のこと、帝政時代のボナパルト党の宣伝文書の一つが持ち込まれ、字の読めるジャンの誦読を一同が聞き入る場面がある。農民たちにとって、夜の集いはくつろぎの場所であると共に情報交換の場所でもあった。『カルネ』によると、夜の集いは台所か家畜小屋で開かれ、人々はトランプや読書をし、女たちは縫物をする。大騒ぎをするのは国の休日の時だけであると記されている。[註24]

七月半ば、ローニュ村の守護聖人の祝日であるサン・タンリ祭がある。その時、エーグル河の牧場に旅芸人の舞踏場が設けられ、村役場の向いに三軒の屋台店、すなわち射撃場、あらゆるものを売る店、回転遊戯場がたつ。

その他の祭として麦の刈り入れと葡萄の収穫の後に慣例の行事がある。前に述べた麦の刈り入れのための集団の助っ人部隊は仕事が終ると、隊長がみんなと一緒に麦の穂で編まれた十字架型の束をその家の女主人に贈る。その後、伝統的なさよならパーティが催され、みんなはご馳走を食べ、よく飲み、酔っ払って寝込んでしまう。葡萄の収穫の後でも同じように収穫を祝う宴がビュトーの家で催されている。羊の腿の焼肉、胡桃、チーズなどのご馳走が準備され、醸造桶から樽に葡萄酒が詰め替えられ、招待された人々はよく食べ、よく飲んでいる。

定期市は農村での特筆すべき出来事である。『社会史』によると毎週開かれる市場には女が通うが、定期市は特別な場合を除き男の独壇場であった。しかも市で有利な取引きをした男たちは輝かしい栄光に包まれて戻る様子が記されている。[註25]『カルネ』にも定期市の委細がメモされている。[註26]取引きに際して、決して言い値で買うべきではなく、値切らなければならず、市の帰りに何か飲む習わしがある。『大地』ではこれらのメモを忠実に再現している。市でビュトーはリーズに出会い、彼はコタンタン種の立派な牝牛を売手は四十ピストールと言い張るが、遂に三十ピストールまで値切ってリーズのため手に入れてやる。これは有利な取引きをしたことであってビュトーは誇り高く、上機嫌になって、リーズとのよりが戻る。帰途、ビュトー、リーズ、ジャンは「ボン・ラブールール」軒に立ち寄り、オムレツや兎肉を注文し、ブランデーを飲んでいる。その席で輝かしい栄光に包まれた男となったビュトーはリーズに正式に求婚する。

カフェ「ボン・ラブールール」には農民たちが頻繁に出入りし、政治、経済、農業などの話題に口角あわを飛ばしていることはいうまでもない。

以上のように三項目に分けて『社会史』や『カルネ』を参照しながら『大地』を民俗学的見地から分析してきたところ、多くの実例が示すように、民俗学的事象が作品の中で個々に証明されている。

ゾラのように事件や登場人物を外面から描く傾向の作家にあっては作品中に比較的多くの民俗学的事象を認めることができるのではないかと思われる。冒頭に述べたように、作家の主観性や描写技法によって民俗学の事実を誤認する可能性はあるし、筋の面白さや表現の巧妙さに幻惑されて、冷静な目でみられなかったのではないかの懸念は残る。しかし逆に作家が何気なく描いた一行一句に思いがけない民俗学の知られていない事実が潜んでいるかもしれない。それらは民俗学の余白の部分であるかもしれないし、あるいは民俗学者の未踏の領域であるかもしれない。過去の人々の生活、風俗、習慣を知ることは興味深い。そのために、文学作品を民俗学的に考察する時、未知の事実を発見し、驚きと感銘を覚える。

註1 『妻と夫の社会史』マルチーヌ・セガレーヌ 片岡幸彦監訳 新評論 一九九〇年 一三八—一四二ページ
註2 右同 一二三—一三七ページ　註3 右同 一四二—一九九ページ　註4 右同 一三八—一三九ページ
註5 "Carnets d'Enquêtes" Une ethnographie inédite de la France, par Emile Zola, PLON, 1986, p.588-589
註6 『社会史』一三九ページ　註7 右同 一二三—一二九ページ　註8 右同 一二八—一二九ページ
註9 "Carnets d'Enquêtes" p.587　註10 『社会史』一一九—一三七ページ　註11 右同 一八四—一八五ページ
註12 右同 一三九ページ　註13 右同 一五八ページ　註14 右同 一一四—五六ページ
註15 右同 一一五—一一六ページ　註16 Les Rougon-Macquart, Emile Zola, Bibliothèque de la Pléiade 1996, p.392-393
註17 Carnets d'Enquêtes" p.591-594　註18 『社会史』一〇一ページ
註19 右同 六四ページ　註20 右同 四〇—五六ページ　註21 右同 一三六ページ
註22 右同 一八五ページ　註23 右同 一九四—二一九ページ　註24 Carnets d'Enquêtes" p.587
註25 『社会史』二一三—二一九ページ　註26 Carnets d'Enquêtes" p.564-570

参考文献

– Les Rougon-Macquart, Emile Zola, Bibliothèque de la Pléiade, 1966.
– Les Œuvres complètes Emile Zola, Les Rougon-Macquart, La Terre, François Bernouard, 1929.
– Zola, Les Rougon-Macquart V, Cercle du Livre Précieux, 1967.
– Correspondance V. VI. Emile Zola, Editions du CNRS, 1985 et 1987.
– Bonjour Monsieur Zola, Armand Lanoux, Hachette, 1962.
– Carnets d'enquêtes, Emile Zola, Plon, 1986.
– Le Personnel du Roman, Philippe Hamon, DROZ, 1983.
– Les Cahiers Naturalistes No.40 (1970). No.49 (1975), No.53 (1979), No.58 (1984), No.61 (1987) et No.63 (1989).
– 妻と夫の社会史　マルチーヌ・セガレーヌ　片岡幸彦監訳　新評論　一九九〇年
– 路地裏の女性史　J・P・アロン編　片岡幸彦監訳　新評論　一九八六年
– 女のフィジオロジー　イヴォンヌ・ヴェルディエ　大野朗子訳　新評論　一九八五年

ボーズ平野

種をまく人

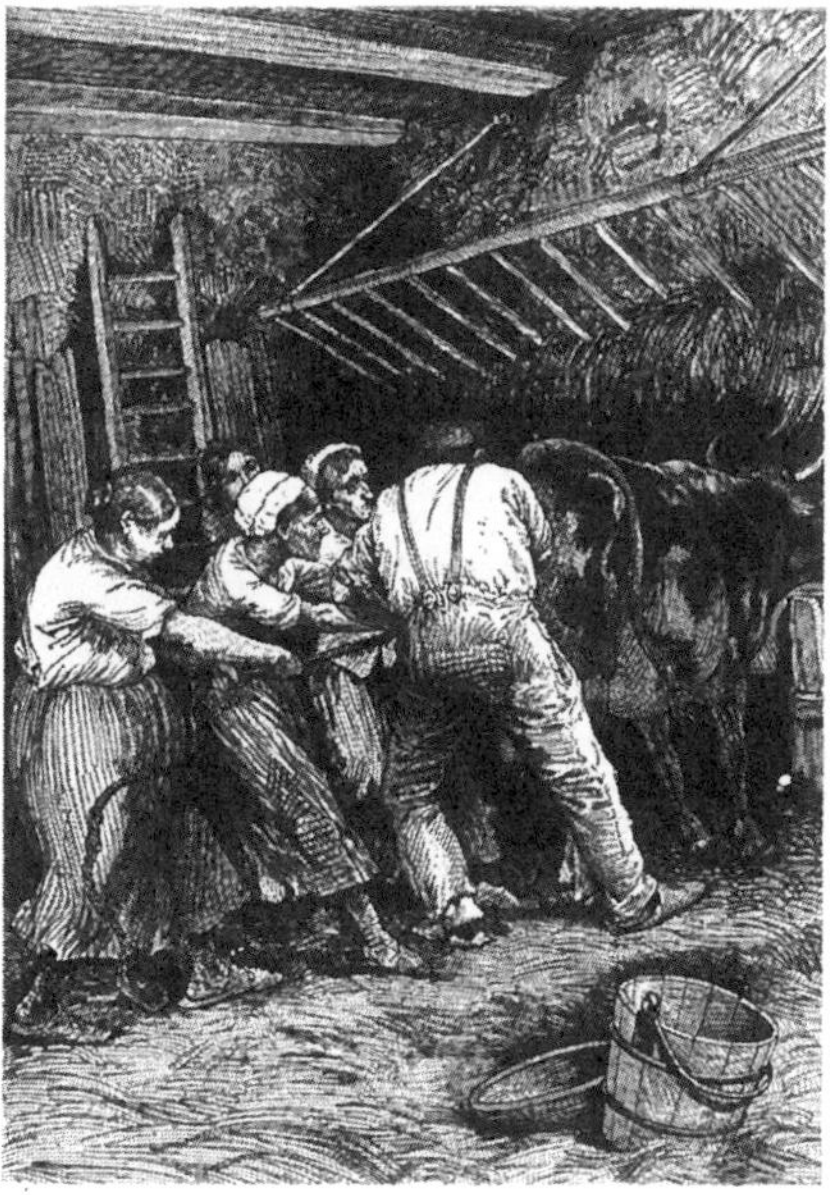

牝牛の出産

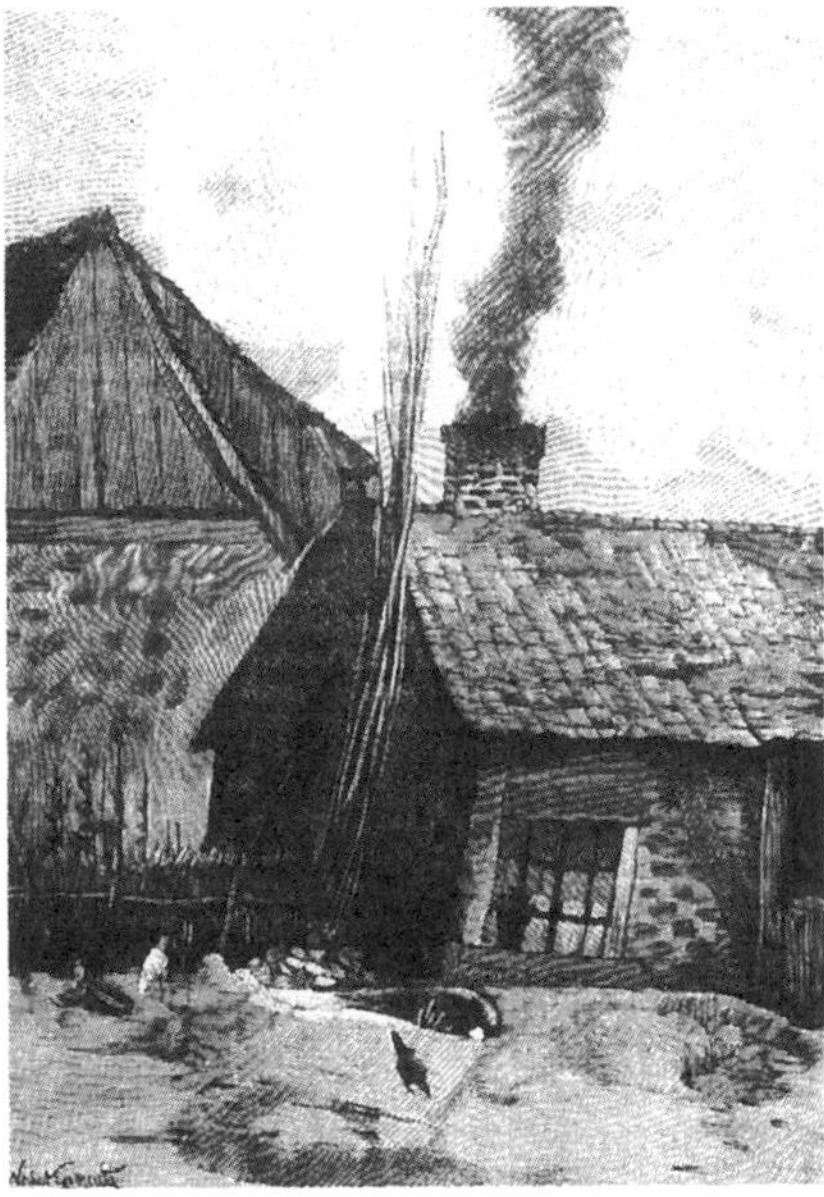

農家（フーアンの家）

干し草

耕作

収穫

ゾラの作品に描かれた「水」のテーマ

「水」を万物の根源とした思想は古代ギリシャや古代インドにみられるが、近代科学の進歩に伴って、「水」が化合物であることが明らかにされている。こうした化合物としての「水」には、海、河川、雨、雪、泉、沼、地下水など自然界の「水」がある。そして、「水」は絶えず循環していて、日常生活の飲料水や農業用の灌漑があり、さらに、あらゆる動植物や食糧品の類は「水」によって直接、間接に生成されているといっても過言ではない。また人の生命の維持に「水」は必要かつ不可欠であり、血液を初め人体のあらゆる器官、分泌物はすべて「水」のエレメントと見なされるのである。

ここで、イメージの世界へ目を転じると、「水」にまつわるイメージは無限に拡散し、収斂し難い観がある。さきに、ガストン・バシュラールが宇宙の四大元素の一つとしての「水」と詩想の係わりを現象学的に論じていることはあまりにも良く知られている。

本章ではこうした多様性、流動性に富む要素である「水」のテーマに着目し、ゾラの作品に描かれている「水」と登場人物たちとの相関々係を具体的事象について論究しながら、「水」と人が対座するときに起こる諸相を垣間みてみようと思う。そして、最終的にゾラの描いた「水」と人との宿命的課題が解読できればとの試みである。

河の水

河の「水」が重要な役割を演じている作品としてまず挙げられるのは『テレーズ・ラカン』であろう。この物語の舞台は終始セーヌ河畔を移動している。ラカン一家はセーヌ河沿いのパリ北西の片田舎ヴェルノンから、やはりセーヌ河岸に近いパリ市内ポン・ヌフ小路に引っ越している。同じ河沿いでも郊外は明るく、陽気であるが、パリ河岸の路地は湿気がひどく、薄暗く、陰気で、早くもなにか悲劇の起こる土壌が準備されているかのようである。

ラカン家で催される集まりに幼馴染みのローランが現れるようになると、これまで静かに、しかも淀んでいた水面が激しく掻き乱される。それというのは、ヒロインのテレーズは夫のカミーユに飽き足らず、老母と営む小間物屋にも退屈していたところ、ローランの出現で彼女はすっかり彼の虜になってしまったからである。時に、画家崩れのローランの描くカミーユ像はまるで未来の殺人を予告しているかのように、溺死者の緑色がかった顔になってしまう。この肖像画には「水」の暗く、陰湿なイメージが伏線になっていると読みとっても差し支えないであろう。テレーズとローランは密会を重ね、やがてこの姦通の興奮は、遂にカミーユ殺意へと波及する。殺人が計画され、それにも河が使われている。三人はパリ北部サントワンヌに遠出し、ボートを漕ぎ出し、泳げないカミーユは河に突き落とされる。こうして巧妙に溺死による殺人が仕組まれ、大河はカミーユを跡形もなく呑み込んでしまうのである。

ローランはカミーユの死体を確認しようとして、死体公示場へ通い、二週間後、死体を見つけ出すが、水浸しになっていた死体には、人体のあらゆる器官を崩壊、変質させる「水」の猛威が充満していて、彼は恐怖にわななく。恐怖は水死体を見た時だけにはとどまらず、その後、ローランの意識の中に水死人の幻影は執拗に腰を据え、彼の神経をゆさぶり続ける。溺死したカミーユの亡霊が殺人共謀者の前に現れ、二人を極度に脅えさせ、苦しめ、遂に悔恨の情をさえ駆り立てる。その亡霊はいつも「水」の滴る水死人の姿で二人の前に出現するので、亡霊から逃れるために二人は結婚したものの、初夜の暖炉の温もりの側でも二人は溺死者の冷たく、湿っぽい臭いを感じ、彼らの間には水に濡れた死体が横たわっているかのような妄想に取り付かれてしまうのである。

「水」をモチーフに彼らの会話が水死人のイメージにつながってゆくこともある。ローランが水差しの水を生温かいと言い、その水を河の「水」のようだと譬えている。

ローランの描く若い娘の肖像画まで、水死人の顔に似てくるし、二人は日夜亡霊に付きまとわれ、神経は異常に興奮し、互いに罵り合い、錯乱状態に陥ってしまう。この悲惨な劇に幕の降ろされる時がやって来る。二人は共に毒薬を呷って心中するが、毒薬は砂糖水に溶かされたもので、ここにも毒を溶かした「水」が介在しているのである。

前述のように、三人の死は強烈に「水」の支配を受け、ここに展開する惨劇は「水」とは分かち難い関係にあるといえよう。「水」が幾重にも輪を描き、その渦の中にこの物語の登場人物たちを呑み込んでしまったかのようである。

海の水

海の「水」に関する記述は『生きるよろこび』に多く現れている。ポーリーヌ・クニュは両親の死後、ノルマンディ海岸沿いの町ボンヌヴィルに住むシャントー家へ送られてくる。パリに生まれ育ったポーリーヌは十歳で、まだ海を見たことがなく、海に絶えず強い関心を抱いている。彼女の乗った乗合馬車が海辺を走る時、彼女にとって「海はなおそこにあった。海は彼女のもののように、いつまでもそこにあるだろう。」と記され、これから海辺の町で始まる彼女の未来の生活が暗示されているかのような場面である。

ボンヌヴィルでの最初の夜、ポーリーヌは嵐に猛り狂う海の音を聞いて、幸福感に浸り、家を揺さぶる轟音を怖れることもなく、船に乗っているかのような安らかな眠りについている。海のないパリにいたポーリーヌにとって、海辺の町はまさに新世界であり、日々新たな体験をする。従兄のラザールと磯遊びに耽り、黄金の入江と名づけられる浜辺で海水浴を楽しむ。彼女はこの青く、広大な無限の海原に飽くことない感動を覚え、唯一の気晴らしは海を眺めることになってしまう。こうして海は生活の一部になり、少女から娘へと成長するのである。

他方、ラザールは医学を放棄し、海岸に豊富にある海藻から、化学薬品を製造する工場を建設する。それが巨万の富をもたらすはずであったのに、製品の開発に失敗し、その上設備倒れになり、工場の閉鎖を余儀なくされる。この時、ラザールは事業の失敗を海の所為にし、海を征服しようと復讐心に燃えている。

次に、ラザールは防波堤の建設に着手している。ボンヌヴィルは五百年このかた海に浸蝕され、人々は生命や財産を海に流し、崩壊の危機に瀕している。ラザールは海に闘いをいどむと同時に、人々を海水による災害から救おうという義侠心に奮い立つ。しかし、海からの反撃は厳しく、ラザールの築いた防波堤は根こそぎ流されてしまう。再度堤防を築くが海水の威力の前に、柵は砕け、材木はひとたまりもなく散乱する。上げ潮が侵入するにまかせるという無抵抗状態になり、この事業も完全な敗北に帰すのである。

こうして、ラザールの関与した二つの事業は共に海の「水」に関係するものであったが、悉く失敗し、「水」は破綻を意味する「破」すなわち凶の要素であったといえるのである。

ところで、海を背景にして、不幸なドラマが展開されている。まず、三つの死が描かれており、それらはシャントー夫人の狂おしい死、犬のマティウの流れる血の海での死、召し使いヴェロニックの首吊りである。その光景は一コマ、一コマ、悲惨であり、凄絶であり、かつ残酷である。死について、病があり、シャントー氏は痛風の痛みを訴え、全篇にその悲痛な唸り声が響き渡っている。病ではないがルイーズのお産があり、母子共に重大な危険にさらされ、九死に一生を得ている。不幸な出来事ではないが、ポーリーヌの初潮が描かれており、こうした問題が文学作品に取り上げられるのは当時としては珍しい。しかし、これは不幸な要素につながるのではなく、後述するように彼女は幸せなので、むしろ成長と健康の証しと解するのが妥当であろう。最後に、主役、端役以外に多数の村民が海の「水」の浸蝕により生命や財産を奪われていることも付け加えておかなければならない。

度重なる悲劇の渦中にあって、ポーリーヌは天使であり、救世主でもある。彼女はシャントー家の人々や貧しい人々に光を与えている。彼女はシャントー氏の痛風を優しく看病し、ラザールには暖かい声援を送っているばかりか、自らの愛を諦め、彼とルイーズを結婚させている。その上、彼女はシヤントー夫人の無心に快く応じ、ラザールの事業には一度ならず出資し、貧しい人々には金品を惜しげなく恵んでいるのである。

この作品の中で、ポーリーヌだけが不幸な目に遭っていない。彼女はいつも海に憧れ、海を愛し、海を友としているが、他の人々は海を恨み、憎み、呪い、終局的に不運に見舞われている。

海を背景にし、波の音をバック・ミュージックにし、悲しい出来事がいくつも起こっている反面、ポーリーヌは親から相続した財産を海に流し去り、ひとり明るく生きている。「金」には流通の意味があり、「水」のイメージにつながるものである。ポーリーヌはこの巨万の富を、惜しげもなく水に流し、荒れる海も怖れず、海を見て幸福感に浸っている。周囲で起こる悲劇とは対照的に、ポーリーヌの生き方、それがこの小説のタイトルにもなっている『生きるよるこび』なのであろう。

雨の水

母と娘の愛の絆がテーマになっている『愛の一ページ』では、雨の「水」が娘の運命の哀切を歌いあげている。ジャンヌは病弱であって、夜中に発作を起こし、近所の医師ドベルルが往診に来る。その機に母エレーヌは医師と知り合い、それが恋へと進展する。神経質なジャンヌは母と医師との愛を素早く察知し、全身で懸命に抵抗しながら、母の愛を自分に取り戻そうとする。つぎに一場面を要約して述べてみよう。

母の突然の外出（医師との逢い引きのため）で悲嘆にくれるジャンヌは窓辺に身をもたせかけ戸外を

眺めている。折しも雨が降り出し、とりわけジャンヌの目に映じたのは、玩具屋のテントの下に身なりの良い母親らしい婦人と小さな女の子が雨宿りしている光景である。次の瞬間、ジャンヌはこの母娘と今の自分を二重写しにしてみて、急に悲しくなる。彼女は雨が大好きで、冷たい大粒の水滴が掌の上で砕けるのを感じようとして、窓から腕を差し延べると、水が手の上に落ち、まるで自分が戸外にいるかのように錯覚する。きっと、あの婦人と女の子が雨の中を行ってしまったので、雨に濡れることにより、自分も母と一緒だという心象風景を体験しているのであろう。ジャンヌは窓辺に腰をおろし、袖に雨水を受けながら寒さも感じず、母のいない暗い部屋と、母がいるはずの雨のパリの街に交互に目を配っている。空にはインキを流したような雲が拡がり、嵐になる。凝視するのに疲れ、何度も「ママン、ママン」と痛ましい叫びをあげる。頭を手すりにもたせかけ、大きな目を開いて雨風を見ているが、いつしか睡魔が襲ってくる。病弱なジャンヌは何度も咳き込み、暗がりで為すすべもなく、母に見捨てられ、眠り込んでしまう。灰色の雨は止むことなく、水滴が窓から出ているジャンヌの指に容赦なく落ち、指は赤くなってしまう。

　雨に濡れた日の後、病状は日毎に悪化し、四月のある日、彼女は血を吐き、景色を虚ろに眺めながら、人形を抱いて十二歳の短い生涯を終わる。その死顔には嫉妬深い女の非難の色が現れている。

　二年後に、エレーヌが娘の墓を訪れた時、パリの街は雪に覆われ、母親は雪の下に眠る薄幸な娘に哀悼の思いを寄せる。彼女にとってパリは過去の思い出に充ちていて、この街を背景にして男を愛し、娘を失ったのである。この物語で、雨はジャンヌの病状を感化させたばかりか、雨の中の幸せそうな母娘を眺めているジャンヌの心象風景はもの悲しく、憐憫の情をそそる。ここでも雨の「水」は決して明るく、幸福なイメージにつながっているとは思われない。雨のメロディは哀調を帯び、人の世の暗く、切ない調べを奏でているかのようである。

地下水

地下水の流出を描いた作品には『ジェルミナール』がある。主人公エティエンヌが初めて坑内エレヴェーターで地下の採掘場に降りる時、驟雨のような音に驚いている。それは大粒の滴りが夕立の始まりのように、ケージの屋根の上で音を立て、やがて雨となり、小川のように流れ、洪水となってゆくものである。屋根に穴が開いていたため、漏れ落ち、水滴で身体がびしょびしょに濡れてしまう。これはエティエンヌが身をもって体験した地下水の最初の恐怖である。

地盤には様々な地層があり、地下に広大な地下水の湖が潜んでいることがある。その場合、炭坑の竪坑の堀さくに坑枠を設けなければならず、隣接の土地の沈下などで落盤や浸水の脅威がある。すなわち、土のなだれと地下水の洪水である。地中を流れる海のような流れが坑夫によって侵害され、あるいは遮断されたので、腹に傷をもつこの自然の野獣、すなわち炭鉱が時として怒り狂うと、落盤や浸水の事故となって人間を呑み込んでしまう。

最初の事故はこうした自然の報復であったが、二度目はスヴァリーヌの破壊工作による計画的な人災であった。これは前夜秘かに仕組まれ、ねじが弛められ、坑木に細工されたのである。翌朝、危険は徐々に忍び寄り、竪坑から降る水は増し、足下の下水溝の水は深く、排水ポンプでは間に合わなくなり、ついに十五人の坑夫たちは逃げ場を失ってしまう。地下に閉じ込められ、水量は刻一刻と増し、水に浸った人々や馬の恐怖と狂乱はまさに地獄絵そのものである。

さらに、この地底でカトリーヌをめぐって、エティエンヌとシャヴァルの繰り広げる惨劇は地下水をより黒々としたものにしてしまう。エティエンヌはシャヴァルを殴殺してしまい、死体から流出する血は地下水に混じり、遺骸は水流の加減で生き残ったエティエンヌとカトリーヌの側まで流れつく。彼らが渇きを覚えて水を飲むと、血を飲んでいるような不快な気分になる。狭い穴の中で、彼らは頭を砕かれて緑色に変色した死体と同じ水に浸り、その水を飲みながらさらに幾日か生きつづける。

この作品で地下水と人間の係わりはやはり不吉な流れ、そして死という命題に結びついてゆくのが歴然としている。しかし、作品の最終テーマは地下水と人間の黒々とした陰惨な関係を描くことに終わっていない。『ジェルミナール』（芽月）というタイトルが示唆するように、この作品は労働者たちの意識の芽生え、働くものの権利を高々とうたい上げることにある。作者の狙いは苛酷な階級闘争を主要テーマにして、その中に地下水と人間のエピソードを盛り込みながら、読者の面前に悲痛なドラマを突きつけ、終局的には理想主義を掲げようとしたものなのであろう。こうした想定から、逆説的に地下水と人間の暗い関係が指摘されるのである。

アルコール

さきにも述べたように、自然界の「水」以外の第二次的、あるいは人為的「水」について考えてみよう。様々な「水」が存在するが、その中にアルコールがあり、アルコールが主要テーマになっている作品といえば、ゾラを不滅の小説家にした作品『居酒屋』を忘れることはできない。

ヒロイン、ジェルヴェーズは内縁の夫、ランチェとの間がうまくいっていない折、当時流行していた公衆洗濯場で、夫の浮気相手の姉に水をあびせかけ、桶を投げ、棒で打ち合うなどの凄まじい喧嘩をしている。ランチェの出奔後、ジェルヴェーズは子供たちを養うために洗濯女になって働き、後には自分で洗濯屋の店をもつようになる。このようにジェルヴェーズは洗濯場、洗濯女、洗濯屋と「水」と密接な関係のある人物であることを指摘しておこう。

つぎに、洗濯の「水」のほかに、もう一つの「水」、すなわちアルコールについては多くを語らなければならない。この作品はアルコールと登場人物との絡み合いがライトモチーフになっているからである。

小説の初まりの部分で、ジェルヴェーズは居酒屋に来る労働者たちが酒を飲むのを快く思わず、それを見るのも嫌っている。ブリキ職人のクーポーも飲酒がもとで父を失っており、彼自身は酒を飲まず、酒を嫌っている。ジェルヴェーズはクーポーが酒を飲まないことを喜び、求婚を承諾する。このように最初に用意された環境はアンチアルコール地帯である。

ジェルヴェーズとクーポーの結婚式の日、黒い夕立雲が突然現れ、半時間に亙って激しい雷雨が参列者たちを足止めにしている。彼らは衣服を雨に濡らしたことに不平をこぼし、クーポーは「天使が泣いているのだ」と言っているが、この天候の激変は二人の結婚生活の行く手の波乱を暗示しているのだろうか。

彼らの結婚生活に最初の裂け目が生じるのは、クーポーが屋根から転落したことによる。娘のナナが父の名を呼んだ時、身を屈めようとしたはずみに、クーポーは屋根から「洗濯物の包のようなにぶい音」をたてて転がり落ちる。この転落がこれからの生活の転落に結びつくのは容易に察しがつく。その上、クーポーの身体の落ちる音を「洗濯物の包」に譬えているところはいかにも暗示的な比喩である。これから水に投げ込まれようとする洗濯物と、この後、クーポーがアルコールに溺れてゆく経緯は「水」に関連性がある点、あまりにも符合しているのである。

クーポーがアルコールに浸り、中毒になってゆく過程は緩慢なカーヴを描きながら、確実に破滅へ向かって進行する。ジェルヴェーズもやがてその渦の中に巻き込まれ、幸福な家庭は崩壊してしまうが、その堕落への道程こそ人間性の弱さ、愚かさをあますことなく描き出しているといえるのではないだろうか。以下にその足跡を辿ってみようと思う。

(1) 屋根からの転落後、クーポーは仕事に一時復帰したものの、毎朝ジェルヴェーズの与える四スーの小遣いで六日のうち二日は仲間と飲むので、その金に不足する。

(2) 暑い日、クーポーがこれまでほろ酔い機嫌で帰宅することがあっても、これ程酔って帰ってきたのは初めてである。彼は使用人の前でジェルヴェーズを求め、彼らは商売の汚れ物（洗濯物）の中で接吻を交わしている。これは彼らの生活がゆっくり崩れてゆく最初の瓦解のようなものである。このシーンにも洗濯物が出てきているのは興味深い。

(3) クーポーの酔いは二日酔いへとエスカレートし、頭痛、口臭、顎のむくみ、ゆがみが見られる。

(4) 葡萄酒からブランディへと進む。この時期、ジェルヴェーズは 葡萄酒に寛容である。すなわち葡萄酒は労働者の滋養になるが、ブランディは不潔な飲物であって、パンの味を奪う毒のようなものである。彼女は政府がこんな飲物の製造を禁止すればよいとさえ思っている。

(5) クーポーは酔いから身体のバランスを失い、ドアを押し損じ、ガラスを割りそうになる。顔色は青ざめ、彼の血液には居酒屋の安酒が流れ込んでいる。

(6) クーポーは仕事をする気力を失くし、仲間たちとおごり合い、何日も何週間も続けて飲み廻る。居酒屋という居酒屋を総なめにし、朝になって迎え酒をする。

(7) 二日過ぎてもクーポーは家へ戻らない。ジェルヴェーズの留守中にクーポーが泥酔して帰宅しているが、吐瀉物にまみれ、豚のように眠っている。ベッドは占領され、ジェルヴェーズは臭気と汚物で眠れない。この時、初めてランチェの誘いに応じ、昔のよりを戻し、それ以後、クーポーが酔って帰ると彼女はランチェ のところで寝る。

(8) ジェルヴェーズも働く気力を失い、客とは口論し、洗濯屋の店は荒れる一方である。借金がかさむが、一向に気にせず、方々で勘定を踏み倒す。昔のように身じまいもせず、不潔にしていても平然としている。彼女はクーポーの母親と一緒に、ブランディと黒すぐり酒を半々に混ぜたものを仕事場の隅で飲む。

(9) クーポーは体調をくずし、肺炎を起こし、その後、体の中に潜んでいたアルコール分によって、精神が錯乱する。精神病院に入院するが、無事に恢復して、退院する。禁酒を誓ったが、一週間を過ぎると一杯が二杯に、さらに三杯、四杯へと進み、二週間後には元通りに一日半リットルの強い火酒を飲むようになる。

(10) クーポーはサーカスを見物に行く約束をしておきながら家に戻らないので、ジェルヴェーズは夫を探しに酒場へ行く。この行為がジェルヴェーズをアルコール中毒の泥沼に引きずり込む糸口になる。酒場での些細なやりとりから、彼女は「一緒にお金を飲んでしまいましょう」と見栄を張り、アニス酒を口にする。しかし、アニス酒は甘すぎ、胸がむかつき、辛口の酒が飲みたくなって、ブランディを飲む。アルコールを飲むと、空腹感が消え、給料を腹の中に入れたことで満足感を覚え、その上人生の楽しみを味合う。ブランディ三杯で、小川が身体の中を流れているように感じ、泥酔して帰宅する。

(11) ナナは十五歳で、人目を魅了するような美しい娘に成長する。父は酔っぱらってばかり、母も夫を探しに行く口実で酒場へ立ち寄り、一緒になって飲んでしまう。両親が翌朝、目を覚ますとナナは家出していた。ジェルヴェーズは娘のふしだらのうさを晴らすためにやけ酒を飲む。

(12) クーポーは六か月このかた酔いから覚めた日はなく、長年の飲酒ですっかり健康を害する。三年間に七回もサンタンヌ病院へ入退院を繰り返し、壊れゆく身体はまるで樽がはじけるようで、アルコール漬けになった肉体は広口瓶に入れられた皺だらけの胎児に準えられる。

(13) クーポーは二日酔いがつづき、酔いつぶれて帰宅するとジェルヴェーズに暴力を振るう。彼女は家を飛び出し、空腹をかかえて夜の街をさ迷い、身を売ろうとする。居酒屋の前に立つと、二スーでもあればブランディを飲みたいと思う。その挙句、帰宅すると、染物屋から流れ出た黒い水溜まりをまたいで入らなければならない。かつてその水は淡いブルーとバラ色だったのに、今では彼女の人生を象徴するかのように、黒ずんでいる。

(14) クーポーは一週間つづけて飲み歩いた末、酔いから錯覚してポン・ヌフからセーヌ河に身を投げる。病院に収容されたが、幻覚に悩まされ、その錯乱状態は滑稽にさえ描かれているが、それだけ哀感をそそる。

(15) クーポーの狂死後、ジェルヴェーズは何か月かの間、いつも腹を空かし、人の嫌がる仕事をして僅かの金が手に入ると酒を飲み、生ける屍のように暮らしている。彼女の姿が見えなくなって二日後、人々は彼女が寝藁の上で死んでいるのを見つける。

以上がアルコールによって、クーポー一家がいかに破滅していったかの経緯である。太古からアルコールの評価は一定せず、その効果に至っては種々の観察が為されている。一度人の血液に混入されると、甘美な華を咲かせる場合もあるし、量を過ごすと習慣性アルコール過多になった血液が魔力を発し、体内を駆けめぐり、恐るべきエネルギーとなる。しかも、それは破壊的エネルギーであることを『居酒屋』の物語は教えてくれる。
ジェルヴェーズはかつて、ささやかな幸福についての夢を抱いていた。それは働いて、パンを食べ、自分の家をもち、子供を育て、自分の寝床で死ぬことであった。この小市民の夢がアルコールの破壊力によって、徐々に崩れ去るのである。それはクーポーの屋根からの転落という事故に端を発しているが、事件そのものはそれ程重要でなく、その後、彼は仕事をする気を失くし、アルコールに飲まれてゆく過程こそこの物語の最大のポイントであるといえよう。「水」の威力もさることながら、「水」に押し流されてしまう人間性の弱さ、脆さ、愚かさが描き出されており、ここで「水」は不幸な結末に至る原因になっているばかりか、「水」は人々の貧困、死と深い係わりがあるといえよう。

これまで五つの作品を選び、「水」と登場人物たちとの相関々係を検証してきたが、結論へ移ろう。まず、それらを整理してみると、『テレーズ・ラカン』ではセーヌ河とラカン家の人々、『生きるよろこび』では海とシャントー家の人々、『愛の一ページ』では雨とジャンヌ、『ジェルミナール』では地下水と坑夫たち、『居酒屋』ではアルコールとクーポー夫妻という一連の関係が浮かび上がってくる。「水」のテーマは登場人物たちの流転、不幸、死などの凶の要素に深くつながっていることが判明するのである。

つぎに、「水」には「流れる」現象があり、自然の法則に従えば「水」は高所より低所へ流れる。作品中で「水」の描写が始まると、作中人物が動き始める。これまで静止していた人物は「水」の不可思議な力に揺り動かされ、翻弄され、遂に奔流に呑み込まれてしまう。「水」は作中人物を押し流す威力をもっている。ここで、ゾラにおいて低所は奈落になっていて、人生のあらゆる不幸や死が渦巻いている不可視の世界であるとの仮説を設定してみよう。すると、「水」と登場人物が対座する時、「水」は怒濤のような力で人を奪い、あんぐり口を開いた奈落へ人を突き落としてしまう。これが本章で探求した「水」と登場人物たちの宿命の図式である。

ところで、描写レベルでの一考祭を述べておきたい。ゾラは人物の内部に立ち入って描写しないので、奈落へ流されてゆく人物の思惑や恐怖をもっともらしく書き表さない。これがゾラの描写が外面的であるといわれる所以である。しかし、作者が登場人物たちの行為を外面から描いているからといって、それらの人物たちがなにも語っていないと断定するのは短絡な解釈であろう。むしろ、言葉を発していないからこそ、雄弁以上のものを語っているともいえる。「水」―登場人物―奈落という直線の図式が明らかになるに従って、登場人物たちの音なき叫びが高らかに聞こえてくるような気がする。「水」のテーマを通して、彼らの声にならない語りに聞き入るならば、ゾラの描写が単に外面的であるとのみ片付けられないであろう。

最後に、こうした不可視の世界、沈黙の言語を解説することは、ゾラ文学のもう一つの読み方の指標となり得るのかもしれない。

参考文献

–Emile Zola Œuvres complètes, Cercle du livre précieux, Fasquelle Paris, Claude Tchou 1967. Tome Ⅰ（テレーズ・ラカン）

–Ibid. Tome Ⅲ（居酒屋、愛の一ページ）

–Ibid. Tome Ⅳ（生きるよろこび）

–Ibid. Tome Ⅴ（ジェルミナール）

–Feux et signaux de brume, Zola, par Michel Serres, Bernard Grasset 1975

–Le personnel du roman par Philippe Hamon, Droz 1983

–『バシュラールの世界』 松岡達也著　名古屋大学出版会　一九八四年

–『水と夢』ガストン・バシュラール著　小浜俊郎・桜木泰行訳　国文社　一九七七年

–『批評家とその言語』マニュエル・ディエゲス著　及川馥訳　審美社　一九七二年

–『現代批評の方法』ジョルジュ・プーレ編　木内孝訳　審美社　一九七二年

–『テーマ批評とはなにか』ジャン・ポール・ヴェベール著　及川馥訳　審美社　一九七二年

『メダンの夕べ』とその作家たち

『メダンの夕べ』はエミール・ゾラと彼の周囲に集まった「メダンのグループ」と呼ばれる作家たちによる短篇集であり、一八八〇年四月にシャルパンチェ書店より出版された。本章では『メダンの夕べ』に先立つ「メダンのグループ」の結成『メダンの夕べ』の成立過程、さらにこの作品集の共通のテーマである普仏戦争と作品の特色に言及し、自然主義文学の最盛期における一様相を明らかにしてみたいと思う。

1 メダンのグループの構成

フランスにおける文芸サロンの起源は古く、十二世紀に始まったとされ、初期の頃は各地の諸侯がその城に吟遊詩人を招いて叙情詩や物語を朗読させていた。十八世紀になるとサロンは貴族社会中心からブルジョア社会へと波及し、才能があれば文人や芸術家が参加できるようになり、風流三昧から文学、芸術、哲学、科学などの諸問題が論じられるようになった。「メダンのグループ」も文芸サロンの流れを汲むものであり、ゾラの周りに若い作家や画家たちが集まり、特別に規約が存したわけでなく、その結成の時期も明らかではない。しかしゾラの交友関係から「グループ」が生まれていることには疑う余地はないであろう。

ゾラは一八五八年（当時十八歳）に南仏エクスを後にパリに出ているが、その直後から旧友のセザンヌやバイユなどに手紙を書き送り、[註1] 彼らは深い友情で結ばれていた。一八六〇—六一年頃、エクス時代の友人はパリで再会した。同郷の友は友をよび、首都パリで勉学を志した「お上りさん」たちはゾラの周りに集まり、次第に輪を広げていった。一八六六年頃から、彼らは画家のアトリエやカフェ・ゲルボワに出入りし、多くの未来の芸術家や作家たちと知り合った。やがてゾラの家やマネの家で「木曜会」と呼ばれる夜の集いが催されるようになった。これが「メダンのグループ」の起源といえよう。

「木曜会」に関して、ゾラの古い友人であり、終生忠実な仲間であったポール・アレクシスは次のように語っている。「ゾラの木曜会はサン・ジョルジュ街でも続く。木曜会はおよそ十五年前、フィアンティーヌ街のアパルトマンで始まっていた。そして、新聞が『ゾラの尻尾』と非常に機智に富んだ呼び方をしたグループの若者たちが出会ったのは・サン・ジョルジュ街であった」[註2]このアレクシスの指摘が一八八二年であるから、およそ十五年遡り、「木曜会」の起源を一八六六―六七年とすることができる。

こうして続けられていた「木曜会」がなぜ「メダンのグループ」と呼ばれるようになったかの経緯を述べよう。ゾラは一八七七年『ルーゴン・マッカール叢書』第七巻目として「居酒屋」を出版したところ、大成功を収めた。翌年、ゾラはパリ市に隣接するサン・ジェルマン・アン・レー郡の小さな町、メダンに別荘を買った。その成り行きをゾラの娘ドニーズは「居酒屋の成功後、ゾラはルーゴン・マッカール叢書を静かに書き終えることができ、その上彼の母が疲れると休むことのできるような小さな家を探す積もりでした。彼女のために、彼は静かな余生を望んでいました。彼は若い時から野外での自由な生活に憧れていました。セーヌ・エ・オワーズで探していた時、散歩の途中に、大通りに沿ってぽつんと建っている売別荘の前で彼は立ち止まりました。ゾラは妻と話し合い、持ち主の住所を記しました。彼はまだ家を買う積もりなどなく、借りられればと思っていました。しかし持ち主は譲りませんでした」[註3]と語っている。また、一九六八年に死亡したアルベール・ラボルド氏の生前の証言は当時のメダンの生活を知るものとして貴重な資料である。『自然主義手帖』に掲載された「メダンのゾラ：アルベール・ラボルドとの対談」[註4]の中に、いくつかの談話を拾ってみよう。

－例年、ゾラは十月に別荘を去り、六月に作品を書くためにメダンにやって来るが、前もって資料が到着する。

－メダンの別荘は三階建てで、その間取りが詳細に述べられている。ゾラの書斎は三階にあり、家具、調度品、装飾に至るまで記録されている。

－ゾラの日課を明らかにしている。午前中三時間執筆し、昼食の時、ゾラは書いたページ数や困難を克服した満足感を語っていた。

－メダンを訪れた人々、近隣に別荘をもち夏を共に過ごした人々の名があげられ、ゾラの交友関係を知ることができる。

－メダンでの楽しみには「ナナ」という名の小舟や「ポ・ブイ」という名のボートでの舟遊びがあったが、晩年にはあまりやらず、ゾラは写真や自転車に夢中になっていた。

－ゾラの死によって書かれなかった「正義」の執筆プランを語っていたこと、ドレフュス事件渦中のゾラの様子も述べられている。

ゾラはメダンの別荘を購入した後、フローベールに一八七八年八月九日付で次のような手紙を書き送っている。「私はポワシイとトリエルの間、セーヌ河のほとりのすてきな片田舎に九千フランでウサギ小屋のような一軒の家を買いました。あなたが感心しすぎないように私は値段を言うのです。文筆によって、私は保養地から遠く、近所に一人の市民もいないこのささやかな田舎の隠れ家を買うことができました」[註5] この文面に記された九千フランは別荘一軒の値段としては決して高額ではなく、ゾラは良い買い物をしたのだった。

それまでパリのゾラの家へ集まっていた「木曜会」の常連がメダンの別荘へ来るようになり、これが自然に「メダンのグループ」と呼ばれるようになった所以である。

2 『メダンの夕べ』の成立過程

成立過程を述べる前に、『メダンの夕べ』に作品をもち寄った五人の作家たちが、どのようにしてゾラと知り合ったか、さらに当時の彼らの動静にも触れておきたい。

五人のうちで最初にゾラを知ったのはポール・アレクシスである。ゾラはパリに生まれたが、三歳の時、エクス・アン・プロヴァンスに移り、十八歳までの十五年間を南仏で過ごした。アレクシスはエクスのコレージュではゾラの後輩にあたり、ゾラの名を早くから聞き知っていた。アレクシスは文芸に興味をもっていたので、ゾラと文通をしていた。それはゾラが『テレーズ・ラカン』(一八六七年)で華々しく文壇にデビューした直後の頃のことである。一八六九年、アレクシスはパリに上り、共通の友人であった詩人のアントニイ・ヴァラブレーグを介して、ゾラと対面した。アレクシスは『エミール・ゾラ、友に関するノート』の中で、ゾラは「ああ！　アレクシスがやって来た！　私はあなたを待っていたのだ」[註6]と言って彼と堅い握手を交わしたとその模様を書いている。ゾラはこの田舎出の文学青年アレクシスに出版されたばかりの『ルーゴン家の運命』の最初の章を読んで聞かせると、アレクシスはこのプラサンのサン・ミットルの描写こそ、彼が出て来たばかりのエクスであると認めるなど、ゾラとの最初の出会いの夕べを感動をこめて語っている。それ以後、死が二人を分かつまで、彼らは三十年以上も変わらぬ友情で結ばれた。ちなみに、アレクシスの死は一九〇一年、ゾラの死は一九〇二年であった。

つぎに、ゾラはアンリ・セアールと知り合った。それはゾラが『居酒屋』の連載を「ビャン・ピュブリック」紙に始めた一八七六年のことである。セアールはゾラの住所を知りたく、シャルパンチェ書店に問い合わせたが、当時ゾラは自分の住所を教えることを禁じていた。セアールは昔の同僚ポール・ブュシェールを通して、ようやくサン・ジョルジュ街のゾラの住所を知ったのだった。セアールが初めてゾラを訪問した時、ゾラはフローベールの家での会合に出かけようとしており、セアールが名刺を差し出すと、その住所がベルシイ（当時はパリ近郊、酒類の集散地として有名）とあったので、ゾラはこの男を葡萄酒の販売代理人と勘違いして、迎え入れたところ、文学の話が始まったので大変驚いたというエピソードが残されている。

この最初の訪問から数週間後、セアールは以前から知人であり、近く『マルト』という作品を出版することになっているJ・K・ユイスマンスを連れてゾラを訪れた。その後、ゾラは『マルト』についての感想をユイスマンスに書き送り、その中で「あなたは未来の小説家の一人です」[註7]と言っている。ユイスマンスはこれにいたく感激し、セアールと共にゾラのもとに足繁く通うようになった。

他方、アレクシスは文学サークルに出入りし、「レピュブリック・デ・レットル」誌とも接触していたので、そこでレオン・エンニックに出会い、やがて彼をゾラのもとへ連れて行った。

最後に、フローベールの弟子であり、当時ギイ・ド・ヴァルモンと名乗っていたギイ・ド・モーパッサンがこの仲間に加わり、ついにメンバーは五人になったのである。彼らは毎木曜日にゾラの家の「プチ・サロン」に集まり、他にも若い作家や芸術家たちを交え、夜の更けるのも忘れて、論を戦わせた。ユイスマンスは当時ブリュッセルで発行されていた週刊誌「アクチュアリテ」にその様子を詳細に記している。[註8]

『メダンの夕べ』を計画する前に、彼らには機関誌創刊の企てがあり、題を「人間喜劇」と決め、準備を進めたものの結局は未刊に終わっている。ユイスマンスが政治に関する記事を書き、アレクシスがカウラ男爵夫人のゴシップを担当する予定になっていたが、最終段階でゾラが彼の経験からこの種のものは無謀であり、三号とは続かないだろうとの判断からストップをかけたのである。アレクシスがこの間の事情を一八九三年十一月三十日号「ジュールナル」誌で述べている。[註9]この機関誌発刊中止は『メダンの夕べ』の成立へと糸をひいていったのではないだろうか。血気に逸る若者たちの意向が無にされたのだから、ゾラは弟子たちに一種の借りのようなものができ、他に代わるものを出版しなくてはならない事情が生じたのかもしれない。これは情況証拠による単なる憶測にすぎないが、それが『メダンの夕べ』となって結実したのなら、若い作家たちにとっては幸運であったといわなければならない。

フランスには『メダンの夕べ』以前に複数の作家による短篇小説選集があった。エミール・ジラルダン、テオフィル・ゴーチェ、ジョゼフ・メリイ、ジュール・サンドウの四作家の作品を収録した『ベルニイの十字架』が一八四六年に出版されている。この選集にヒントを得たのではないかとの推測がたたないわけではないが、これまで残されている資料からは『ベルニイの十字架』に関する記録はない。

ところで『メダンの夕べ』の成立過程について述べよう。モーパッサンは一八八〇年四月十七日付で「ゴーロワ」紙、編集長宛に「貴紙がメダンの夕べを最初に報じて下さった。そして貴殿は本日私にこの書物の起源に関してなにか特別に詳しいことを書くように依頼されている。我々は流派の考えを明確にし、声明を出すことを望んでいたので、我々がどんなことをしようとしていたかを分かって下されば、貴殿にも興味深いと思われる」[註10]と前置きして、長文の記事を送っている。その中で、月の皓々と照る夜「ゾラが水車小屋の攻撃という戦争の悲しい物語の恐ろしいページを我々に朗読した。彼が読み終わった時、みんなが叫んだ『それを早く書くべきだ』彼は笑い始めた『できているよ』翌日は私の順番だった」[註11]と述べられ、つづいてユイスマンス、セアール、エンニック、アレクシスが各自の物語をみんなに披露したことになっている。この記事はまことしやかであるが、実際には信憑性に乏しく、モーパッサンの想像であるというのが通説になっている。

アルマン・ラヌウによれば「モーパッサンは『批評にとりあげてもらうために』喜んでこの記事を書いたことを認めた。正確さを気にせずに、彼は出来事を脚色しなければならなかった。彼が見事にやったこと、それは人間味のある友情の盛り上がりである[註12]」と述べ、この作品集の発案者をエンニックではないかと指摘している。

エンニックといえば、一九三〇年『メダンの夕べ』がファスケル書店より再版された時、彼は新たに序文を付しているが、その中で『メダンの夕べ』の成立に言及している。「我々はパリのゾラの家でテーブルを囲んでいた。相変わらずモーパッサン、ユイスマンス、セアール、アレクシスそして私だ。我々はとりとめなく、打ち明けて話し合った。戦争のこと、例の七〇年の戦争に話が及んだ。我々のうち何人かは志願兵、あるいは国民遊撃隊員だった。『ほら！　ほら！　なぜ君たちはそれを本にしないのだい、短編小説の本にだよ』とゾラが提案した。アレクシスが『ええ、なぜしないのかって？　—君たちにはテーマがあるだろう。—それはあります　—本のタイトルは、』セアールが『メダンの夕べ』と言い彼はヌイイの夕べを思い出した『ブラボー！　私はそのタイトルが気に入った！』とユイスマンスが賛成した[註13]」

この引用文を載せた一九三〇年には『メダンの夕べ』の筆者はエンニックを除いて五人共他界しているが、この内容については反論がない。『メダンの夕べ』の構想はメダンの別荘で生まれたのではなく、一八七九年秋、パリのゾラの家で生まれたのだという論が現在では妥当とみなされている。この件に関して、前掲のゾラの娘ドニーズは「しばしば、五人の若者たちはゾラの側で日曜日を一緒に過ごすために出かけたものだった。メダンの夕べの着想はだれであるか、私は知らない。ともかくテーマを選んだのはエミール・ゾラだ。そして計画はメダンでというよりも、むしろブーローニュ通り（現バリュ通り）二十三番地で立てられた[註14]」と語っている。

さらに、アラン・パジェスも『メダンの夕べ』の成立過程について論を展開している。まず前述のモーパッサンの「ゴーロワ」紙への記事に対して、彼は「成立に関するこの物語は偽りである。一八七九年の夏の間、ゾラは全く他の事に没頭していた。彼はセアールやエンニックと共に共同の作品を書いていた。それはフォージャ司祭というタイトルになるプラサンの征服を脚色した戯曲であった。そして、残っている全精力は一八八〇年初めまで全面的に彼を専念させることになる小説、ナナに注がれた。メダンの夕べはメダンで生まれたのではないし、夏の間に生まれたのでもない。―しかも、おそらくパリで、ゾラと友人の自然主義文学者たちの間で、一八七九年十一月の会合の時に生まれたのであろう[註15]」と記している。

『メダンの夕べ』が刊行される前年、すなわち一八七九年、ゾラを除く五人の作家たちはどのような状態にあったのかを簡単に述べておこう。ユイスマンスは五人の中では最も作家としての地位を確保していた。すでに、『マルト』（一八七六年）と『ヴィタールの姉妹』（一八七九年）を出版しており、「ヴォルテール」紙ではゾラと同じように時事欄担当者として活躍していた。セアールとエンニックはゾラの助手として『居酒屋』や『フォージャ司祭』の脚色の仕事をしていた。アレクシスは前述のようにゾラとは最も古くからの友であり、他の者から羨望の的になっていた。彼はゾラとの個人的関係を利用して、自伝の分野で後に『友に関するノート』[註16]として出版される記事を「ゴーロワ」紙に掲載する傍ら、ゾラに関する総合的な仕事にも携わっていた。モーパッサンはフローベールに師事し、主に詩を書いており、他の四人とは多少異質の存在であった。以上のように、ユイスマンスを除いて彼らはまだ本を出版しておらず、無名の文学青年であった。

ところで、『メダンの夕べ』というタイトルの由来について、さきにレオン・エンニックの序文のところで触れたが、ゾラの娘ドニーズは次のように記している。「ユイスマンスは喜劇的侵入というタイトルを提案し、友人たちが反対した。みんなはためらい、そして次のように同意した『メダンの夕べはゾラ夫人が私たちを母親のように歓待してくれ、甘やかされた大きな子供のように可愛がってくれた家に敬意を表したのだ』とセアールが言っていました[註17]」この引用文から、ゾラ夫人は夫の周りに集まる友人たちをいかに暖かく迎え、グループのホステス役を果たしていたかを窺うことができる。

『メダンの夕べ』には次のような序文が付されている。

以下の短篇小説のうち、あるものはフランスで、他のものは外国で出版された。これらは同一の考えから生まれ、同様の哲学をもっていると我々には思われたので、これらを集める。

我々はあらゆる攻撃、悪意、無知を予期している。現代批評はすでに我々にこの種の多くの例証を与えた。我々の唯一の関心事は、真の友情そして同時に文学の傾向を公に主張することであった。

メダン、一八八〇年五月一日[註18]

これは自然主義文学のマニフェストであることに疑いの余地はない。当時の風潮として、文学グループは文学生活の根本的構造を成し、作家たちはサロンや晩餐会に出入りしその中に数えられるのを好んでいた。サロンは単に友好や議論の場ではなく、作家たちを当代の文学潮流へと結びつけるものであった。各種の記録によると、自然主義文学者のグループもいくつか存しており、どの作家がどのグループに属していたかを限定するのは困難である。こうした状況からも、序文のマニフェストは意義のある内容をもっている。

この序文を書いたのはゾラであるか、セアールであるかの疑問が残されている。ゾラの『書簡集』の中に、アンリ・セアール宛「明木曜日、メダンの夕べの序を持って来てくれ、友情をこめて」[註19]という名刺があり、これは『書簡集』における『メダンの夕べ』に関する唯一の資料である。日付が付されていないが、『メダンの夕べ』の原稿がシャルパンチェ書店に渡されたのが一八八〇年初めであることから、その直後、一八八〇年一月か二月頃と推定されている。この名刺の文面から序文を書いたのはセアールであると考えられるが、ゾラが書いた原稿にセアールが手を加えて送り返したとも考えられないことはない。

3 普仏戦争

『メダンの夕べ』の共通テーマである普仏戦争に一言触れておこう。普仏戦争とは一八七〇年－七一年のプロシャ（ドイツ）・フランス間の戦争である。開戦と同時にプロシャ軍は機動組織と参謀総長モルトケの巧妙な作戦でフランス国内に侵入し、連戦連勝した。他方、フランス軍は兵数も少なく、組織力に欠けていて、敗北を重ね、バゼーヌ元帥がメスに包囲され、救援に赴こうとしたナポレオン三世は、マクマオン元帥と共に、スダンで降伏した。プロシャ軍は侵入を続け、パリを包囲したので、パリ全市民は武装して抵抗をつづけたが、その功も空しく、一八七一年一月、開城のやむなきに至った。同年ベルサイユ休戦条約が調印されたが、三月にはパリ・コミューンが勃発し、五月になって講和条約が締結された。

4 作品について

『メダンの夕べ』にはエミール・ゾラの「水車小屋の攻撃」、ギイ・ド・モーパッサンの「脂肪の塊」、J・K・ユイスマンスの「背嚢を背に」、アンリ・セアールの「瀉血」、レオン・エンニックの「大七事件」、ポール・アレクシスの「戦いの後で」の順序で六つの作品が収録されている。ゾラ以下の順位はくじ引きで決められたという。

つぎに序文に述べられてあったが、これらの短篇はフランスまたは外国で出版されていたという点を明らかにしておこう。「水車小屋の攻撃」は「一八七〇年の侵入のエピソード」というタイトルで一八七七年七月、サン・ペテルスブルグの「メッサジェ・ド・リュオロップ」誌に発表され、その後一八七八年八月「レフォルム」誌にも掲載された。「背嚢を背に」はブリュッセルの「アルティスト」誌に発表されたものに加筆され、「瀉血」はサン・ペテルスブルグの「スロヴォ」に発表された。「大七事件」と「戦いの後で」は旧稿にあったものだが、おそらく未発表であろうとされ、「脂肪の塊」は未発表の作品である。

これらの作品は、前述のように普仏戦争をテーマにしたものだが、個々の作品の中で戦争がどのように扱われているのかを分析してみよう。六つの作品中、実戦らしい場面が描かれているのには、「水車小屋の攻撃」がある。ローレーヌ地方の水車小屋が戦場になり、激しい銃撃戦、謀殺、銃殺、非業の死など、戦争の叙事詩が織り込まれている。その上、若く美しい水車小屋の娘とベルギーの青年との牧歌的な恋が戦争により無残にも打ち砕かれる。ここで、普仏戦争の項を参照してみると、ローレーヌ地方はドイツとの国境に近く、この物語の戦争はメスやスダンの戦が背景になっているのだろうか。最後の章で、恋人と父親を殺され放心している若い娘に、フランスの将校が「勝利だ！ 勝利だ！」[註20]と叫びながら剣で敬礼する場面は、皮肉をこめて戦争の残酷さと愚かさを表明しているといえよう。

「脂肪の塊」は後述するが、実戦を描いているわけではなく、プロシャ軍のフランス領土への侵入、占拠によって、馬車に乗った人々、とりわけフランス人の娼婦とプロシャの将校の物語である。「背嚢を背に」はセーヌ機動憲兵隊に編入された青年が主人公である。彼は戦争に参加する前に、赤痢に冒され、病院に転送され、そこで戦争に傷つきあるいは病む兵士たちの光景を見る。彼らには妻子があり、自分たちが死んだら妻子を養ってくれるのが国家でないことを知っており、野戦病院にいられるのを仕合わせとさえ思っている。これも戦争のもう一つの側面であることは疑えないが、反戦思想を喚起するような切実な訴えにはなっていない。

「瀉血」は普仏戦争におけるパリ包囲、トロシュ将軍とその情婦パオーエン夫人の物語である。冒頭で、十月末のある日、大砲の轟きと群集の歌う「ラ・マルセイエーズ」が混じり合うパリ包囲の場景は、ひとしお普仏戦争を呼び起こしてくれるが、将軍と夫人の駆け引きは戯画を思わせ、それだけ戦争の空しさ、無意味さを痛感させられる。

「大七事件」では一人の兵士が殺され、プロシャ兵に殺されたのではないかと疑われるが、瀕死の兵士の口から大七という娼家の主人の名が漏らされる。仲間の兵士たちが復讐に駆けつけ、娼婦を虐殺し、騒動を鎮圧しようとした士官も殺される。弾の撃ち合いがあるが、相手はプロシャ兵ではなく、同国人である。しかも、暴動を起こした兵士たちは戦争に必要であるという理由で罰せられない。

「戦いの後で」は普仏戦争で傷ついたもと司祭の兵士ガブリエルと戦死した夫の柩を運ぶプレモラン夫人のエピソードである。ガブリエルは路上でプレモラン夫人の馬車を呼び止め、プレモラン氏の遺骸と共に馬車に乗る。ガブリエルとプレモラン夫人の過去についての長い説明があり、二人は語らい、寒さのために抱き合う。ここでの普仏戦争は、ガブリエルの負傷とプレモラン氏の戦死である。タイトルが語っているように、戦後の物語である。

前述のように、「水車小屋の攻撃」を除いて、普仏戦争は遠雷の轟きのようにしか作品の中に描かれていない。そこには反戦思想が直截に提示されていないが、少なくとも戦争に対する彼らの消極的姿勢はみられる。ピエール・マルチノは「語り手の各々が、もちろん他のものより一層強い印象を与えようと試みたので、作品はひじょうに際立った意味をもつに至った」[註21]と述べているように、それぞれの作家が共通テーマの意外性を追求しようと凝り過ぎ、そのために戦争そのものの色彩が薄れたのであろう。

つぎに、六つの作品に隠れたもう一つの共通点があることに着目してみよう。ゾラの作品「水車小屋の攻撃」にはフランソワーズという十八歳の美しい娘がヒロインとして描かれている。『メダンの夕べ』の五人の作家たちは師匠ゾラの作品は読んでおり、彼らは戦争のテーマに女を絡ませることを見落としていない。すなわち「脂肪の塊」ではヒロインがブール・ド・スイフ（脂肪の塊）である。「背嚢を背に」では、主人公は病院の修道女、行きずりの娘たち、そして汽車の中で会った女と軽い触れ合いをもっている。「瀉血」ではパオーエン夫人はトロシュ将軍の情婦であり、彼を左右し、将軍は彼女のために多くの兵士を死なせる。「大七事件」には特定の女は描かれていないが、娼家の事件であり、娼婦が虐殺されるので女とは無関係ではない。「戦いの後で」はプレモラン夫人ともと司祭の逸話である。その上、「大七事件」を除いて、描き出されている女たちは、若く、美しく、魅惑的であることも見逃せない共通点である。戦争のようなテーマの作品は、気のきいた人間味あるエピソードが挿入されているか、目の覚めるような文体で綴られていなければ、テーマ自体がカーキ色なので、読者を退屈させるばかりである。そこで、女やロマンスを適宜に織り込ませるのは、単に技法上の理由であるともいえよう。

『メダンの夕べ』の制作意図を知るものとして、フローベール宛、一八八〇年一月五日付、モーパッサンの手紙がある。[註22]「我々は物語に正確なノートを与え、デルレード流の盲目的な愛国心や、赤い半ズボンと銃の出てくるお話にこれまで不可欠だった誤った熱狂を物語からとり除こうとした―（中略）―軍事評価についての我々の本心は巻全体を奇妙なものにしてしまい、各自が無意識にであるが情熱をかけたこの問題における故意の無関心は、全力を尽くしての攻撃よりも千倍、ブルジョアをいらだたせるであろう。それは非愛国的なのではなく、単に真実なのである」[註23]と述べられている。これを前掲のマルチノの批評と比較すると、作者自身である当事者と、第三者である批評者の目の違いが歴然と現れている。

作品発売後の当時のジャーナリズムの評を拾ってみよう。一八八〇年四月十九日付「フィガロ」紙、四月二十一日付「ジル・ブラ」紙では悪評、四月三十日付「グローブ」紙ではゾラとモーパッサンの作品には一応の評価を与え、とりわけモーパッサンには讃辞を与えている。五月三日付「ナショナル」紙では、ゾラ、モーパッサン、アレクシスを認め、九月六日付「プレス」紙の文芸欄ではゾラ、モーパッサン、ユイスマンスに賞讃を送っている。当時の評から、最初に掲げた二紙を除いて、モーパッサンの「脂肪の塊」には留保なしに拍手が送られ、ゾラの作品に関しては各紙が一応は認めているが、後に「水車小屋」のエピソードが挿入される作品『壊滅』（一八九二年）には遠く及ばない。各紙はセアールとエンニックの作品には目を背けている。今日ではモーパッサンの「脂肪の塊」を除いて、他の作品はほとんど忘れ去られている。

「脂肪の塊」は『メダンの夕べ』中、唯一の傑作とされ、モーパッサンはこの一作で文壇にデビューしたのである。問題作「脂肪の塊」に再び目を向けてみよう。『メダンの夕べ』が発売された直後、師であるフローベールは「今朝私は弟子のコント、脂肪の塊を読んだが、それは傑作である。この作品が構成、滑稽さ、観察に関して傑作であると主張する」[註24]と述べている。「脂肪の塊」はプロシャ占領下、ルーアンを出発してディエップに向かう乗合馬車に乗り合わせた人々の閉ざされた世界の物語である。そこには葡萄酒卸商人夫妻、県会議員夫妻、伯爵夫妻、修道女二人、民主主義者、そしてブール・ド・スイフ（脂肪の塊）という渾名の肥った娼婦が乗っている。彼らはブルジョア、貴族、政治家、宗教家、娼婦とフランスの社会階層の縮図である。道中、一行が遅延のための空腹や、プロシャ将校の妨害などの危機に遭遇すると、通常は高慢であり、聖人を気取り、上品振っている人々は本性をむき出しにする。そして一行の中で最も身分の低いとされているブール・ド・スイフを全員が勝手に利用し、事が終われば再び彼女を無視し、嫌悪し、侮辱する。ここには人間の深奥に潜むエゴイズムが暴露されており、さらに弱い者の泣き声が支配階級への痛烈な非難となって鳴り響いている。この作品には現代にも通用する永遠のテーマが描き出されているといえよう。

5 『メダンの夕べ』以後

最後に、六人の仲間たちの『メダンの夕べ』以後を簡単に述べておこう。共同の目標として、彼らには対をなす仕事をしようという案がなかったわけではない。それは思い思いに六つの戯曲を書き、一夜のうちに六つの劇を上演しようというプランであったが、実現しないままに終わっている。

ゾラを除いて、五人の作家は当時まだ若く、駈け出しであり、多くの可能性に胸をときめかせていた。彼ら個々のその後の文学活動については、今回紙面の都合で割愛せざるを得ない。彼らは一時期、師匠のもとに集まり、新しい文学の旗手として、同じ理想に燃え、友情で結ばれ、『メダンの夕べ』を作り上げた。その事実は計り知れない意義があろう。また『メダンの夕べ』には二重の意味がある。一つには作品集そのものであり、もう一つには友情あるグループの集いの時間である。その時間は消えてしまっても、作品集が彼らの友情の証を永遠に残してくれている。

註1 Emile Zola, Correspondance Ⅰ, Les Presses de l'Université de Montréal et Editions du CNRS. 1978.を参照
註2 Le Naturalisme, par Pierre Cogny, PUF. 1976. p.57
註3 Emile Zola raconté par sa fille, par Denise Leblond Zola, Fasquelle, 1931. p.123
註4 Les Cahiers Naturalistes No.38 –1969. p.146 –168 Société Littéraire des Amis d'Emile Zola et Editions Fasquelle.
註5 Zola, par Alexandre Zévaès Editions Nouvelle Revue Critique 1946. p.100
註6 Ibid p.94
註7 Emile Zola, Correspondance Ⅱ, Les Presses de l'Université de Montréal et Editions du CNRS. 1980. p.506
註8 註5 Ibid p.98　註9 Ibid p.104　註10 Ibid p.104–5　註11 Ibid p.106–7
註12 Bonjour Monsieur Zola, par Armand Lanaux Bernard Grasset Paris, 1978. p.176
註13 Les Soirées de Médan, Fasquelle, 1975 p.10　註14 註3 Ibid p.129

註15　Le Mythe de Médan, Les Cahiers Naturalistes No.55-1981. Société Littéraire des Amis d'Emile Zola et Editions Fasquelle p.32-33
註16　Emile Zola, Notes d'un ami, avec des vers inédit d'Emile Zola, G. Charpentier Paris, 1882
註17　註3　Ibid p.129　　　註18　註13　Ibid p.13
註19　Emile Zola, Correspondance Ⅲ, Les Presses de l'Université de Montréal et Editions du CNRS. 1982. p.439
註20　註13 Ibid p.58
註21　Le Naturalisme français, par Pierre Matino, Librairie Armand Calin, 1923. p.103
註22　Paul Dérovlède (1846–1914) パリに生まれる。詩人、政治家。愛国者連盟総裁。
註23　Emile Zola Œuvres Conplètes, Cercle du Livre Prècieux Tome Ⅸ, 1968, p.1175
註24　註12　Ibid p.178

参考文献

– Les soirées de Médan Fasquelle, 1975.
– Zola, par Alexandre Zévaès, Editions Nouvelle Revue Critique, 1946.
– Emile Zola raconté par sa fille, par Denise Leblond Zola, Fasquelle, 1931.
– Le Naturalisme, par Pierre Cogny PUF, 1976.
– Le Naturalisme français, par Pierre Martino, Librairie Armand Colin, 1923.
– Emile Zola, Correspondance Ⅰ, Ⅱ et Ⅲ, Les Presses de l'Université de Montréal et Editions du CNRS.
– Bonjour Monsieur Zola, par Armand Lanoux, Bernard Grasset Paris, 1978.
– Emile Zola, Œuvres Complètes, Cercle du Livre Précieux Tome Ⅸ, 1968.
– L'Ombre d'un grand Cœur, par Alfred Bruneau Slatkine Reprints Genève, 1980.
– Les Cahiers Naturalistes No.38 – 1969, No.53 – 1979, No.55 – 1981, Société Littéraire des Amis d'Emile Zola et Editions Fasquelle.
– Les Œuvres Complètes Emile Zola, Contes et Nouvelles François Bernouard, 1928.

○新聞名の表記について
新聞名につく冠詞は全て省略し、日刊紙は「・・・」紙、週刊・月刊誌は「・・・」誌とした。
○Ⅱ作品研究中の挿絵はBibliothèque-Charpentier Eugène Fasquelle(1906)版によった。

初出一覧表

青春のゾラ
（一）青春前期　学苑五一八号　一九八三年二月
（二）青春後期　学苑五二二号　一九八三年六月
英国亡命期のゾラ
（一）ドレフュス事件とゾラ　学苑六六五号　一九九五年五月
（二）亡命期のゾラの生活と意見　学苑六七〇号　一九九五年十一月
ゾラとマダム　ゾラ
（一）未公開書簡からの考察　学苑六七六号　一九九六年五月
（二）マダム　ゾラの人と人生　学苑七〇三号　一九九八年十一月
初期作品考
（一）成立と幻想性　学苑五三三号　一九八四年五月
（二）『テレーズ・ラカン』―小説から戯曲　学苑七〇九号　一九九九年五月

『居酒屋』に描かれた「宿命」の道　学苑五九四号　一九八九年五月
『ジェルミナール』をめぐって
（一）愛と革命　学苑五五一号　一九八五年十一月
（二）エティエンヌ像　学苑六七〇号　一九八六年五月
（三）炭坑の女たち　学苑六八一号　一九九六年十一月
『大地』をめぐって
（一）農民像　学苑六五三号　一九九四年五月
（二）民族学的考察　学苑六五九号　一九九四年十一月
ゾラの作品に描かれた「水」のテーマ　学苑五九六号　一九八七年五月
『メダンの夕』とその作家たち　学苑五八一号　一九八八年五月

エミール・ゾラ年譜

年号	年齢	生　涯	作　品　（新聞連載は省略し，単行本の発行時）
1840		4月2日　父フランソワ，母エミリイ-オーベールの長男として，パリ サン-ジョゼフ街10番地で誕生	
1843	3歳	民間土木技師であるフランソワがダム建設工事に従事するためゾラー家はエクス-アン-プロヴァンスに移住	
1847	7歳	3月27日　父フランソワの死	
1852～57	12～17歳	エクスのコレージュで学業．その間ポール・セザンヌと交友が始まる	
1858	18歳	3月　母がエミールをパリに呼び戻す．リセ　サン-ルイに転入学	
1859	19歳	大学入学資格試験（バカロレア）に失敗	
1860	20歳	ドック庁に就職するが2カ月で辞職	
1861	21歳	失意．仕事もなく物質的，精神的どん底．古典を再読，作詩	
1862	22歳	2月　アシェット書店に入社 10月　イタリア人を父とするエミールはフランスに帰化	
1863	23歳	ルイ・アシェットの勧めで詩から散文に転向．ジャーナリストとして活動開始（リルの月刊誌，「ノール」に寄稿）	
1864	24歳		12月　処女出版 Les Contes à Ninon『ニノンへのコント』（ラクロワ書店）
1865	25歳	未来の妻 ガブリエル・エレオノール・アレクサンドリンヌ　メレと出会う． 「プチ・ジュールナル」「サリュ ピュブリック」「クーリエ　デュ・モンド」「ヴィ　パリジェンヌ」に寄稿	11月　La Confession de Claude『クロードの告白』
1866	26歳	アシェット書店を辞職，「エヴェヌマン」で文壇担当記者． 「サリュ・ピュブリック」「グラン・ジュールナル」「フィガロ」に寄稿	4月　Madeleine『マドレーヌ』 6月　Mes haines『わが憎悪』 7月　Mon salon『私のサロン』 11月　Le Vœu d'une morte『死せる女の願い』
1867	27歳	多数の画家たち，マネ，セザンヌ，ピサロ，ギュマンと交友	6月　Edouard Manet『エドワール・マネ』 Les Mystères de Marseille『マルセイユの神秘』 12月　Thérèse Raquin『テレーズ・ラカン』

年号	年齢	生涯	作品（新聞連載は省略し，単行本の発行時）
1868	28歳	1870年まで，「トリビュン」「ラペル」「クローシュ」「ゴーロワ」に寄稿。12月，ゴンクール兄弟のところで，「ある家族の歴史」（全10巻の小説）の構想を語る．	4月 Thérèse Raquin『テレーズ・ラカン』第二版（重要な序文をつける） 12月 Madeleine Férat『マドレーヌ・フェラ』
1869	29歳	「ルーゴン・マッカール」の計画をたて，ラクロワ書店と契約	
1870	30歳	5月31日　ガブリエル・アレクサンドリンヌ　メレと結婚 9月　マルセイユに出発．12月ボルドーに赴き，政府代表団員秘書に任命される．	
1871	31歳	3月　ゾラ一家パリに戻る．「クローシュ」「セマフォール　ド・マルセイユ」に政治通信を寄稿	10月『ルーゴン・マッカール叢書』第一巻 La Fortune des Rougon『ルーゴン家の運命』
1872	32歳	フローベール，ツルゲーネフ，ドーデ，ゴンクール兄弟と交友	2月『ルーゴン・マッカール叢書』第二巻 La Curée『獲物の争奪』
1873	33歳	7月　Thérèse Raquin『テレーズ・ラカン』（4幕）をルネッサンス座で上演	4月『ルーゴン・マッカール叢書』第三巻 Le Ventre de Paris『パリの腹』
1874	34歳		5月『ルーゴン・マッカール叢書』第四巻 La Conquête de Plassans『プラサンの征服』 11月 Les Nouveaux Contes à Ninon『新ニノンへのコント』
1875	35歳	サン・ペテルスブルグの「メッサジェ・ド・リュオロップ」に寄稿．モーパッサン，マラルメと交友	3月『ルーゴン・マッカール叢書』第五巻 La Faute de l'abbé Mouret『ムーレ司祭の罪』
1876	36歳		2月『ルーゴン・マッカール叢書』第六巻 Son Excellence Eugène Rougon『ウジェーヌ・ルーゴン閣下』
1877	37歳	ユイスマンス，セアール，エンニック，ミルボウと交友．ナチュラリズム運動を形成	2月『ルーゴン・マッカール叢書』第七巻 L'Assomoire『居酒屋』
1878	38歳	『居酒屋』の成功により，メダンに別荘を買う．『ルーゴン・マッカール叢書』の家系図公表を決める	7月『ルーゴン・マッカール叢書』第八巻 Une page d'amour『愛のページ』
1879	39歳	『居酒屋』をアンビギュ座で上演	

年号	年齢	生　涯	作　品　（新聞連載は省略し，単行本の発行時）
1880	40歳	10月　母エメリイの死	3月　『ルーゴン・マッカール叢書』第九巻 Nana『ナナ』 5月 Les Soirées de Médan『メダンの夕』（6名の共著） 12月 Le Roman expérimental『実験小説論』
1881	41歳	『ナナ』アンビギュ座で上演 ジャーナリズム活動を止めることを宣言	Les Romanciers naturalistes『自然主義小説家たち』 Nos auteurs dramatiques『わが劇作家たち』 Documents littéraires『文学資料』 Le Naturalisme au théâtre『演劇における自然主義』
1882	42歳		4月　『ルーゴン・マッカール叢書』第十巻 Pot-Bouille『ごった煮』
1883	43歳	『ごった煮』アンビギュ座で上演	3月　『ルーゴン・マッカール叢書』第十一巻 Au Bonheur des Dames『オ・ボヌール・デ・ダム百貨店』
1884	44歳	『ジェルミナール』執筆のために鉱山地方に取材旅行	3月　『ルーゴン・マッカール叢書』第十二巻 La Joie de vivre『生きるよろこび』
1885	45歳		3月　『ルーゴン・マッカール叢書』第十三巻 Germinal『ジェルミナール』
1886	46歳	『制作』発表によりセザンヌと絶交状態になる	3月　『ルーゴン・マッカール叢書』第十四巻 L'Œuvre『制作』
1887	47歳	『パリの腹』テアトル・ド・パリで上演 「フィガロ」がゾラの『大地』に対して，五人の若い作家たちの宣言を発表．自然主義の衰退の兆し	11月　『ルーゴン・マッカール叢書』第十五巻 La Terre『大地』
1888	48歳	『ジェルミナール』シャトレで上演 春，ジャンヌ・ロズロと出会う	10月　『ルーゴン・マッカール叢書』第十六巻 Le Rêve『夢』
1889	49歳	『マドレーヌ』（3幕）がアントワーヌの自由劇場で上演．9月，ゾラとジャンヌ・ロズロの長女ドニーズ誕生	
1890	50歳		3月　『ルーゴン・マッカール叢書』第十七巻 La Bête humaine『獣人』
1891	51歳	『夢』オペラ・コミックで上演 9月　ゾラとジャンヌ・ロズロの長男，ジャック誕生	3月　『ルーゴン・マッカール叢書』第十八巻 L'Argent『金銭』

年号	年齢	生　　涯	作　　品　（新聞連載は省略し，単行本の発行時）
1892	52歳	ロンドン滞在．旅のノートを報告 Sté des Gens de Lettres（文士協会）会長 アカデミー・フランセーズに立候補したが落選．	6月『ルーゴン・マッカール叢書』第十九巻 La Debâcle『壊滅』
1893	53歳	『ルーゴン・マッカール叢書』 終了を祝う宴会． ロンドン旅行（出版関係の会議） 『水車小屋の攻撃』オペラ・コミックで上演．	7月 『ルーゴン・マッカール叢書』第二十巻（最終巻） La Docteur Pascal『パスカル博士』
1894	54歳	イタリア旅行	8月 『三都物語』最初の作 Lourdes『ルールド』
1895	55歳	「フィガロ」に寄稿	
1896	56歳		5月 『三都物語』第二作 Rome『ローマ』
1897	57歳	「フィガロ」にドレフェス事件の記事を書く． "La vérité est en marche et rien ne l'arrêtera"	
1898	58歳	1月13日「オーロール」に"J'accuse"（われ糾弾す） 2月23日　セーヌ重罪裁判所で禁錮1年，3,000フランの罰金の判決 7月18日　英国へ亡命	3月 『三都物語』第三作 Paris『パリ』
1899	59歳	6月5日　フランスに帰る 「オーロール」にドレフェス事件の記事を書く	10月 『四福音書』最初の作　Fécondité『多産』
1900	60歳	社会主義に傾倒．「オーロール」にドレフェス事件の記事を書く	
1901	61歳		2月 La Vérité en marche（ドレフェス事件の記事を集めたもの）『前進する真理』 5月 『四福音書』第二作　Travail『労働』
1902	62歳	9月29日　パリで一酸化炭素中毒による事故死 10月5日　葬儀，モンマルトルの墓地に葬られる	
1903			3月『四福音書』第三作 Vérité『真理』（予定されていた第四作 Justice『正義』は構想のまま，執筆されることはなかった）
1908		6月4日　ゾラの遺灰，パンテオンに移送される	

おわりに

本書を編纂するにあたって、タイトルを『断章』としたのには筆者の思いが少なからず込められている。エミール・ゾラという作家を大海にたとえるならば、筆者はその僅かの海域しか未だ航海できておらず、彼の全容を語ることなど一生かけても不可能だからだ。『断章』にはゾラの生涯と作品に関する断想が集められている。筆者が長年ゾラの作品を愛し、彼の生き方に興味を覚えて書き綴った記録でもある。

ここに集めた原稿は初出一覧表に記したように、勤務する昭和女子大学近代文化研究所『学苑』に掲載の論考の中から十六編を選び、多少手を加えたものである。そのために重複部分がみられるのは免れなかった。

Ⅰ 作家研究では、青春期、英国亡命期を取り上げ、さらにこれまで不明瞭であるというよりむしろこの問題に触れることがタブーとされてきた彼の妻の過去やジャンヌ・ロズロとの関係について、現時点で公開されている資料をもとに論を進めた。

Ⅱ 作品研究では、初期作品、『居酒屋』、『ジェルミナール』、『大地』をいくつかのテーマで分析し、最後にゾラのゆかりの地メダンにちなんで、『メダンの夕べ』に関する論を選んだ。

ゾラは自ら写真を撮り、自転車を愛用し、機関車を作品のテーマに選ぶなど新しいものを好み、時代を先取る気性に富んでいたことはよく知られている。あの膨大な書簡集を手にするとき、当時電話回線が一般に普及していなかったことを喜ぶのは決して筆者だけではないだろう。現在のように携帯電話が発達していたら、ゾラは真っ先にその新しさや便利さの虜になっていたに違いない。そうなっていたら、ゾラの青春の交友の様子や英国亡命期の貴重な資料も永遠に伝えられなかったであろう。

ゾラの死（一九〇二年）からやがて一世紀が経過しようとしているが、彼の作品は時空を越えて人々に読まれ、称えられている。「なぜ？」と自問するとき、迷わずに「おもしろいから」と答える。筆者はこの単純な答えに導かれてゾラを読み続けてきた。「どこが？」「どのように？」との問いへの答えは、読み手自身が見つけるべきだ。ここに集めた『断章』は筆者の答えなのである。

二〇〇〇年　一月

加賀山　孝子

加賀山《かがやま》　孝子《たかこ》

1932年生
早稲田大学大学院文学研究科修士課程修了
フランス文学専攻
現在　昭和女子大学教授

エミール・ゾラ断章

二〇〇〇年　二月二三日　第一刷発行

著　者——加賀山　孝子

発行者——山崎雅昭
発行所——有限会社　早美出版社
東京都新宿区早稲田町八〇番地
郵便番号　一六二—〇〇四一
電話　〇三（三二〇三）七二五一
印刷所——株式会社平河工業社
製本所——有限会社葛西製本所

定価本体　二八〇〇円

ISBN4-915471-91-8 C3098 ¥2800E